花
笙
STORY

让好故事发生

Happy
Death
Day

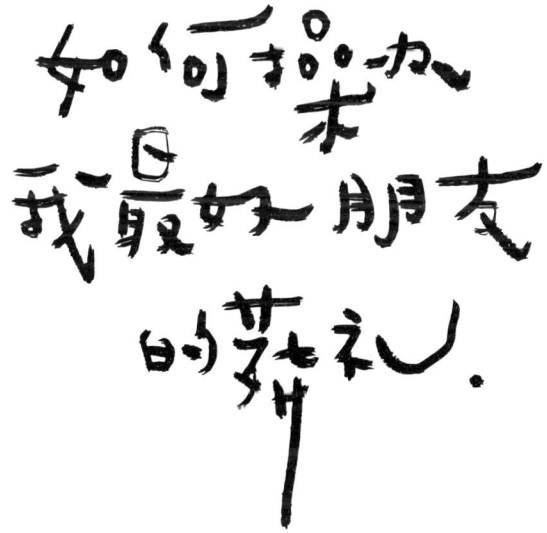

宋小君——著

中信出版集团｜北京

图书在版编目（CIP）数据

如何操办我最好朋友的葬礼 / 宋小君著 . -- 北京：
中信出版社 , 2025. 1. -- ISBN 978-7-5217-7005-6

I. I247.7

中国国家版本馆 CIP 数据核字第 2024XW5183 号

如何操办我最好朋友的葬礼
著者： 宋小君
出版发行：中信出版集团股份有限公司
（北京市朝阳区东三环北路 27 号嘉铭中心　邮编　100020）
承印者： 嘉业印刷（天津）有限公司

开本：880mm×1230mm　1/32　　印张：12.75　　字数：294 千字
版次：2025 年 1 月第 1 版　　　　印次：2025 年 1 月第 1 次印刷
书号：ISBN 978-7-5217-7005-6
定价：56.00 元

版权所有·侵权必究
如有印刷、装订问题，本公司负责调换。
服务热线：400-600-8099
投稿邮箱：author@citicpub.com

了不起的冒险绝非死去,而是活着。*

——舍伍德·安德森

* 这句话是舍伍德·安德森的墓志铭。舍伍德·安德森(Sherwood Anderson, 1876—1941),美国作家,代表作品《温斯堡小镇》(*Winesburg, Ohio*),又译《小城畸人》。

目 录

001　妈妈，我先飞走了
039　大象之鼻
093　如何操办我最好朋友的葬礼
127　县城科比
157　孽种蛟龙
207　村中尧舜
235　罐头里的张艳丽
273　刺激1995
315　世界尽头在满洲里
347　你想再兜兜风吗
371　字魇

305　后记

妈妈，我先飞走了

晴

今年就不回去了吧。

潘璐想好了,总有理由的,工作太忙了,实在是不好请假,那天也不是周末,最近身体也不太舒服,过一段时间再回去,到时候陪您多待几天。

尽快告诉她吧,总是要说的,不跟她说,她就会一直等着,一句话而已,没什么难的,说出来吧,说出来就好了。

这几天太阳都很大,潘璐总觉得太阳比以前看起来要大了,离着人近了,太阳光沉甸甸的,像是黏稠的湿雾一样缠着她,压着她。一大早出门,她也能听见空气中太阳伪装成蝉鸣和噪声的啸叫。

甲亢控制得不错,就是眼睛还有一点凸,但医生说,三十多岁这个年纪,甲亢高发,尤其女孩,不要紧。医生劝她,别想太多,心思别太重,注意控制自己的情绪,做完了碘-131之后,每天要吃优甲乐,三个月之后复查,这是你内分泌的问题,但也是你情绪的问题。

情绪对她来说,一直都是个问题,就像是她身体里的雾霾,时不时就冒出来罩着她。

她尽量自我消化,有时候会跟自己说几句话,哄哄自己,也可能是骗。

晚上回家,软在沙发上发会儿呆,手机猛振,粗鲁地打断了她。

是她熟悉的声音,她直起身子,努力调出一个欢快的声调,叫了一声阿姨。

手机里的声音从她指缝间流出来,小潘啊,我到你楼下了,开不了单元门。

潘璐心里紧了紧。

楼下,秦阿姨率领着两个尼龙袋子、一个旧行李箱,站在那里,领子黏在了胸口。

潘璐小跑过去,叫了声阿姨,赶紧去接她身后的东西。

秦阿姨推开她,说,我来。

潘璐只能拎起来一个尼龙袋子,她抢先一步扶住门,让秦阿姨把东西都拉进去。

进了房门,秦阿姨自己拉开鞋柜,找出一双拖鞋,换上,往里走,潘璐递上来一杯水。

箱子敞开,秦阿姨站在冰箱前,冰箱门打开着,雾气往外冒。秦阿姨往冰箱里放她带来的特产,和站在一边帮不上忙的潘璐说话。

秦阿姨说,怎么这么多速冻食品?跟你说了多少遍了,吃这些不健康。这盒饺子还是我上次包的吧,怎么还不吃呢?该坏了。扔了吧,我再给你包。这盒牛奶都过期了,还放着干吗?这些酱料少吃,都是亚硝酸盐、防腐剂。香肠是我自己做的,肉都是自己切的,调料也是自己调的,你尝尝。喜欢吃,我下次再给你带。晚饭还没吃吧,哪能不吃晚饭呢?胃能受得了吗?这样容易得胃病。你等着吧,我给你炒俩菜。

潘璐想帮忙,秦阿姨把她赶出厨房。

潘璐趁这个时间把餐桌收拾干净——餐桌很久没用了,平时她都是在茶几上吃饭。

厨房的玻璃推拉门里折射出刀光火影,油烟机轰鸣,骨肉被反复清洗,细细地剁碎,再被爆炒、油炸,在锅里粉身碎骨。

四个菜,冒着热气。

潘璐把筷子摆好。平时她绝不会吃得这么铺张。

秦阿姨给潘璐夹菜,潘璐双手努力把自己的碗伸过去,接过来,夹到嘴里。

咀嚼声像是把话语也嚼得细碎:

都挺好吧?

挺好的。

工作顺利吧?

算顺利,就是老加班。

有按时吃饭吧?

按时,有时候下班晚了,就吃点外卖。

外卖不能多吃，油不好，尽量自己做。你体检报告上不是有轻微脂肪肝吗？

我知道了，阿姨，周末我就自己做点。

自己做就对了，别懒，自己做的干净。我不爱吃不认识的人做的饭，再好的厨子也不行。交男朋友了吗？

没有合适的，圈子小，新认识的人也不多。

不要紧，等我给你介绍。我以前有几个学生不错，我帮你留意留意。

谢谢阿姨，我不着急。

你不着急我着急，你也不小了，总得有个人照顾你，我也不能老来。

我自己能照顾自己。

从你的冰箱里我就能看出来，你照顾不好自己。

我挺好的阿姨。

你还能更好，人就应该一天比一天好。六号，你会回来吧？

潘璐嘴里的咀嚼停了停，周围的空气像是被瞬间抽走了，潘璐和秦阿姨之间形成了真空，秦阿姨一边细嚼慢咽一边看着她。

潘璐又嚼了两口，牙齿把排骨切碎，吞下去肉，吐出森白的骨头。

她听见自己说出口的话跟她心里想说的话不一样，她说，回。说完又补了一句，肯定回。

秦阿姨又把一块骨肉夹进她碗里，浓稠的酱汁流进米饭里，秦阿姨说，那我等着你。

潘璐只能说好，自己之前的反复演练全都成了空。

秦阿姨把碗洗完，顺手给潘璐收拾厨房。秦阿姨一出来，潘璐赶紧把厨房里的地面拖了。

去洗拖把的时候，秦阿姨走进她的卧室，潘璐把拖把扔下，跟进去。

秦阿姨打量四周，听到潘璐进来，也没回头，问她，床单被罩多久没换了？

潘璐一下子没想起来。

秦阿姨说，一个人不好换，这是两个人干的活。

潘璐翻箱倒柜地找起床单被罩。

床单被掀开，一些灰尘扬起来，秦阿姨说，灰太大了，床底多久没吸了？

潘璐说，我明天吸吧，现在有点晚了。

秦阿姨说，你把吸尘器找出来。你气管不好，灰大了你爱咳嗽。

潘璐下意识想说什么，但没说出口。

吸尘器轰鸣，秦阿姨蹲在地上把吸尘器的手柄探入床底，潘璐站在一旁，碍手碍脚。

一个避孕套的外包装被吸出来，潘璐有点尴尬，秦阿姨随手扔进了垃圾桶。

秦阿姨进了厕所，跟潘璐说，我看看你吃的药。

潘璐赶紧打开柜子，秦阿姨戴上老花镜，认真地看上面的药名。

潘璐站在边上，等着秦阿姨仔细看完。

秦阿姨把老花镜摘下来，把柜子关上，嘱咐潘璐，药不能乱吃，不能像以前一样了。

潘璐说，我知道，阿姨，我不会了。

秦阿姨说，这个月的体检报告我仔细看了，甲亢控制得挺好，还是要注意情绪。

潘璐说，你就放心吧。

秦阿姨说，下个月的验血、验尿的报告出来了就发给我。

潘璐说，好。

秦阿姨说，你别怪我管得多。

潘璐说，阿姨你是为了我好。

秦阿姨看了她一眼，看看表，挺晚了。

潘璐说，晚上就住这儿吧，我睡沙发。

秦阿姨说，不用了，还是去招待所，都订好了，每次来都住那儿，熟悉。你睡眠差，身边有人你就更睡不好了。还吃着安眠药？

潘璐说，吃。

秦阿姨说，年纪轻轻就吃安眠药，也不是个事儿，这个病还是得治，等我给你找个靠谱的中医看看。

潘璐点头。

秦阿姨说，我走了。

潘璐送秦阿姨下楼。

地面上的余热被蒸腾起来，人走在路上像踩在一块正在加热的铁板上，建筑和人都像是铁板烧的食材。

秦阿姨想起什么来了，停下来，看着潘璐。

秦阿姨说，最近我心里慌，看到你就不慌了，应该就是想你了。

潘璐说，阿姨，我也想你，一直想回去看你。

秦阿姨看着潘璐，看了一会儿，才说，我抱抱你吧。

潘璐下意识答应，说好，把身体凑过去，尽量让自己的姿势显得不别扭。

秦阿姨抱着她。

潘璐被抱着，感觉自己像被握在一个拳头里。

秦阿姨说，你瘦了。

潘璐说，瘦点好，瘦点就不用减肥了。

秦阿姨松开潘璐，那不行，太瘦了不健康，人最重要的还是健康。

潘璐只能点头。

秦阿姨跟潘璐挥手，转身。

秦阿姨的身影远去，消失在街角。潘璐感觉自己松弛下来，地面上的热气顺着小腿往上爬，烫着裸露出来的皮肤，还呛眼睛。树梢一动也不动，不知道风都躲去哪里了。

回到家，潘璐踩着凳子，从高处抱下来一个废纸箱，里面有一瓶洋酒。潘璐拧开瓶盖，喝了两个大口，平静下来了，把酒塞进箱子，又踩着凳子，把箱子放回去。

有风了，但风不算大，分不清云和雾，很多不知名的植物拉扯着衣角，鸟贴着脸飞过去，云和雾里有树木汁液的腥味，潮湿。呼吸的空气里都有水渍，嘴里却很干，失重的瞬间，她再次被一个拳头一样的怀抱抱住，一双手臂干瘦而有力，箍紧她，失重的感觉骤然消失。一小阵风凭空而起，裙角撩过她的脸，眼眶发胀，一些从峭壁里钻出来的树枝断裂，发出声响，云和雾散开又聚拢，没有眼泪，没有哭声，只有一双仇视的眼睛，她被攥紧在一个拳头里。

潘璐轻轻睁开眼睛。盖在身上的被子很重，床垫托举着她，身下的吊带都是汗。天亮了，光线从窗帘的缝隙里流淌进来，她确定自己就在家里，就在自己的床上，她松了一口气。手机响，她看到秦阿姨的微信，秦阿姨说，我回了，你好好上班，该忙忙你的。

她坐起来，努力让自己的声音有点精神，回了条语音，说，我知道了，阿姨，你路上小心，到家告诉我。

秦阿姨回复说，好，你注意身体，健健康康的。

潘璐起来刷牙，外面太阳很大，肉眼可见地炎热，应该要下雨了吧。

她看了一眼日历，六号，还有五天。

阴，雨

云一点一点地漫上来，街道和建筑物都变成了灰色，树在抖动。一大早，路过的汽车就点亮了车灯，海鲜市场里的腥味像是集会的飞虫，劈头盖脸地迎上来。

秦老师来了？

熟悉的菜贩看到秦老师拉着一个买菜的小车子，车子里插了一把碎花的小雨伞。

秦老师对菜贩笑着点头。

菜贩问，今天来点什么？都是新到的，新鲜。

秦老师说，闺女要回来了，做点她爱吃的。

菜贩指了指眼前翠绿的辣椒，辣椒吧，辣椒炒肉。

秦老师笑，她是爱吃辣椒炒肉。

菜贩说，是，肉炒得老一点。

秦老师又笑了，说，那就来一点，再拿几个茄子。

菜贩把塑料袋递上来，又塞进去一把葱，看着秦老师把塑料袋放进身后的小车里。

秦老师说，我再去买点五花肉。

菜贩说，再买条鱼？

秦老师说，对，要买鱼的，闺女爱吃鱼。

菜贩说，您慢点。

秦老师摆了摆手。

秦老师走出去一小段路了，听见身后的菜贩跟他老婆说话，秦老师不容易。

秦老师假装没听见，拉着小车奔肉摊去了。

要下雨了，什么都显得新鲜，肉泛着血光，鱼身上的鳞片闪亮。

好几个人跟秦老师打招呼。

秦老师看到了老赵,老赵手里拎着一条鱼,秦老师跟老赵打招呼,买鱼了?

老赵说,晚上儿子回来吃饭。

秦老师有点意外,说,儿子回来你好好跟他说,有什么话说出来就好了。

老赵说,您放心,这回我好好说。

秦老师说,那就好,东风这孩子不坏,你别动手。

老赵打哈哈,都多大了我还动手?您放心吧,秦老师。

秦老师看着老赵拎着鱼走远了,心里有点羡慕。

走了两圈,秦老师很快就把小车子塞满了。

回去的路上,带雨的云彩悬而未决。秦老师心里盘算着晚上什么炒什么,拿出排兵布阵的力气,腰有点酸胀,秦老师想,腰比天气预报还准,人不能预测未来,但身体好像总有预感。她想起来那天,她的腰也是这么个疼法。

把菜都放好,鱼在盆子里养起来,扑打着水花,挺欢腾。看看表,潘璐的车应该还没到,秦老师洗了手,坐上马扎,开始叠元宝。

元宝要一个一个叠,折痕要精准、深刻、压实。金黄的纸挺硬,手指肚被割破了,秦老师没管,一点血流出来,印在纸元宝上。每一个元宝都要像样,最好胖乎乎的。不能买叠好的,叠好的在那里会不会不流通呢?纸元宝需要亲人的哀思做保证金吧,就跟货币需要黄金作保一样。

秦老师笑自己,唯物主义了一辈子,这会儿倒开始唯心了。

叠着叠着,她听到了一声咳嗽声,不是她自己的。她没害怕,手里捏着叠了一半的纸元宝往屋子里看,老旧家具的静物上,灰尘和黑暗一起下沉,墙壁上贴满了褪色的奖状。她出了一会儿神,想再听听那声咳嗽,屋子里却只剩下她自己的呼吸声。秦老师怔了一会儿,接着叠手里的元宝,墙壁上一张奖状上的名字被风吹得呼之欲出。

车到了站。

站台上,秦老师已经站了好一会儿。

很多人大包小包地从火车里流出来。

一张又一张陌生的脸,男的女的,老的少的,开心的,平静的,打着哈欠的。秦老师有点恍惚,想从里面认出一张她日思夜想的脸。

接着她一眼就看到了潘璐,喊了一声,小潘。

潘璐也看到了她,手里拉着一个小箱子,向她跑过来。

秦老师结结实实地挽住了潘璐的胳膊,说,走,回家。

潘璐说,不用来接,我自己能找到地方。

秦老师说,以前忙着上课,不送,也不接,后来后悔了,想送、想接也没机会了,时间是线性的,老天不给人机会。

潘璐不说话了。

秦老师挽着潘璐的胳膊,问她,路上累不累?

潘璐说,不累。

秦老师说,一年没回来了。

潘璐点头。

出了车站，秦老师说，这雨怎么还没下下来呢？说着随手招呼了一辆三轮摩的。

三轮摩的停下来，秦老师和潘璐一起坐进去，骑出去一段，等红灯的时候，遇到骑摩托车的熟人。熟人打量着潘璐，好像挺疑惑，问秦老师，这是曼曼吧？

潘璐被噎住了，不知道该说什么，脸上的笑容还来不及撤回。

秦老师倒是不动声色，给熟人介绍，这是璐璐。

熟人愣了愣，好像这才反应过来了，说，璐璐啊，真漂亮。

秦老师看着潘璐笑，说，快叫人。

潘璐赶紧说，叔叔好。

熟人嗯了两声，绿灯一跳，他骑上车走了。

秦老师说，你别介意，他年纪大了，有点糊涂。

潘璐故作轻松，说，没事儿。

秦老师说，我有时候也觉得你们两个挺像的，越来越像了。

三轮摩的开起来，潘璐说，您坐稳了。

到了秦老师家，潘璐把东西放下，一阵风吹进来，满墙的奖状颤动，像是在呼应。潘璐低着头，不敢看奖状上的名字。

秦老师说，你歇一会儿，我们就去吧，一会儿该下雨了。

潘璐说，我不累，我们现在就去吧。

大片灰色的云团铺过来，风里已经有了潮气，地上一些塑料袋和纸屑在飞,树梢发出一些呜咽。

秦老师走得很快,潘璐拉着小车,小车里装了蜡烛、线香和叠好的纸元宝。树林里飘出一股潮湿和落叶腐败的味道,到处都是灰色的,包括晴天时翠绿的树叶。

秦老师说,这里的树比以前多了,以前砍了不少,后来又种回去了,人就是瞎折腾。

秦老师说,都说这里风水不错,我以前是不相信的,现在觉得信一下也挺好,风水好了,曼曼在这里住得也开心。她不是喜欢火车吗?她在这里,往远了看,就能看到火车。你看到了吗?那个铁道桥,火车一来就跟在天上开一样。

潘璐看过去,看到了极远处的铁道桥,现在还没有火车经过。

秦老师说,我以后死了也埋在这里,和曼曼埋在一起,陪着她。

潘璐头低了低,没出声。

接着往里走,潮气已经可以被看见了。

秦老师说,曼曼小时候挨了训就往这儿跑,找棵树往后面一躲,死活找不着,喊她她也不应声。我骗她说林子里有狼,她也不害怕,这孩子从小就不知道害怕。

一个小巧的坟包,有一棵细小的柳树从中长出来。

秦老师说,这棵小柳树怎么也长不大,这都几年了,还这么高。曼曼小时候长得也挺慢,我还以为她不长个呢。

秦老师把纸元宝倒出来,在坟包前堆成一个小小的金山。秦老师蹲下来,划了几根火柴都没点着,纸元宝有点软了,这里潮气太重了。

潘璐说，我来吧。

她蹲下来，从口袋里摸出打火机，手挡着风，啪嗒一声，一小朵微火在手掌间烧起来。纸元宝犹豫了一会儿，才让火苗钻出来，越钻越高，风像是被烧着了，水从风里被挤出来，一些潮热扑在两个人脸上。

火光映照着秦老师的脸，秦老师对着坟包说，曼曼，你出来拿钱吧，想买点什么就买点什么，想吃点什么就吃点什么，别舍不得。

潘璐盯着火光看，脸被烧热了。烟尘有引力，把她往火里拉了拉，她用了一下力才站稳。

秦老师站定，端详着纸元宝坍塌、燃烧，释放出烟雾，纸灰盘旋、跳跃、上升。

两个人的脸被火光辉映，眼睛里都有火光跳动，像是身体里也有什么东西烧着了。

林子外有响动。

秦老师和潘璐看过去，一辆皮卡车沿着小路开进来，停下。

车上下来一个中年人，从皮卡车上捧下来一箱烟花，说，秦老师，你要的烟花，这个是五百块的"锦绣前程"。

秦老师说，好，谢谢了。

潘璐赶紧掏手机，秦老师说，我来吧。

潘璐手指忙碌着，说，不用不用，我来就行。

扫了码，皮卡车开走，轰鸣声被林子吞没。

秦老师直等着所有的纸元宝烧尽，小小的金山变成了一小撮灰烬，热浪消失，许多东西应该都寄过去了。

潘璐等着，等最后一粒火星也熄灭了，对着坟包跪下去，想说点什么，又说不出来。秦老师的目光在她的头顶，像在审判她。

秦老师说，你跟曼曼说两句吧，你们交过心。

潘璐看着墓碑上的名字，犹豫了一下，开了口，曼曼，我和阿姨来看你了，你好好的。我们都挺想你的，我会好好活着的。

秦老师看着、听着，脸上也没有什么表情，时间长了，心事就长进面相里了。

秦老师把潘璐扶起来，跟她说，快下雨了，你把烟花点上吧。

潘璐说，好。

引信烧着了，发出嘶嘶声。

秦老师站在那里，看着潘璐跑向自己，伸手接过来潘璐的胳膊，让她在自己身边站定，两个人都把头仰起来。

第一声烟花升上去，在乌云面前炸响。天虽然阴着，但也还算亮，空中炸出来一溜烟尘，眼泪一样流下来，只有烟，没有花。

一迭声的烟花先后上升，逐个炸裂。烟尘在浓重的乌云里聚散，没有花可以看，只能听个响，感觉格外凄凉。

在烟花炸裂的间隙里，一些雷声从乌云后面隐隐响起来，像是在回应着烟花的炸响。

秦老师和潘璐都仰着头看，脸上一湿，细密的雨点落下来，冰凉的。烟花还在响，烟尘和雨水一起泄下来，空气中都是雨水和烟花的味道。

秦老师和潘璐的身子都没动,潘璐喃喃自语,还没试过在下雨天放烟花。

秦老师说,不也挺好看吗?美好产生于矛盾之中吧。

潘璐眼眶一湿,大概是因为雨水吧。

秦老师说,曼曼从小就跟别的女孩不一样,她喜欢放烟花、放炮仗,逢年过节就自己把炮仗拆下来,装口袋里,点上半截香,走在路上,没事儿就放一个,啪,吓别人一跳,别人害怕了,她就自己在那傻乐。有一次点上了,没来得及扔,炮仗就响了,手心里炸开一个口子,小孩嘴一样,她跑回家,捧着手,手上都是血,就这么看着我,也不哭。手好了以后,我就不让她放炮仗了。可能就是因为我吧,我把她的快乐一点一点都夺走了。

潘璐就站在那里,闻着烟和花的味道,听着秦老师讲,自己不出声。

秦老师说,曼曼这孩子,就是想得太多,脑子被想法堵住了,堵住了就想不开了,人的脑子也要留点空。

秦老师说,我把她放在我自己的班里,也是为了她好,是对她严了点,叫也没办法。从她六岁我就自己带着她,我不能再找个人,我怕再找的那个人对她不好。我怕她学坏,她什么都好奇,什么都不怕,总想往外跑。我不想她变成她爹那个样子,变成那样了,就改不了了。结果,还是没管住,不管她会好一点吗?我不知道,我没机会知道了。

潘璐听着,眼睛有点涩,头发湿了一层,雨水的重量压得她矮下去一截。

秦老师不说了,从小车里抽出伞,打起来,盖住她们两个人,跟潘璐说,这是曼曼的伞。

潘璐看着伞面上的小碎花，出神。

秦老师说，走吧，回吧，快下大了。

潘璐把伞接过来，扶着秦老师往回走。

秦老师说，我总感觉曼曼在身后目送我们，你有这感觉吗？

潘璐觉得后背有点凉，周围的温度也降下来了，她只能嗯了一声。

两个人继续往回走，雨成了雾，不是飘下来，而是像大面积的蜘蛛网一样往下铺，好像想把什么都盖住，秦老师和潘璐就像是被困在蛛网上的两只蚂蚁。

秦老师踩歪了一脚，潘璐一把扶住。秦老师说，脚下滑。潘璐说，您慢点。

周围有些蘑菇探头探脑，林子里的鸟也不叫了。

秦老师和潘璐都没有说话了，她们互相搀扶着，深一脚浅一脚地穿梭在雨雾之中，走在又湿又滑的蜿蜒小路上，像是两个人共同的人生写照。

回到家，两个人的衣服都湿了，压在身上，很沉重。

秦老师没管自己，走进曼曼的房间，捧出一套衣服，递给潘璐，说，你穿这个吧，你和曼曼身材差不多。

潘璐接过来，胳膊往下一沉，曼曼的衣服沉甸甸的，压手，上面沾满了记忆的灰尘。

秦老师回自己房间换衣服。

等她走出来，看到潘璐穿着曼曼的衣服，正在收拾地上的杂物，秦老师有点出神，觉得曼曼又在这里了，曼曼又回家了。

曼曼把地上的尘土和碎屑扫起来，曼曼给垃圾桶换了垃圾袋，曼曼踩着凳子，把快要掉下来的奖状一张一张地粘好。

秦老师没拦着她，也没打断她，就这么看着她。

曼曼回头看着妈妈，对妈妈笑，问妈妈，人死了会去哪里？死疼不疼？

秦老师就骂她，不要说这种话，不要想这些东西，你不会死，死离你还很远，你要多看书，多学习，要跟比你强的人比，别学坏，你跟他们都不一样。

曼曼看着她，笑，只是看起来总像是身上没什么力气。

她熟悉曼曼的这个表情，她知道接下来要发生的事情：

要么就是曼曼冲回房间，狠狠地把门关上，发出震天响，任由她怎么叫也不开门。

要么就是曼曼把屋子里能拿到的东西都奋力摔碎，花瓶的瓷片会割伤曼曼踩着人字拖的脚，曼曼会在地面上留下一连串血脚印。

可是这次曼曼没做这些，曼曼只是沉默，不知道她的小脑袋里在想些什么。曼曼出了一会儿神，说，人要是能飞就好了。

这句话不像是说给妈妈听的。

阿姨？

秦老师像是从黏稠多雾的梦里被叫醒，她抬头，看着眼前曼曼的脸慢慢变成了潘璐，辨认了好一会儿，才认出了潘璐。

秦老师好像是勉强说服了体内的骨头，尽可能地撑住了自己。她说，我去做饭了，我买了你爱吃的。

菜是不是潘璐爱吃的，秦老师有点记不清了。

也许是曼曼爱吃的，也许是她们两个人都爱吃的，连她也得承认，有时候她们两个小姑娘，确实有一点像。

潘璐大口吃。

秦老师就看着她，时不时嚼两口。

秦老师说，人的口味也能变，我就试着变成曼曼的口味，以前她爱吃的，我不吃，我爱吃的，她讨厌。我觉得她总吃一些垃圾食品，对身体不好。现在想想，我应该跟她一起，追追剧，吃吃炸鸡，像电视里的那些母女一样。我以前总跟学生说，要是有了错，什么时候改都不晚。我觉得我想改也不晚，不晚的，对吧？

潘璐把嘴里的食物都吞下去，看着秦老师，说，不晚的。

夜里，秦老师给潘璐铺床。

潘璐说，我自己来吧。

秦老师不说话，继续铺被子，潘璐不敢动。秦老师说，以前，我没给曼曼铺过床，一次都没有，从小我就让她独立。

潘璐站在一旁，矮着身子，缩着，听着。

潘璐睡在床上，秦老师坐在她旁边，喃喃自语，屋子里好像还有曼曼身上的味。

秦老师说，我有时候能听到曼曼咳嗽。她气管不太好，从小的毛病。

秦老师说，其实我知道，你们相处的时间不算长。

潘璐说，是不长。

秦老师说，你们聊了不到一个月，见面也就两天，但够了，够改变一个人的命，或者说改变一个家的命，够了。

潘璐说不出话来了。

秦老师说，你多住一天吧，好不容易来一趟。

潘璐赶紧说，不了，阿姨，回去还要上班，老请假也不好。

秦老师说，也是，明天几点的车？

潘璐说，上午十点的。

秦老师说，我起来给你做早饭，我去送你。

潘璐说，不用了阿姨。

秦老师说，要接，也要送，你听我的吧。

潘璐只能说，好。

外面还在下雨，小镇已经完全湿透，但雨水完全没有停下来的意思。

有人在轻轻晃她的胳膊。

身上湿透了。

雨水从脸上流进脖颈里。

她醒过来。

眼前，潘璐也湿透了，拉着她，看着她，像哭过。

秦老师这才发现自己和她都站在院子里，站在雨里。

她不知道自己什么时候出来的。

秦老师问潘璐，我怎么了？

潘璐擦了一把脸，声音有点颤，阿姨，你自己跑出来了。

秦老师疑惑，我跑出来了？

潘璐说，我睡着了，迷迷糊糊听到外面有动静，出来看，看到您站在院子里，站在雨里，往天上看，两只手伸出来等着，好像有什么东西要从天上掉下来。

我喊阿姨，我喊了好多声，可您什么也听不见。您是不是做噩梦了？

秦老师反应了一会儿，看着浑身湿透的潘璐，说，没什么事情，吓到你了，回去睡吧。

秦老师把潘璐拉到屋檐下。

潘璐还是看着她。

秦老师说，你洗个热水澡，别着凉了，曼曼。

潘璐怔住，不敢搭话。

秦老师说，把衣服换下来，我明天给你洗。

潘璐还愣在那里，秦老师说，进去吧，不早了，别熬夜。

潘璐只能进去。

秦老师湿着头发回到自己房间，坐在床尾，脸上的雨水往下滴。她抬头，看着正对着床的墙壁上，密密麻麻地挂满了女儿从小到大的照片。她的眼睛从这些照片上反复扫过，水从她脸上的皱纹里流出来，使她看上去就像是一个溺水的人。

黑暗中响起来一声细微的咳嗽声。

晴，高温

曼曼觉得自己需要一个人做伴，有个人做伴总比自己一个人好，她总是一个人。

她喜欢热闹。

她总是跟很多人混在一起。

但妈妈不喜欢。

妈妈喜欢安静。

妈妈喜欢的，她都不喜欢。

她喜欢的，妈妈也不喜欢。

用妈妈的话来说，她们母女俩，上辈子是对头。

妈妈管着她，怕她学坏。其实曼曼知道，妈妈更多的是怕曼曼离开她，离得远远的，让她再也够不着曼曼。

曼曼只是做出反抗的态度，但她自己早就预知了反抗的结果，结果就是，曼曼不可能离开妈妈了，永远不可能了。

曼曼知道自己欠妈妈的，妈妈经常说，要不是为了你，你爹出事之后我早就去死了，我就是为了你活着。

妈妈从二十多岁开始就是妈妈了，从此她就困在这个身份里，再也逃不出去了。

妈妈什么都没有了，妈妈什么也不想要了，妈妈的人生中只剩下她了。

曼曼自己也知道，她是任何人之前，她首先是妈妈的女儿。

曼曼和妈妈之间总是流动着一股成分复杂的液体，淹没了母女两个人。

她只是想喘口气。

她跑出去，认识了很多人，男的女的，胖的瘦的，红头发的，黄头发的，舌头上有舌钉的，耳朵上有耳钉的。天上地上的噪声夹击着她，灯光一跳，她就分不清面目了。许多温热、许多气味、许多双眼睛、无数片翕动的嘴唇、无数只脚，挤压着她，推搡着她，许多双胳膊，环绕她，搂着她的腰，许多张年轻的脸都裹在一团烟雾里，闻起来像是有什么东西烧着了，香甜，晕眩，可乐、薄荷和苦杏仁，皮肤的接触摩擦。鞋子在地板上反复叩响，有人在她耳朵眼儿里轻声说话，声音混沌，她听不清，但好像又知道其中的意思。一些人在叫，另一些人在笑，音响里的歌手把歌词呕吐在地上，她被拉扯着，推举着，她自己眼前也有一团烟雾了。

烟雾围绕着她，她踩着这些烟雾就能爬上去，向上，向上，越爬越高了，地板是屋顶了，屋顶踩在脚下了，室内就像是个洗衣机里的滚筒。一些倾泻下来的光斑可以被轻易击碎，碎成颗粒，像感冒冲剂。要管妈妈叫秦老师的时候，秦老师给她讲过，一些陌生又熟悉的名词跳出来，丁达尔效应，光是波，光是粒子，光有波粒二象性。

光洒下来的感冒冲剂笼罩了曼曼，她伸出舌头，尝了一点，跟感冒冲剂味道一样，苦的、甜的。她喘了一口气，像是暂时被治好了，下一场感冒还没来，她跟着很多张脸一起笑，很多张嘴一起和她说话，什么东西都向着她一股脑灌进来，她展开了自己，她加入了他们。

曼曼醒过来，看清了时间，已经很晚了，她从来没这么晚回过家。

曼曼跌跌撞撞往回走，妆应该花了，裙子应该破了，她脸上应该还带着笑。她想把脸上的笑收起来，可她好像控制不住自己的表情，只能尽可能地整理了自己。她走到家门口的一条小路上，看到妈妈光着脚，脚上都是泥巴地向她冲过来。

她看着妈妈逼近的嘴唇在动，但她听不清妈妈在说什么。妈妈离她很近，妈妈又离她很远。

她想抱抱妈妈，像小时候一样，每次闯祸之后，她都用这一招，很有效，妈妈不会消气，但也不会发作了。这是她惯用的伎俩，这是她的逃生舱。

曼曼觉得自己很累了，她只是需要抱抱妈妈，然后再睡上一觉。

她看着妈妈，想跟她撒个娇。

妈妈的动作变得很慢，有重影了。

妈妈的手抬起来，在半空中画了个弧，皮肤和袖子摩擦，激发出来一些汗水的气味，手掌逼近她，她能看清妈妈手掌上的斗和簸箕。小时候她经常和妈妈玩这个游戏，细数两个人十根手指上有多少个斗，多少个簸箕。

妈妈双手有多少个簸箕来着，她有点记不清了。

可是这个瞬间，妈妈手指上的斗和簸箕一起逼近她的脸、她的眼睛，斗和簸箕都放大了，放大到微观，她可以看见皮肤的碎屑。风和温热，清脆的声响，脸颊结结实实的触感，酸胀，发热，嘴角里有点甜腥。她脖子歪了歪，倒下去之前，她看清了妈妈愤怒到变形的脸，她把吃进去的东西全都吐了出来。

　　她不知道自己怎么倒在床上的，困倦彻底击倒了她。
　　她醒过来，天怎么又黑了？好像自己才刚刚睡着。
　　有一只蚊子一直在她耳边叫，像在喊着什么。
　　她睁开眼睛，坐起来，脑子还有点蒙。她起身，盯住了蚊子的下落，双手做捧，只一下，就抓住了这只蚊子。
　　蚊子已经吸饱了血，肚子鼓鼓胀胀的，只欠一死。
　　曼曼用杯子扣住它，拉开抽屉，拿出一个针管，是小时候当水枪使的。她打开针管，把蚊子关进去，又把推杆装上，轻轻推出空气，慢慢地加压。蚊子还在挣扎，翅膀透明，细足颤动。手指肚上的簸箕堵住另一头，她继续加压，蚊子动得更剧烈，直到轻轻的一声——可能根本就没有声音——蚊子的身体一下子碎裂，碎成了一小摊血污。
　　曼曼挺想知道针管里的这只蚊子到底是什么感觉。

　　曼曼吃了东西，想开门，开不开，防盗门被反锁了，每次都这样，她习惯了。
　　曼曼透过窗户往外看，外面太阳很大，地面龟裂，也没什么人，高温占据了一切。
　　曼曼把窗帘拉起来，把阳光挡出去，这样屋子里就凉快一点了。

　　落地扇在摇头。
　　曼曼把自己锁在房间里，伸展双腿，坐在地上，啃了半个西瓜。

西瓜汁液顺着脖颈往下流，流到胸口上，肚子上，大腿上，汁液鲜红，像血。她扔下吃了一半的西瓜，看着垃圾桶里刚刚被自己扯下来的保鲜膜，想到了什么。

她跑出去，又跑回来，手里多了一卷保鲜膜。她坐下来，扯下保鲜膜，一层一层地覆盖在自己脸上，慢慢裹紧，把自己也当成是吃了一半的西瓜。她什么也闻不到了，什么也看不见了，什么也听不见了，一切都被隔绝开来，她像是被攥住了。脑壳里响起一点点颤抖的轰鸣，先是很遥远，然后很近了，她仔细听，轰鸣其实不在耳朵里，而在脑子里，脑壳里像是中空了，被掏空了的西瓜就是这样的吧。

她觉得自己就躺在一个拳头里，或许是妈妈的拳头，温热而柔软，坚实而有力，斗和簸箕都很醒目，拳头在攥紧，空气从指缝之间被挤出去。

她觉得自己的身体也被攥紧，骨头互相挤压、折叠，逼近内脏，内脏很柔软，努力缩起来，想回避，但骨头不依不饶，还是直接压向心脏，心脏还在跳，只是渐渐慢下来，像每一首歌结尾的淡出效果。

她觉得自己就是那只蚊子了。

砸门，地板的震动，到底还是打断了她，她下意识地把堵在口鼻的多层保鲜膜撕开，空气涌进来，拳头松开了。

她大口喘气，握紧了手里被撕碎的保鲜膜，看着地上鲜红的西瓜瓤。她失望地想，西瓜总是死得其所，人呢？

阴转晴

群名就叫"重开一局"。

群里开始有六个人,很快其中一个人就不怎么说话了。

是个男的,头像是一棵树,也许他成功了,祝他成功。

另一个人退群了,可能是想开了,想开了也好,祝她幸福。

曼曼很早就注意到这个叫潘璐的女孩,头像是个卡通人物,在笑。潘璐比自己大两岁,每次曼曼在群里留言,她都是第一个回复的,曼曼爱听她说话。

潘璐有时候会在群里分享音乐链接,曼曼点开听,每一首都没听过,但每一首都很喜欢。

熟悉了,曼曼就管潘璐叫潘潘,说潘潘好听,跟自己的名字一样是叠字,叠字叫起来顺嘴、亲切,而且可爱。

潘潘说,那你就叫我潘潘,只有你能叫我潘潘。

曼曼和潘潘开始私聊。

曼曼有很多问题。

潘潘都有答案。

潘潘说,死可以很快,也可以很慢。最重要的是选一个适合自己的死法,就跟选一条适合自己的裙子一样。

潘潘说,死是一种权利,天赋人权。我们出生也没有人征求过我们的意见吧?那我们去死也不需要征求别人的意见,对不对?

潘潘说,死就是一个解决问题的办法,而且是最实际的办法,死了就了了。

潘潘说，群名是我取的，重开一局，就像玩游戏一样，这一局输了我就重来，不行吗？

潘潘说，我教你抽烟吧，一点都不难学，吞下去，再吐出来，人就飘起来了。

潘潘说，你跟我一起喝酒吧，喝了酒，你就不是你了，我就不是我了，我们想是谁都可以，我们想是什么都可以。

潘潘说，别听他们的，熬夜怎么了，抽烟喝酒又怎么了？我们都是要死的人了，还怕身体不好吗？

潘潘说，要是人生是一个学校，那我们就是差生，差生不在乎明天的考试能不能考好，差生没有压力，差生最自由，差生才最会玩。下辈子，我们换一个学校吧。

潘潘说，每个人都想过死，但不是每个人都敢迈出去这一步，大部分人都是尿包、窝囊废。

潘潘说，每个人想死的理由都千奇百怪，对别人来说，每一个想死的理由都不成立。他们都会说，干吗啊？不至于，想开点，好死不如赖活着。但对我们自己来说，每一个想死的理由都很坚实。伍佰的《坚强的理由》听过吗？你有坚强的理由吗？

潘潘说，这里别的没有，就是不缺傻子和骗子，我是傻子，他们都是骗子。他们骗了我一次，又骗了我一次，骗我跟他们好，骗我的钱，骗我给他们生孩子，我就是太好骗了，我不想再这样了。

潘潘说，我们这样做是有点自私，但我们不害别人，也不给别人添麻烦。

潘潘说，真没什么大不了的，这辈子不满意，下辈子重新来过。

潘潘说，你出来吧，我们见面吧，我给你买票，我们一起吧。选一个好天气，你喜欢晴天还是雨天？要不就下雨天吧，下雨天浪漫。选一身衣服，要不我们都穿裙子吧，裙子好看，像花，风一吹，像翅膀。选个地方，选个风景好的地方吧，有山有水的，像你说的嘛，死得其所。选一个方法，选一个我们都喜欢的，不疼的，过程很快的，一眨眼工夫的。选一个日子吧，你生日还是我生日？你陪着我，我陪着你，我们先后脚，我们手拉着手，我们跳吧，我们飞吧，我们在那边见面吧。

大雾预警

秦妈妈坐在车上，车窗外什么都在往后退。

她觉得车开得太慢了。

她坐不住，强撑着不让自己发抖。她不敢想，不敢想会发生什么，或者已经发生了什么。

曼曼不会的，她肯定不会的。她就是又调皮了，她就是想往外跑，她就是玩心重。

曼曼真的不会吗？

那她为什么在QQ里说那些话，说那些要死要活的话？

她就是这么说一说，发泄发泄，她从小就这样，她不会真的去做的。

不会吗？那她为什么一个人跑出来，还跑这么远？除了两件衣服，她为什么什么都不带？

是我的问题吧，是我管得太严了，我就是怕她学坏。她就是想出来透透气，她就是想出来玩一玩，一定是这样的。

我会找到她，拦住她，我不发火，我不打她，我也不骂她，我好好跟她说，说开了就好了，说开了就想开了。我也不拉她回去，我可以跟她一起，她想玩我就陪着她玩，去哪儿都行，玩多久都行，我不发脾气。没事儿的，一定没事儿的。

她走不远，她就是想吓唬吓唬我，我知道了，我以后改，我能改，我换个方法，我是老师，我可以因材施教，我可以的。

到站了，秦妈妈下了车。

这里跟家里不一样。

这里很多山，山很高，山上都是树，山上都是云，要把头抬得很高去看，山长在云上，云长在山上。

难怪外国人觉得这里就是中国的仙山，听说外国电影都来这里取景。

山太高了，秦妈妈有点害怕，她怕曼曼就在某一座山上。

按照聊天记录的信息，她们应该是昨天夜里见了面。

曼曼出门的经验少，她都是被教坏的。那个叫潘潘的女孩，秦妈妈不知道她是个什么人，但痛恨她说话的语气，她在教唆曼曼，她不把自己的生命当一回事儿，也不把别人的命当回事儿。她说得太轻松了，她爸爸妈妈怎么教育的她？她是什么人，她不就是恶魔吗？这不就是杀人吗？这跟杀人有什么区别？等我见到她，一定要教训她，替她父母教训她，不排除我会打她一巴掌，让她长长记性，让她别祸害别人。我也不会丢下她，我会和曼曼一起送她回去，让她的家里人看住她，不要让她伤害自己，也别让她害了别人。我不能让曼曼再和她做朋友了，曼曼跟着她肯定会学坏的。

　　她胡乱把随身带的面包吞下去，不敢停下来，不敢睡觉，一点也不能耽误。她必须赶快找到曼曼，见到她就好了，见到了就什么都解决。曼曼可能会闹，会哭，也可能发火，但总会过去的，以前也是这样，总会过去的，什么都会过去的。她的路还长着呢，年纪小的时候闹点情绪病不是什么大问题。我们小时候不也是这样过来的吗？我们受了多少苦？我们中也没有谁就要去死啊。现在的孩子都怎么了，怎么一个个都这么脆弱了？要死要活能解决什么问题呢？她们就是需要被教育，被引导。

　　秦妈妈找了很多青旅，都没找到曼曼。
　　直到一个女孩盯着秦妈妈手机里的照片，说，见过，她们一大早就上山了，可能要去看日出，不过今天大雾，大雾不一定能看见太阳。
　　女孩还没说完，秦妈妈就已经冲了出去。

　　秦妈妈上了山。
　　雾气越来越大了。
　　山笼罩在雾气里，秦妈妈上山，像是在往天上爬。
　　她想起来1986版《西游记》里的天庭，天庭里总是冒着干冰，她觉得没准自己走两步就能见到穿戏服的人。
　　秦妈妈爬了很久，腰和腿都酸胀得厉害，她不敢休息，连口水也不敢停下来喝。

秦妈妈终于看到了曼曼的身影,和她有一小段距离,曼曼和另一个女孩都穿着裙子,一前一后往上爬,踩在石阶上,两个人的手拉在一起,在雾气里时隐时现。

秦妈妈跟过去。

她们的影子钻进了雾里,消失了。

秦妈妈气喘吁吁,想喊,但又怕惊动了她们,她小跑着,追上去。

山顶上,风吹着雾气聚散,秦妈妈的睫毛上也挂上了水珠,偶尔吹过来的一阵微风也是湿的。

秦妈妈从雾气中钻出来,听到了声音,上前,循着声音往下看,一个斜坡下面的山体上,一小块空地上长满了灌木,她看到了曼曼,看到了那个叫潘潘的女孩。

两个人已经逼近峭壁的边缘了。

那里不是游览区,没有护栏,什么都没有,雾气拢着她们。

曼曼就站在潘潘身后,和她一起往下看。

秦妈妈慌不择路,沿着斜坡连滚带爬地滑下去。

曼曼听到了身后的响动,她回头,看到了妈妈。妈妈喊了一声"曼曼",曼曼没应声,看了潘潘一眼。

秦妈妈能看见潘潘给了曼曼一个微笑,然后她往前踏出一步,一只脚已经悬在空中了。

秦妈妈加速冲过来,冲向曼曼,一把拉住曼曼,把她扯倒在地上,顾不得扶她，身体继续往前扑，双腿跪在地上，拦腰抱住了潘潘，箍住她。潘潘下意识地喊叫、挣扎，想甩开她，秦妈妈狠狠地抱紧她，想回头看看女儿，曼曼已经站起来，看了妈妈一眼，一点也没有犹豫地跑向她。裙角扫过了妈妈的脸，她闻到了曼曼身上的气味，她双手还紧抱着另一个陌生的女孩，她停止了挣扎，和秦老师一样看向曼曼。曼曼的身体甚至可以说有点轻盈，就像是在跳舞一样，一点也不生涩地跃起来，她就这么一纵身，跳了下去，山下聚集在一起的雾气被惊动，妈妈只能眼睁睁地看着她，目送她。她带起来的一阵微风吹起妈妈额前被雾气打湿的头发，妈妈眼眶一疼，看着女儿跌进了雾气里，雾气散了散，随后更浓了，一点声音也没有，像是什么也没有发生，所有的秒针都不走了，没有落地的声音，没有尖叫，没有号哭，什么也没有，周围成了真空，雾气漫过来，把她和怀里同样僵住的女孩一起吞没了。

大队的游客开始上山，交谈声冲破了云雾，对他们来说，这不过是旅途中再普通不过的一天。

晴，大风

雨停了。

慢慢热起来的阳光在收拾残局。

小镇像是被清洗过。

建筑物又新鲜起来。

三轮摩的里，潘璐觉得身上轻松一些了。

秦阿姨帮她扶住了箱子，微闭着眼睛养神，昨天晚上她应该再也没睡着。

潘璐也没怎么睡，但她一点也不困，只想着早一点上车，离开这里，越远越好。

她瞥见秦阿姨鬓角上钻出来的白头发，比往年更多了，皱纹一直往骨肉深处生长。她老了，潘璐想，老得比她以为的还要快。秦阿姨还是挺直了腰板，努力撑住自己的一身骨头，像她自己说的，这是当老师养成的习惯，站有站样，坐有坐样。要是曼曼不走，秦老师应该会老得慢一些吧。

她把秦老师的后半生和曼曼一起夺走了。

时间还没到，她们来早了。

秦老师还是坚持买了站台票，小心而不舍地挽住潘璐的手。潘璐感受着她手心里的温热，看着她疲倦而苍老的脸，跟每一个送儿女出远门的妈妈，并没有什么两样。

没地方坐，两个人就找了个空地，在人群的缝隙里紧靠在一起站定。

秦阿姨说，明年你会回来的吧？

潘璐看着秦阿姨，稍做犹豫，还是说，会。

秦阿姨看着她，说，那我就有盼头了。

潘璐只能点头。

两个人都沉默了一会儿。

秦阿姨说，我有空就去看你，给你带好吃的，我知道，曼曼爱吃的，你也爱吃。

潘璐说,好。

秦阿姨说,我现在自己吃不了多少东西了,我喜欢看你吃东西,你吃得香。

潘璐笑笑,说,我能吃。

秦阿姨说,能吃是福气。我啊,还给你准备了一个大红包,等你结婚的时候给你,你放心吧,你也有娘家人。

潘璐说,好,到时候您一定来。

秦阿姨说,我能活到那时候吧?

潘璐说,您身体好着呢,肯定能。

秦阿姨说,我使劲活。人还是得活着,活着才有希望。

潘璐重复,活着才有希望。

两个人就又不说话了。

车站里,人越来越多。

时间快到了,开始检票。秦阿姨跟在潘璐后面,拉着潘璐的衣角,生怕和她走丢了,就像是个第一次出远门的小孩子。潘璐拉住了秦阿姨的手。

两个人一起进了站,风大起来,吹得人站不住,头发抽在自己脸上。

车还没来,人都在风里等。

潘璐和秦阿姨靠在一起,潘璐看了秦阿姨一眼,叫了一声阿姨。

秦阿姨抬头看她,潘璐说,曼曼——

刚说出口,她又停住了,好像不确定该不该说。

秦阿姨看着她,说,你说吧。

潘璐说，曼曼留下的……信，您当时看了吗？

秦阿姨很平静，说，我看了。

潘璐说，曼曼想把……想把骨灰撒出去，撒哪里都行，就是想撒在风里。

秦阿姨看着潘璐，表情没什么变化。她说，这不行，我不能让她那样，我怕我死了找不着她，我找怕了，我得跟她葬在一起。

潘璐不知道说什么了。

秦阿姨端详她，像是把她钉在了风里，笑着说，开玩笑似的说，你不是答应要陪着她吗？你陪了吗？你没有吧，你食言了。

秦阿姨被风吹起的头发，抽在潘璐脸上，潘璐一动不动，像是已经被从铁道上灌进来的风万箭穿心。

秦阿姨接着说，她还是自己一个人，她不是最害怕一个人了吗？我不能再让她一个人了。我陪着她，妈妈陪着她，只有妈妈能陪着她，别人都不行，谁都不行。

潘璐身子在发抖，潘璐不敢哭，不敢在她面前哭。

秦阿姨说，我知道我自己多了个梦游的毛病，你知道昨天晚上我梦到什么了吗？

秦庆美躺在床上，听到外面有动静，她坐起来，仔细听，是一声轻轻的咳嗽。她认得这声咳嗽，是曼曼的，曼曼从小就气管不好，试了多少办法也不管用。

她顾不上穿鞋，光着脚走出去。院子陷下去了，成了一个钝角的斜坡，什么东西都在沿着斜坡往下滚，她也站不稳，跟着石头、土块一起往下跑。跑了很久，她发现自己能站定了，脚下都是低矮厚实的灌木，好像还有条河。她抬头看，目之所及的是高耸的一座山，山很高，特别高，高得吓人，山上都是树，山上都是云，要把头抬得很高去看，山长在云上，云长在山上，这里就是中国的仙山吧，仙山压着她。

她又听见一声咳嗽，她看见仙山山顶上有两团人影，是两个女孩，她能看清楚曼曼的脸，另一张脸却模糊不清。她能看到两个女孩正往下看，她能感觉到曼曼正要往下跳，她吓坏了，她扯着嗓子喊，曼曼你别跳，你千万别跳，妈妈不管你了，你别跳了。

曼曼好像根本听不见，另一个女孩就站在曼曼旁边，给曼曼拍手，给曼曼叫好，给曼曼加油，她在笑，笑得很开心，笑得像只是在鼓励曼曼做一个再简单不过的游戏。

曼曼还是跳下来，身体从云雾里往下掉。秦庆美仰着头，张开双臂，盯紧曼曼掉落的方向，小跑着移动自己的位置，想要接住曼曼。

曼曼越来越近了，越来越清晰了，曼曼掉落的位置却飘忽不定。她听到曼曼在喊妈妈，曼曼终于看见妈妈了，妈妈回应她，妈妈在呢，妈妈在这儿呢，别害怕，妈妈在呢。

曼曼掉下来了，她双臂一挺，一把接住了，结结实实地接住了，臂弯上的这股重量让她觉得安心。她低头去看曼曼，曼曼一声啼哭，她看清了，自己怀里的曼曼变成小小一团了，一点胎发长出来，五官还没有完全长开，眼睛微微闭着，吃着她的小手。我的曼曼才刚刚出生，秦庆美笑了，她快乐地想着，曼曼才刚出生，什么都还来得及，什么坏事都还没有发生，她还有时间，她们还有时间。

大象之鼻

赵东风

我看过一个纪录片，关于大象的。就在非洲，非洲大草原，那里有一个古老的象群，象群里突然多了一头没有鼻子的大象。没有人知道这头大象的鼻子到底是怎么没的，可能天生就没长，也可能是去河里喝水的时候，被鳄鱼咬掉的。

没有鼻子的大象在象群里不受待见，没有大象愿意和它一起玩，象群也不接纳它。

没有鼻子的大象，还是大象吗？

没有鼻子的大象如果不是大象了，它又是什么呢？

赵东风能听见自己说话，只是声音含混不清，应该是耳朵里也进水了。他熟悉桥下的这条河，河水并不干净，里面水草疯长，河面上呈现出一种浓稠的碧绿，远看上去像流不动的油脂。

他身上还滴着水，脸上廉价而浓重的妆容已经被河水泡花，吸饱了水的裙摆，沉重到像是有一双手正把他往地底拽，他感觉自己的身体里正在生出树根。

他把头顶上的假发片扯下来，沾了水的假发片手感很奇怪，他给了对方一个饱含歉意又带着点责怪的微笑。

他接着说,这个纪录片我一直没看完,只看了前半段,我也不知道那头没有鼻子的大象最后到底怎么样了。

对方以一种疑惑而又警惕的眼神打量着赵东风,赵东风确定对方没有听懂自己说的话,其实连他自己也不知道为什么要跟对方说起大象的事情。

对方仍旧用双手死死钳住赵东风的胳膊,他直到现在才感觉到疼。

赵东风挣脱不开,就放弃了,他仔细看着对方。男人,三十多岁,脸上冒出胡楂,头发里夹杂着河水里的青苔和杂草,脖子梗着,表情茫然、困惑而又带着某种坚持,他死死地盯着赵东风的眼睛看,似乎是想要确定什么,或者认出什么。但赵东风并不认识他。

他把赵东风从河里拖上岸之后,又跟着他一路重新回到桥上,那时双手就已经这样钳住了他的胳膊,像是在看管一个宝物。

赵东风心里想,他们两个人现在正湿漉漉地坐在桥上,贴在一起,竞相融化,像两块被随手扔掉的老式雪糕。

很多人路过,但没有人停下来。天快黑了,所以每个人都行色匆匆。

一辆警车在桥上停下来。

下来两个警察,打量着赵东风和拉住赵东风的男人,两个人对望一眼,有点困惑,其中一个年轻一点的警察问了一句,是谁跳河?

赵东风被带进派出所，身上的衣服还没有干透，年轻警察递给他一包抽纸，他扯出来几张，擦了一把脸，表情真切了一些。

年轻警察说，你给家里人打个电话，让家人来接你。

赵东风想了想，摇摇头，没说话。

年轻警察似乎有点疑惑，说，那你把电话给我，我来打。

赵东风的双臂在醒酒室的桌子上留下一道水渍，像一个部首。

年轻警察拨通了电话，说明了情况。赵东风听不到电话里的声音，只能看到年轻警察错愕的神色。他看了看赵东风，又看了看自己的手机，重新拨了一遍，这次电话直接被挂断。

赵东风等着他开口。他说，你父亲说他没儿子。

随即，年轻警察大概自己也察觉到了这句话里的矛盾，身体僵了一会儿后又问，你确定没打错？

赵东风感觉身上半干的衣服越来越紧，像是要压缩他，他想笑，但疼从嘴里先冒出来，他像蛇一样发出嘶嘶声。

年轻警察看着他，皱了皱眉头。他指了指自己的腮，缓了足足一分钟，才开口，这颗牙，牙根裂了，牙神经发了炎，每天都要疼一会儿，现在到疼的时候了，疼一会儿就不疼了。

年轻警察顿了顿，说，那你得去看啊，牙疼不是病，疼起来要人命。

赵东风回味着刚才嘴里那口疼，笑笑，说，我的牙、我的舌头，都犯过罪，犯罪就要受罚，它们现在就在受罚。

警察看着他，眼神挺宽容，大概只是觉得他不太正常，他应该见过很多不正常的人。

赵如海

赵如海养了一只八哥，毛色黑中带灰，有人说是林八哥，有人说是家八哥，还有人说更像鹩哥，要不就是鹩哥和八哥配的种。

赵如海不知道八哥和鹩哥能不能配种，他不管这些，之所以养这只八哥，是因为它有个名字，叫胡明建。

胡明建也不能算是八哥的名字，而是这只八哥唯一能喊出声的三个字。

早上他还没起来，八哥就喊，胡明建胡明建。

饿了，它也喊，胡明建胡明建。

半夜突然被光惊着了，它也喊，胡明建胡明建。

赵如海索性就叫它胡明建，它也喊，胡明建胡明建。

城西，一起遛鸟的鸟友，提溜个笼子，笼子里是一只红蓝靛颏，毛色漂亮。赵如海以前没见过这只鸟，应该是新来的。提红蓝靛颏的听着八哥不住口地喊胡明建胡明建，就问他，它为啥会喊胡明建，胡明建是谁？

赵如海今天心情还可以，就再讲讲。

赵如海不认识胡明建，这里没有人认识胡明建，除了这只八哥。

具体的故事，赵如海是听鸟贩子给他讲的。

这只八哥有点来历，说是以前在秦岭有个主人，主人在秦岭开矿，是个矿工，就叫胡明建。

胡明建开矿挺有经验，身体也好，看矿脉，深入地底，挖一些有色金属，把矿石卖给就近的几座冶炼厂。

秦岭多山，进了山，小半年出不去，开矿跟炸药打交道，又有粉尘污染，不好带老婆孩子，闷。胡明建无意中在林子里抓了只八哥，八哥不知道怎么就到了这里，也不知道是怎么活下来的，挺神。胡明建空了就教它说话，没少费劲，这只八哥舌头挺笨，只学会了他的名字，开口就是胡明建胡明建。

一叫他，胡明建就乐。

胡明建每天带着八哥干活，八哥要么停在胡明建肩头，要么飞在他身后，高兴了，就喊他胡明建胡明建，不高兴了也喊胡明建胡明建。

山里人就都知道了他叫胡明建。

胡明建常跟人说，他身上有一座庙。

五脏庙，庙里，五脏六腑都有分工，心该跳就跳，胃该吃就吃，胆子该大就大，肺该咳就咳。

五脏六腑总有一个要辛苦的。

他现在辛苦的，就是肺，尘肺。

矿工干久了，容易得尘肺病，他要快，赶在尘肺之前，找到一个足够大的矿脉。他只要找准了，就能把老婆孩子接到城里，住集体供暖的房子。

矿脉也是他们家的命脉。

他经常带着八哥,在秦岭里走,这里看,那里挖,偶尔下两根雷管,炸飞一些土石,运出去一两车矿石,废料丢在山下,等着秦岭里的妇女去捡。

山里常有奇遇。

有一次,遇到一具尸体,没人管的,看不出男女,他吓了一跳。八哥喊,胡明建胡明建。他就骂八哥,叫魂呢,闭上嘴。

没多久,应该是没多久,胡明建果真找到了一个矿脉,怕人知道,连夜下去埋炸药。炸药埋好了,人还没出来,炸药就响了,把胡明建埋了进去。

八哥等不到胡明建,就在矿坑外面飞来飞去,喊,胡明建胡明建。

胡明建没能从里面走出来,八哥逢人就喊,胡明建胡明建。

秦岭里很多人都见过这只八哥,都听过八哥喊胡明建胡明建,夜里它也喊胡明建胡明建,能把走夜路的人吓个半死。

八哥天天喊一个死人的名字,山里人和开矿的,心里都犯嘀咕,一商量,弄了点吃的,把八哥引下来,网住,卖给了路过的鸟贩子。

鸟贩子给赵如海介绍完,八哥还在喊胡明建胡明建。

赵如海说,这只鸟挺念旧啊。

鸟贩子说,反正是别的话都学不会,你要是要,就给八十块钱。

赵如海打量着八哥,八哥像钢珠一样的转动着的小眼球也看到了赵如海,喊,胡明建胡明建。

赵如海笑,说,我要了。

提红蓝靛颏的听完，觉得有意思，看着赵如海逗弄八哥，说，八哥比儿子都亲。

赵如海说，可不，儿子死了，全靠鸟解闷。

提红蓝靛颏的带点歉意，问，咋回事儿啊？

赵如海眼睛不离八哥，说，得病了。

提红蓝靛颏的哎哟了一声，问，多大啊？

赵如海说，十九。

提红蓝靛颏的啧一声，说，那不得心疼死。

赵如海说，这不养鸟了吗？鸟能飞却不飞，孩子可不一样，翅膀一硬，就飞了，有多远飞多远。死了就是飞了，飞了也是死了。

提红蓝靛颏的不知道该说点什么了。

八哥喊，胡明建胡明建。

赵如海就给它喂一把谷子，看着它一粒一粒吃完。

遛完鸟，坐十几站公交车，回到城东，窗外的店铺和人群的口音开始熟悉起来。

回到家，太阳还挺好，赵如海把八哥安顿好，洗了手，喝了两口酽茶，拉开立式老衣柜，半个身子探进去，从一堆旧衣物深处，打捞出一套裹着透明塑料袋的65式军装。

他脱掉塑料袋，军装已经被洗得泛白。他捧着，嗅了嗅，像是要把回忆从军装上嗅下来。八哥在叫，他嘴里哼着军歌，把军装上的褶皱抚平，走出去，晒在院子里。风一吹，军装摇晃，像是正向他走来。他盯着出了一会儿神，不知道在想些什么，但神情复杂，严肃、骄傲，又有惋惜。

院子是个小院，被周围的高楼包围，像是一个他所坚守的阵地，光线子弹一样从四面八方穿过来，击中一些潮湿的角落。

种下的一些菜早早就长了出来，葱、辣椒、黄瓜、西红柿，都在向阳光争宠。赵如海把藤椅和小桌子摆出来，靠近自己院子里的小菜园，脚边放一盆清水，喝一口烧酒，伸手揪下来一根翠绿的辣椒，在清水里一涮，咬进嘴里，发出清脆的断裂声，把口腔里酒后的辛辣余味送下去。

八哥大概喊累了，这会儿挺安静。日头开始坠落下去，光线失去了力道，开始散漫起来。

他眼睛微微闭上，听着不知道哪里传来的狗叫。

电话就是这时候振的。

等他从口袋里掏出来，已经振了半天。

他开了公放，放在耳边听完，脸色没什么变化，说，我没儿子。

电话又振，他把电话直接挂掉。

外面的狗还在叫，他狠咬了一口辣椒，对屋子里的八哥说话，狗叫就是不如鸟叫好听。

八哥被吵醒了，喊胡明建胡明建。

赵东风　时年十岁

赵东风喜欢他的狗。

他的狗和他很像，都不大，都很瘦弱。

他不大，不大到不像个十岁的孩子。

他的狗也不大，不大到总像是刚出生没多久。

他把他的狗养大，冬天就让它睡在自己床上，把自己的饭喂给它吃。

他给他的狗取名叫桃子。因为它的脑袋看起来像是个毛茸茸的桃子。

桃子替他暖被窝，总在他哭的时候舔他的脸。

桃子的舌头很热、很滑、很湿，被它舔过很舒服，尤其是哭过之后。

他经常哭。

他自己也不知道为什么，眼泪总是不经意就流下来，有时候甚至不为什么，就是想哭一场，就好像一件刚洗过的衣服不得不渗出水来。

不管什么时候，不管发生什么或者不发生什么，只要哭过之后，他就会感觉好一些。

他不敢当着父亲的面哭。

父亲一看到他哭，就不耐烦，狠狠瞪他，尤其是妈妈走了以后。

父亲总是满身酒气地回来，桃子就对着他狂叫。他很害怕，不知道自己在害怕什么，但就是害怕，他搂紧桃子，捂住它的嘴。它还是叫，越叫越凶，叫声从他的指缝里漏出来。

要一直等到父亲睡着之后，他才觉得安稳下来，抱着桃子，缩在床底，祈祷着就此消失，永远不被发现。

他和桃子一起睡着了。

有时候,他会做梦,梦到妈妈,梦里的妈妈他很熟悉,对他笑,拉他的手,给他梳头发。

妈妈的手很软,他感觉自己是小小的一个,就躲在妈妈的手掌里,妈妈手握起来,他就被保护起来,他就永远安全。

妈妈有时候闻起来像一颗苹果,有时候像一块蛋糕,都是他爱吃的东西。

梦里什么都变得很慢,没有人催促他,他什么也不用害怕。

但梦总是结束得很仓促。

他会从很高的地方掉下来,一直往下掉,云在他周围爬升,他的心揪起来,想喊,喊不出声,风灌进嘴里。他小腿肚子也在发麻、发痒,像是有什么东西要破土而出。

有一次,他问妈妈,我是从哪里来的?

妈妈告诉他,是从我小腿肚子里生出来的。

他摸了摸妈妈的小腿肚子,两条腿都摸了,问妈妈,是哪一条腿?

妈妈说,你觉得是哪一条?

他说,是左腿。

妈妈问,为什么?

他说,左腿摸起来很伤心。

妈妈笑了,摸他的头。

梦里,他觉得有一天自己也会从小腿肚子里生出什么来,但每一次都等不到答案揭晓,他就在坠落中醒过来。

梦外面的妈妈，和梦里的妈妈不一样。

梦外面的妈妈，总是在找一个人。

妈妈往外跑，他拉不住，妈妈好像也看不见他。

妈妈跑出去，他就跟在她后面。

妈妈会冲进任何一家开着门的商店或者人家，说要找一个人。

问她找谁，她也不说，眼睛在每个人脸上扫过去，在被拦下之前，推开她能找到的每一扇门。

他在妈妈身后哭，却不敢拉住妈妈的手。他之前拉过一次，被妈妈狠狠甩开，他扑上去，抱住妈妈的小腿，生出他来的那条小腿，然后他就被这条腿踢出去，倒在地上，很久没能爬起来。

父亲总是来得很晚，妈妈已经闹了好一阵了，父亲才出现。

别人不敢动她，父亲就拦腰抱住她，她想跑，跑不掉。父亲有时候会把她扛起来，一言不发地往外走，他压着自己的哭声跟上去。

妈妈还在喊，听不清在喊什么，头发垂下来，遮住她的脸，她的声音掉下来，砸在他脸上，很疼。

回到家，父亲就把妈妈放在床上，拿麻绳绑起来，绑好几圈，像绑一个粽子。他不敢说什么，站在门外，听着妈妈又哭又笑又骂，很害怕。

父亲走出来，把门锁上，眼睛通红，腰板挺不直，告诉他，你妈疯了。

他摇摇头，否认，她没有，她就是想找人。

父亲说，她疯了。

他还是摇头，父亲给了他一巴掌，他不敢再说话了。

锁是他打开的，绳子也是他割断的。割绳子的时候，妈妈就安静地看着他，和梦里面一样，和以前一样。

绳子割断之后，妈妈坐起来，揉了揉自己的两条腿，等她能站起来了，她就瘸着腿往外走。

他有点慌，小跑着跟出去。

妈妈走得很快，好几次他都跟不上了，急得想哭，往前跑，摔倒，又爬起来，哭着跑出去几步，就又看见很远的地方有个小点。他知道那个小点是妈妈，他有力气了，他又往前跑。

等他总算跑过去，看到妈妈爬上了一棵树，树很高，妈妈在树上往外看，好像看得很远，但不知道在看什么。

他想喊，还没喊出口，妈妈两只脚在树冠上往前迈了一步，脚下就踩空了。他听到树干断裂的声音，像在远处炸响的鞭炮，并且掀起来一阵风，风里夹着尘土，迷了他的眼。

等他能看清了，就看到妈妈躺在地上，睁着眼睛，好像仍旧在看着什么。他不知道妈妈在看什么，但从他的角度看进妈妈的眼睛里，他知道，妈妈没有看他。

他流出眼泪来，不确定是不是因为迷进眼睛里的尘土。他蹲下来，喊了声妈妈。

妈妈一动不动了。

他觉得妈妈死了,就死在他面前,他害怕,他甚至不认识回去的路。

他又喊了一声,推了推妈妈的肩膀,妈妈终于动了动身子,坐了起来,回头看了他一眼,像是在想什么。她站起来,拍拍身上的尘土,转身往回走,看上去并没有什么异常,他赶紧跟上去。

当天夜里,他睡着了,风在敲门,敲得很大声,很没有礼貌。他睁开眼,妈妈正俯身看着他,潮湿的头发垂下来。他想说话,妈妈对他做个"嘘"的手势,他看着妈妈,妈妈把声音压低了,说,我有个女儿,跟你差不多大。

他并不明白,妈妈只有一个儿子,他就是这个儿子。

他想跟妈妈解释,外面风越来越大,砸门声又急又响,像是有什么东西要冲进来。

妈妈问,你见过我女儿吗?

妈妈的头发扫过他的脸,头发湿漉漉的,像是刚浸了水,在他脸上写写画画。

他说,妈妈,你没有女儿,你有儿子,我就是你儿子。

妈妈看着他,眼神变了,说,你胡说,我有女儿,我要去找我女儿了,我看见她了。

妈妈要走,他拽住妈妈的衣角,妈妈的衣服也湿漉漉的,一攥就攥出水来。

他没拽住,妈妈的衣角只在他手心里留下一团潮湿。

晃动的房门发出一声响亮的震动声,像是打了一个雷,紧接着就安静下来。风停了，门外一点动静都没有，他像是重新醒来一遍，眼前什么也没有，但手心里的潮湿还在。

他爬起来，摸索到父母的房间，尽量让自己不发出声音。父亲睡在地板上，呼噜声还在响，他走到床边，看着像以往一样被父亲绑在床上的妈妈。

妈妈就和流动的黑暗一起躺在那里，很安静，好像没有什么能吵醒她。他拉了拉妈妈被绑在一起的双手，妈妈的手不再像以前一样软了，有点冰，像是冬天雪地里的枯树干。

他觉得都是因为风，风太大了，人凉了，妈妈的手没有盖被子。他在妈妈身边躺下，给妈妈和自己都盖上被子。他用尽力气靠近妈妈，妈妈身上的味道总是很好闻，他睡着了。

天亮了，屋子里很乱，来了很多人，父亲在和他们说话。他听不清他们在说什么，乱糟糟的，他觉得很吵，他不想起来，不想离开妈妈，可他又有点饿。他犹豫着，不知道下一步该做什么。

妈妈还在睡，姿势也没有变，手比昨天更硬了，更冰了。

他给妈妈把手上的绳子解开，捧起妈妈的手，试图用自己手心里的体温让这双手重新热起来。

他还没有做到，就进来几个人，他不认识。一个人来抱他，想把他从妈妈身边抱开，他哭，他踢，他叫，但他挣脱不开，他都被抱下来了，可抱他的人还是牢牢地抱住他。

他看着他们把妈妈从床上解开，抬下来。他喊妈妈，妈妈还在睡，被抬下来的时候也还是一动不动。他想阻止他们，就咬那个人的胳膊，那个人一只手松开了，另一只手却还是抱住他，拦住他，他动不了，只能看着他们把妈妈抬出去，外面的太阳很刺眼。

他看到父亲走进来，整个人比以前更矮了，父亲根本就没看他，眼睛一直看着被抬走的妈妈。

他还在哭、叫，直到一点力气也没有了。屋子里很多人进进出出，很多双鞋把泥土和气味带进来又带出去，很多声音灌进他的耳朵里，人在说话，车在轰鸣，一些狗在叫，风在恨恨地晃门，他的头开始疼。

他们说，妈妈已经被烧掉了，先是住进了一个小盒子里，紧接着就住进了坟包。他知道镇子里有一片坟地，许多人葬在那里。

可是屋子里明明还有妈妈的气味，哪儿哪儿都有，妈妈在屋子里的每一个角落都留下了气味。她应该只是去找人了，和她以前一样。

妈妈说她还有个女儿，他不明白妈妈的意思，妈妈难道真的疯了？

他决定等妈妈回来。

家里没有人，父亲不知道去哪里了，小院像是被包进了糖纸里。

饿了，他就到厨房里翻出所有能下嘴的东西，幸好，厨房里总是有吃的。

困了，他就睡下去，迷迷糊糊听到有人回来，他以为是妈妈，看清了才发现是父亲。父亲红肿着眼眶，一言不发，看了他一眼，丢下一袋吃的，自己在院子里坐了一会儿，就又出去了。

他又饿了，又睡了，又醒了。

妈妈始终没有回来。

他等不了了，从糖纸里跑出去，去找妈妈，像是妈妈找女儿那样找她。他不知道应该去哪里找，他学着妈妈的样子，逢人就问，你看见我妈妈了吗？

每个人都用一种他不能理解的眼光看着他，好像他是个怪物。

他只能喊妈妈，边走边喊，希望得到回应，但回应他的只有风声、关门声、脚步声和世界上所有的噪声。

他这才停下来，查看自己周围的环境。他不知道自己已经走出来多远，周围都是陌生的面孔，房子都像是要长进云里，风里有一股烧纸的味道。他完全记不起回家的路，只能让双脚带着他往前走，直到他走累了，双脚不想再走了。

他找了个墙根坐下来，后背贴上去，墙壁很硬、很凉，一层青苔长出来。他抱着自己的膝盖，在想哭之前就已经哭了，眼泪一滴一滴地砸在他手背上、膝盖上、石砖的地面上。他还没哭完就睡着了，脸上还挂着没来得及掉下来的眼泪。

然后他就感觉到有什么在舔他，很热、很滑、很湿。他睁开眼睛，看到自己面前有一条瘦弱的小狗，全身上下只有一双眼睛很大，狗头毛茸茸的，像个桃子。

他就是从这个时候决定叫它桃子。

他把桃子抱起来，漫无目的地往前走，他只能往前走。

他自己也不知道走了多久，直到被人认出来，送回家。

他把桃子紧紧抱在怀里。父亲坐在院子里的菜园前，正在嚼碎一个青红相间的西红柿，在汁液从他嘴角流下来之前，及时给自己灌了一口酒。

父亲看着他,看着他怀里的狗,他赶紧说,它叫桃子。

父亲把剩下的西红柿全塞进嘴里,不再看他,专心盯着小菜园泥土里破碎的鸡蛋壳看。

他把桃子抱紧,想起妈妈以前会经常把鸡蛋壳打碎,撒进菜园里。

他大部分时间都和他的狗在一起。

父亲很久没和他说话了。

父亲很久没和任何人说话了。

父亲只和酒说话。

只有桃子陪着他。

他用自己的饭喂饱了桃子,从妈妈的衣柜里翻出来许多她的衣服。有一些他看妈妈穿过,也有一些他没看妈妈穿过,但每一件衣服上都有妈妈的气味。

他把这些衣服都铺开在床上,在妈妈的衣服里打滚,桃子趴在床底下看着他。

他捧起来一件衣服,回忆着妈妈穿上它们的样子。他把衣服穿在自己身上,他想起来有小伙伴说过,这个叫胸罩,那个叫丝袜,他一件一件都穿在身上。衣服穿在他身上松松垮垮的,但他感觉很舒服,他感觉自己被妈妈抱着,举高,妈妈的气味包裹着他。

他照镜子,看到镜子里穿上妈妈衣服的自己,感觉自己和以前不一样了。他躲进妈妈的衣服里,躲进妈妈的气味里,觉得困倦、安全,他想睡着就睡着，不用担心自己会做噩梦。

桃子看着他，叫了一两声，他看了桃子一眼。桃子的眼睛总是很亮，像那种哭过之后的亮。

他看着镜子里的自己，看了很久很久，看久了，他觉得自己像妈妈，也像妈妈的女儿。他突然有点恨自己，如果自己早点穿上这些衣服，妈妈会不会就把他当成她的女儿了？这样一来，妈妈就不用到处找女儿了，妈妈就不会上树了，妈妈就不会摔下来了，妈妈就不会住进小盒子里，妈妈就不会住进坟包里了……

他越想越多，思绪的重量压垮了他，他站不住了，又躺进床上妈妈的一堆衣服里。衣服淹没了他，像海浪。

桃子的叫声叫醒了他。

他睁开眼睛，眼前是父亲愤怒的双眼，眼神几乎要把他刺穿。父亲的双手像钳子一样，掐住他瘦弱的胳膊，嘴里喷出酒气，骂他，你穿成这样干什么？！

他不知道该怎么回答，只能呆呆地看着父亲。

父亲疯了一样开始撕扯他身上妈妈的衣服，几乎要把他和这些衣服一起撕裂，衣服发出惨叫。他心疼妈妈的衣服，却不敢大声号哭，眼泪不知道什么时候已经涌出来。

那些衣服被扯烂，撕碎，胡乱丢在地上，踩在脚下。他能感觉到衣服很疼，疼，它们才会叫，叫得撕心裂肺，桃子也在叫。他身上的胸罩、丝袜被父亲拽下来，父亲甩了他一个巴掌，很响亮。

他终于控制不住自己的眼泪，眼泪往下掉，像是屋檐上滚落下来的雨水。

他被暴怒的父亲像一件衣服一样，从床上扯落下来。父亲提着他，他的身体好像一点重量也没有，只能轻飘飘地任由父亲往外拉扯他。他不知道父亲要把他拖去哪里，他双手乱挥，却一点力气也没有。

桃子追上来，狂叫，一口咬住了父亲的裤脚，露出狗牙来，摇头晃脑地撕扯。父亲给了桃子一脚，桃子像个黑色塑料袋一样被踢出去，又爬起来，脚还没站稳就又扑上来。这一次，它咬在了父亲的小腿上。父亲皱了皱眉头，看看他，又看看桃子。父亲把他扔在地上，把桃子拎起来，盯着他，告诉他，你是我儿子，你是个男人，男人要有男人的样子，男人不能像你这样，男人不能穿女人的衣服。你得有点血性，你得见见血。

桃子在父亲手上叫。

院子里风很大，从各个方向撕扯他。

父亲拎着桃子，翻身冲进屋里，再出来的时候，手里多了把剪刀。

他好像知道了父亲要做什么，冲过去，父亲推了他一把，他倒下来，桃子在叫。

父亲的手臂折起来，像个钳子，圈住桃子的脖颈，止住了它大部分的叫声，另一只手里握紧了剪刀。他再次冲过去，父亲干脆踢倒他。他胸口憋闷得厉害，顾不上哭，再爬起来的时候，父亲已经把手里的剪刀送进了桃子的脖子。桃子像是没反应过来，身子扭了一下，剩下的一点叫声停下了，发出呜呜声，像在哭。他看着桃子，它就像是被揉皱的塑料袋。他脚下发软，一股湿热的腥味被风吹进他鼻子里，他僵住，应该是风不让他往前走了，不然他为什么动不了？父亲握紧剪刀，又往里送了送，搅了搅，染血的手指握了握，像是剪断了什么。桃子软下来，一双无辜的眼睛看着他，里面的光消失了，他只能听见风声了。父亲仍旧抱紧桃子，盯着他看，脸上什么表情也没有，血浸透父亲的裤子，灌进父亲的鞋子，父亲毫不在意，一动不动。

桃子像是一个漏气的黑色气球一样，瘪下来，那双他熟悉的眼睛撑了一会儿，终于闭上了。腥味还围着他的头叫嚣，像是密密麻麻的一群蚊子，他觉得什么都在响，什么都很大声，他什么也承受不住了。

他一直睡，偶尔醒来的时候，只能感觉到自己浑身发烫。他出了很多汗，喘气的声音很大，就像是把烧红的煤块扔进水里发出的嘶嘶声。他又睡着了，梦里的东西都是碎的，看上去是碎的，闻起来是碎的，听上去也是碎的。他又醒了，这次好了一点，没那么多汗了，能听到一些水声，哗啦哗啦的，父亲似乎在清洗什么，一遍又一遍。他听到菜板被剁下去的敲击声，什么东西被剖开，什么东西被掏出来，什么东西被剁碎，咚咚咚，砰砰砰，哐哐哐。他闻到木头被劈开的断裂声，嘴唇动了动，能尝到火在烧的味道，能听到火烧起来。他的皮肤能感觉到浓烈的香气，是肉香，他的手心摸到了酒瓶碰撞的声响。父亲喝酒时惯有的啧嘴、嚼东西的声响，此刻就像是从他的嘴角和口腔里发出来。

什么都乱了，什么都一起来，冷很热，热又很冷，他又睡着了。

等他终于爬起来，父亲把一碗肉汤递到他面前，肉被剁碎，在汤里漂浮，骨头沉在碗底，热气冒出来，他闻到一股桃子的味道。他把头扭过去，但他分明又很饿，肚子在咕咕叫。父亲捏住他的脸，逼着他看，把碗递到他嘴边。汤还很烫，但父亲不在乎，他咬紧牙，努力把嘴闭紧，但父亲的手指更用力，他的嘴不自觉地张开，肉汤灌进来，滚烫和鲜甜占满了他的牙缝、舌头。他感觉自己肚子里长出一只手，从喉咙里伸出来，所有灌进来的肉、骨头和汤，都被这只手抓住，急匆匆地塞进肚子里。他觉得自己应该会想吐，可是实际情况是他觉得肚子里很舒服。他不再梗着脖子，而是任由父亲把一碗汤全都灌进他嘴里，任由这只手把什么都送进他的肚子里。他不饿了，他知道自己已经完全背叛了桃子，他吃了桃子的肉、骨头，他的牙齿、舌头和胃都犯了罪，他和父亲没有什么两样。他身子不烫了，什么都很冷，脸上全是眼泪。

赵如海

赵如海带了一把镰刀去看望妻子。

这片坟地和公墓不一样，林子里的这片坟地没有人管理，每个前来祭奠的人都只管自己亲人的坟包。

坟地和林地、耕地相邻，大概是骨灰和早些年的土葬，使这块坟地土质肥沃，现在是夏天，又刚下过雨，各种叫不出名字的杂草和树木都在疯长，彼此连接、交缠，把原本就并不好走的、坟包之间的小道完全遮蔽。许多居住在坟包里的死者生前或相识或陌生，但在这些草木向着彼此的疯长和连接中，他们完全混为一体，就好像大家都死在了一起。

赵如海挥舞镰刀，把挡住自己去路的杂草和树枝劈开。带刺的植物划伤他的胳膊、他的脸，火辣辣的，但他并不觉得疼，这是来这里必须经历的事情。

他喜欢在春夏之交来，春夏之交，这里特别生机勃勃。

冬天来的时候，这里光秃秃的，低矮的坟包平铺开来，像是一锅出炉之后主人就不得不出门而且再也没有回来起锅的馒头。

他劈出一条路来，身子刚刚通过，身后的杂草和枝蔓好像就又迅速长在了一起，把他的来路严严实实地挡住，但他不在乎，他有镰刀。

他花了半个多小时，才站在了妻子坟包面前。他的两条胳膊已经伤痕累累，汗水流进脸上的细小伤口里，火辣辣地疼。

一棵堪称粗壮的柳树从妻子的坟包里蜿蜿蜒蜒地长出来，在坟包上方开枝散叶，像是撑起一把伞。

他知道这棵柳树的来历。

它来自出殡当天，儿子手里紧握的一根哀杖，柳树干做的。妻子下葬时，哀杖要放进坟里，柳树不挑土地，落地生根，在妻子骨灰养分的滋养下，吸饱了坟地深处的能量，发出芽，经过几个清明，就钻出来。这里坐北朝南，就算草木再茂盛也不足以遮盖太阳，阳光一照，柳树就开始向上生长，直到长成现在的样子。

他仰头看着这棵柳树，知道这是妻子的一部分。这棵柳树使得坟包冬暖夏凉，他深信这是妻子对他的一种宠爱，就跟以前妻子夜里会提前把床铺好一样。

按照当地的风俗，他们会葬在一起。

当时为妻子挖坟的时候，已经预留了他的位置，他在妻子旁边放下了一双自己的鞋子，还有一根拐杖，代表他和妻子已经埋在了一起。

妻子一定还在等，等他来，其实他自己也在等，他觉得他们都不会等太久了，在这里要办的事情已经越来越少，一天比一天少。

他在妻子坟前坐下来，清理着石碑上的泥土。石碑是他当初亲自挑选的，厚实、森青，每一个字都刀砍斧凿，到现在也还是清晰可辨，还能经历很多风雨。这块石头是给活着的人看的，也是给死去的人看的。

清理完石碑，他把坟包周围的杂草拔掉，在柳树钻出坟包的位置重新培了土，确定不再透风。

前一天晚上，他梦到妻子来家里找他，就坐在他床边，看上去很安静，也很宽容，好像什么也没有跟他计较。妻子头发和衣服都湿漉漉的，像是刚淋过雨，说，屋子漏雨了，你给修修。

他赶紧答应，爬起来找衣服给妻子换，拉开衣柜才发现妻子的衣服都被绞碎了，碎成布片，一股脑全洒出来，洒在他脚下。他抬起头，看着妻子，觉得很对不起她。

但妻子只是嘱咐他，你记得修修，这几天雨水多。

他赶紧答应了，想去握妻子的手，握了个空。

他又给坟包添了土，培实，在坟前坐下来，点香，烧纸。火光犹豫了一会儿才腾空而起，青草汁伴随着纸灰的味道一下子飘散开来，浓烟让他眼眶发酸，许多鸟被浓烟惊扰，但没有飞走，只是发出叽叽喳喳的鸣叫。他在烟尘中仔细听，听不出鸟的品种，可能有家雀，也有喜鹊。鸟鸣声和疯长的植物模糊了这里生死的界限，好像在这里什么都能长出来，长出什么也不奇怪，他在这里发现过野鸡和兔子。

他想跟妻子说点什么，但又觉得什么也不用说。

他努力辨认了一下周围的植物，大部分他都认不出来，但带刺的居多。

他又开始去看和妻子坟包相邻的邻居，有些名字能让他想起一张模糊的脸，更多的他就想不起来了。

有几处荒坟，死者已经死去多年，活着的子女不知道遇到什么事情，都不来了，坟包被杂草侵占，日渐矮下去，早晚会被荡平。但其实也挺好，他想，人早晚要变成草，人就是草，这里的草就是人。

有一个新起的坟包，小小一个，还没有起坟头，按照风俗，死去的应该是个孩子，早夭，没长大。坟包上的土还很新鲜，一些新苗刚刚探头探脑，也像孩子一样，它们都还在适应这里的环境。

远处，还有一个大坟头。用水泥夯起来的一个半圆形的土墙，被涂成黄色，中间高耸出一个冠冕的形状，像是给水泥坟包戴上了一座王冠，造型有些奇怪，不知道有什么讲究。

他看着妻子的石碑，看着坟包上生长出来的柳树，拔掉杂草之后，坟包整洁多了，周围却还是一派生机勃勃。

这里是他找风水先生看过的，坐北朝南，阳光充足，前后左右并没有太多遮挡。再往外，穿过林子，就都是耕地，这个时候作物已经蹿得很高，风一吹，都摇头晃脑，把香味送过来。看得再远一点，每隔一段距离就有一个正在缓慢转动的风车，也像是从地底下长出来的。他听鸟友说过，安排了风车发电，就说明这里很久都不会有什么规划和发展。这样很好，这里可以清净很久，也许会一直清净下去。

眼神好，看得再远一点，铁轨似乎立在半空之中，通向所有遥远的地方，火车在空中驶过，运送货物和人。

一群鸟高高飞起，烧纸的火星渐渐熄灭，风吹着周围的草木晃动，声音听起来就像叹息。

他有点羡慕长眠在这里的妻子。

赵东风

赵东风不再吃肉了，什么肉也不吃了。

他感觉菜比肉要好吃。

对父亲来说，这又是一项罪证。

父亲总说，男人就应该大口吃肉。

所幸，从家里搬出来之后，他已经不用每天面对父亲了。

他在一家美容美发店里上班，在店里，客人叫他七号老师。

店里只接受女性客人，他给女士打理头发，或染或烫，头发像水一样流经他的双手。对他来说，长头发几乎是一种人类自己生长出来的丝绸。

丝绸可以染成不同的颜色，烫出不同的质地，比任何装饰品都更好地衬托自己的脸。

遇到好的长发，他总是细心又热情。他替女士洗头，把头发吹干，涂上养护。他看着镜子里拥有一头长发的女孩，会偷偷代入自己的脸，渴望长出一头丝绸一样的长发。

每周二下午，他可以休息。从上午开始，他就很少喝水，除非渴得实在厉害。

他会先去一家名叫"春桃花"的女装店。

女装店不算大，一个小小的门面，临街，卷帘门拉开，里面各种颜色、各种款式的女装层层叠叠地挂出来，他走进去，就像走进一朵花的花心。

女装店的老板是个女孩，头发很长，是老板也是模特，每一件衣服她都穿上拍过样图，发在朋友圈里。他有她的微信，微信上她就叫女装店的名字，春桃花，但他不知道女孩自己的名字。心里一想到她，他就会想到"春桃花"这三个字。

她应该是认识他，但他不确定。

他总是不厌其烦地告诉她，他来给姐姐买衣服，姐姐在外地，还没有回来，但姐姐跟他的身材差不多，姐姐让他来试。

女孩找到他的尺码，把衣服给他，就去忙自己的事情。

赵东风进了试衣间，脱掉自己的衣服，从包里偷偷拿出胸罩，松松垮垮地悬挂在胸前。他穿上裙子，整理好自己，走出去，从试衣镜里看自己，也看她。

女孩并没有看他，仍旧在忙碌，她总有做不完的事情。

她长得很好看，一切都恰到好处：她的脖颈很长，小巧的胸脯微微起伏，她有令人羡慕的腰和胯，踩着拖鞋也掩盖不了她的长腿，走起路来的步态优雅又从容。

她养了两条通体雪白的萨摩耶，它们有时候会被拴在店门口。

他看见过她牵着一双白狗远远地走来，她走得并不快，两条狗也很有耐心。她随便穿着一件短袖、一条短裤，松松垮垮地踩着一双拖鞋，走在两条白狗之间，身上几乎有一种让人想要跪下去的神性。

他问过她，为什么店名要叫春桃花？

她笑笑，只是说，她喜欢桃花。

他觉得她就挺像一朵桃花。

他有时候也会偷偷想，他如果拥有这样的身体、这样的头发，牵一双白狗走在路上，也会像她一样耀眼又从容吧。

赵东风端详镜子里的自己，挺满意，告诉女孩，想要这一套。

女孩抬起头，看了他一眼，给了他一个鼓励的笑容，说，好。

他付了钱，临走时，女孩叫住他，递给他一双丝袜。

他很感激，赶紧说，我一定告诉我姐。

她点头。

赵东风几乎从她脸上找到一点母亲的影子。

他不得不告别她。

天已经快黑下去，回到自己租住的房子，里面最闪亮的家具是一面穿衣镜，还有一个简易的布艺衣柜，其他的东西都堆在地上，包括床垫，这里像是一个心不在焉的临时住所。

他盘腿坐下，给自己化妆。防晒，隔离，粉底，散粉定妆，画眉毛，眼影，眼线，睫毛，腮红，高光，口红。

他审视自己，眼睛也亮了起来，镜子里的他，接近他心目中自己的样子了——还少点什么，是假发！他把假发戴上，发梢垂到胸口。

他穿上女装，裙子在身上摇摆，他在镜子前转了一圈，裙角荡起来，他觉得自己也像一朵桃花了。

他踩上高跟鞋，突如其来的高度让他腰板挺直，他好像一下子拥有了俯视一切的资格。

他检查自己，发觉手指上有一根倒刺。他没犹豫，直接扯掉，像是掀开了一个秘密，血流出来。他脸上却没什么表情，只是把手指放在嘴里嘬了嘬，直到血止住。

他再次审视自己，觉得满意，转身出了门。

牙还没开始疼。

夜色中，他会有新的性别。

他把高跟鞋故意踩响，迎接每一个人看过来时或善意或恶意，或疑惑或戏谑的眼光。他觉得口干，但口干令他感到安全，他不必为了上厕所而犯难。他不介意被审视，但也不愿意挑衅任何人。

他走在路上，用妈妈的眼睛看，用妈妈的耳朵听。他是他自己，也不是他自己，他把自己藏起来，也把自己展示出来，他又一头扎进了一个新世界里。

没有鼻子的大象

在非洲广袤无垠的草原上，生活着一群身体庞大的动物，它们身形巨大，毛皮厚重，骨骼坚实，它们就是有着"非洲之王"美誉的非洲象。

象群在强壮象王的带领下，即将继续迁徙，寻找水草更加丰茂的地方栖息。

非洲象群崇尚强者，它们和体形巨大的白犀牛战斗，赶走装甲车一样的河马，甩脱踩踏致命的鳄鱼，驱赶狮群，捕杀非洲水牛，碾碎鬣狗。在这片草原上，它们无所畏惧。

象群之中，突然出现了一头大象，这头大象和象群里的其他大象明显不同，它没有鼻子。

没有谁知道它的鼻子去了哪里，或许在诞生之初，就没能长出来，又或者是在一次河边饮水的过程中，它遭到了鳄鱼的突然袭击，象鼻被鳄鱼生生撕裂、咬断。

没有鼻子的大象跟随着象群，却始终跟象群保持距离。

象群中的强者不会理会它，甚至多次试图驱赶它，但它始终不远不近地跟随象群，坚信自己就是象群中的一部分。

时间久了，象群不再驱赶它，但也绝不接纳它。或许在它们看来，没有鼻子的大象并不是真正的大象，它会拖垮象群行进的速度，也会吸引许多不必要的危险。

非洲草原不适合弱者生存。

没有鼻子的大象，不能像其他大象一样用鼻子吸水洗澡，它只能通过在泥潭里打滚，清理身上的污垢，这反而使它看起来更脏。

没有鼻子的大象，无法和其他大象通过嗅探的方式交流，它几乎是失语的。它不理解象群，象群也不理解它。作为群居动物，它必须忍受独处和孤独。

没有鼻子的大象，几乎无法通过气味来寻找食物，只能靠运气，并且随时做好挨饿的准备。运气好，它或许可以跟在象群身后，享受一些残羹冷炙。

没有鼻子的大象，可能失去保护自己的能力，无法和入侵者战斗，生存将成为它面临的最大挑战。

未成年的小象失去了鼻子，如果能够得到母亲的庇护，或许可以顺利进入成年世界，但成年之后，它只能依靠自己，无鼻大象的命运将更加曲折。

我们的摄制组会持续关注这头失去鼻子的大象，镜头将会带领你跟随象群，穿过美丽而残酷的非洲草原，为你带来精彩的非洲之旅。

赵东风

他不吃肉以后，很吃疼。

牙医说，左上六，牙隐裂，导致牙髓发炎，阵发性、间歇性剧烈疼痛，夜间加重，如果不处理，这颗牙会烂掉。

牙医说，这颗牙和别的牙不一样，这颗牙六岁就长出来了，在口腔里承担着很大一部分的咬合力，任务很重。

牙医说，你可能是吃了什么硬东西，啃了硬骨头，或者用嘴起了瓶盖，所以这颗牙裂掉了。

他知道这颗牙渐渐死掉，跟医生说的这些都没有关系。

在他十岁的时候，这颗牙齿犯过罪，嚼碎了一些肉，咬碎了一些骨头，所以这颗牙从那时候开始，就在死亡了。

死是一个过程，死可能必须是一个过程，这样该死的东西才能受到惩罚。

牙医说，你最好现在就让我把这颗牙钻开，把牙髓吸出来，用药物杀死牙神经，杀死这颗牙的99%，这就是根管治疗，然后你需要一颗牙冠。

他拒绝了牙医的提议，他觉得他应该忍受一些痛苦，不只是为了桃子。

他下了车，到了省城的医院，他走进去，挂号，缴费，排队等叫号。

轮到他，负责操作的护士指着一台机器告诉他，这个就是分娩体验仪，基本原理是通过电流刺激人体肌肉收缩，尽可能地模拟分娩过程中1级到10级的疼痛感。1级无痛，2~3级轻微疼痛，4~5级轻度疼痛，6~7级中度疼痛，8~9级重度疼痛，10级剧烈疼痛。但需要说明的是，1~10级的疼痛感并不代表女性分娩时开1~10指的疼痛感，按照我们之前收集到的数据，分娩体验仪开到10级时，大概相当于女性开2~3指时的疼痛感。体验时间在两个小时左右，可以随时喊停……

赵东风坐上去，磁片贴在身上有冰凉的触感。他闭上眼睛，电流缓缓进入他的身体。腰部的酸胀最先提醒他，酸胀开始蒸腾，慢慢变成麻木，麻木还未及消失，身上的汗毛似乎突然变成细密的针，电流加强，每一根针都开始倒戈，列队整齐地向他腰腹刺入。这一波针刺般的绵长疼痛还没有消失，另一波又及时刺入，生怕每一滴疼痛被忽略，直到绵密的疼痛从身体内部燃烧起来，像是由远及近的雷声，又像是大战将至的鼓点。

他能感觉到自己腹部的收缩，他被自己的呼吸声呛到，几乎闻到了什么被撕裂的气味。他听不到周围的声音，有些模糊的东西包裹了他，一切都在向他折叠、收缩。他被抽成了真空，一切都被隔绝在外，疼痛鼓点一样继续敲打着他，从腰腹沿着血管上升到大脑。他应该是叫出声来了，但又或许没有。他一动不动，但身上的肌肉在颤抖，一些东西流进他的体内，另一些东西从他体内流出，他不知道那是什么。目之所及的一切都变成了黏稠的液体，翻搅、流动、凝固又融化，他被淹没了，但他又钻了出来。

他发现自己正以妈妈的身份躺在一张病床上，许多人影在身前流动。他在生长、分裂，死亡的溶液浸泡着他，但绝不是全部。一个生命正在从他体内挣脱，或许是从他左腿的腿肚子上。他听到什么东西裂开的声响，他努力把身子欠起来，他看到了他自己，婴儿形状的他，一个丑陋的小东西，被羊水和血污包裹着，五官皱巴巴地挤在一起。他在号哭，号哭在他听起来也是一种叫嚣，他在掏空他的妈妈，掏空了妈妈的力气，掏空了妈妈的快乐，掏空了妈妈的思想，腐蚀了她脑子里保持理智的那根弦。

他生来就有罪。

他恨自己，他没有办法以母亲的身份恨自己，他只能以他自己的身份痛恨自己的出生。

他像左上六那颗牙一样该死。

电流消失了，疼痛也消失了，他脸上一片冰凉，全是碎掉的眼泪，他身上的汗水使他看起来像是正在融化。他想站起来，站不稳，护士扶了他一把。他看着护士，嘴唇抖了抖，喊了护士一声妈妈。

妈妈

她有个儿子。可她的儿子并不是眼前这个声称是她儿子的人。她的儿子还很小，还在吃她的奶水。不对。都不对。她儿子应该是她女儿。小小的一个，含着也怕化掉了。她丢了，刚丢的。

她有丈夫。但丈夫也不是眼前这个声称是她丈夫的人。她的丈夫没有这么老，头顶也还有头发，眼神也比眼前这个人更干净。

他们去哪里了？她不知道。

很多以前的事情她记得比谁都牢靠，但眼下正在发生的事情她毫无印象。

她不断地重复自己做过的事情。

她推开她遇到的每一扇门,想找到那一张熟悉的脸,想闻到她所熟悉的气味,想听到她熟悉的声音。

可惜每一扇门背后都没有她要找的人。

家里来了客人。她努力做出和他们相熟的样子,在寒暄的同时,尽可能地从脑海里打捞眼前这几张脸,总是失败。但她决不能承认。

她只能掩饰自己,说一些她自己也听不真切的话,不停地给客人倒茶,听他们说话,想从他们的只言片语中找到线索。

但她脑子里很混沌,像是一个人在大雾天游荡,眼前总是影影绰绰,看上去像是有车船和马经过。等她把雾气拨开,走过去,一切又都消失了。

她总是想跑出去。但是自称是她丈夫的陌生人总是拦着她。自称是她儿子的小男孩只知道哭。她想逃出去。可是地面上一张她所熟悉的脸都没有。她必须离开这里。

但是自称是她丈夫的人拦着她,把她绑在床上,也许很快就要杀了她。

自称是她儿子的人抱住她的腿,用一种"你对不起我"的眼神审判她,总是眼泪汪汪的,其实也是想把她关起来。

周围的邻居用眼睛透出来的光抽她、驱赶她。

他们都没有直说。但她知道他们干了什么,以及想干什么。

她不能被他们摆布。

自称是她儿子的小男孩,惊慌失措地告诉她,你没有女儿,你只有儿子。

她不相信。她不可能记错,也不可能自己骗自己。

除了她自己,没有人会告诉她真话。

他们都把她当成病人,也许还是个神经病。他们就是这样,觉得自己比别人清醒。

但她知道,她很正常,比谁都正常。他们只是不想让她找到自己的女儿。

可是女儿在等她,已经等了很久,再等下去她一定会出事。这里什么人都有,可能还有老虎和狼,还有人贩子。

一有机会,她就往外跑。她心里很肯定,她能找到她的女儿。她的女儿就在某一个地方。可能就是某一扇门后,可能就是下一扇门后。这个世界上有很多扇门,有太多扇门。百货商店的旋转门,铁打的防盗门,木头做的木头门,透明的玻璃门,电动的卷帘门、折叠门,电梯的两扇开关门,衣柜上的推拉门。这些门都能藏起来一个人。因为她还太小,小到可以藏进任何一扇门里。

为了找到她,她只能把每一扇门都打开。

可是,她开了太多扇门了。多到自己也不知道还有没有自己没有打开的门。她只能走得再远一点。自称是她儿子的小男孩跟在她身后。就让他跟着吧。她走出去很远,远到自己早就不认识这是哪里了。她看到了一棵树，树梢顶上长出云彩来。她突然就想到了。她要打开的这扇门不在地面上，地面上已经没有可以打开的门了。她必须上去。怎么上去？到树上去。树这种东西很神奇，树是地上长出来的，但树能长到天上去，树长高了就能长出云彩来——树是梯子，树是路。

她打定了主意，往上爬，像猴子一样。她以前怕高，现在却不怕了。现在她没什么可怕的。她觉得手脚都很适合爬树，她爬树的时候就像是走在路上。她越爬越高。她爬进树冠里。她看到树冠上的喜鹊巢，喜鹊巢像个大刺猬，里面有鸟叫。她没管它。她继续往上爬，一些树叶抖落，一些汁液的气味攀附在她身上，一些风吹过来，和地面上的风绝不一样。上面的风更有味道，更软。

她从树冠上穿出来，找了个合适的位置。树梢托举着她，她跟着树梢一起颤巍巍的，云就在她头顶。她往很远的地方看，目光穿过另一些树木，穿过一些羊群，穿过汽车开过去扬起来的尘土，穿过太阳光照在尘土上的一些波动和扭曲，穿过一些她记忆中更年轻的脸。她看到了。她看到了一个小小的瘦瘦的身影，从很远的方向朝她歪歪扭扭地走来。她一眼就认出来，那是她的女儿，她小小的瘦瘦的女儿。她还看不清女儿的脸，但她并不着急，她早晚会看清的。她想喊，但又怕吓着女儿。她的女儿停下来，跟她挥了挥手。她看见她了，她同样挥手回应她。她的女儿转过身，向着另一个方向歪歪扭扭地走过去。她害怕了，她不能再失去她。她害怕这之后她就找不到她了。她想跑过去，腿往前迈，可是她忘了脚下已经没有可以托举她的树梢。她往下掉，风在她耳边。她忽然明白了，其实并不是她在下坠，而是其他

075

的在上升——碎裂的云在上升，风在上升，树叶在上升，树枝在上升，从大刺猬里飞身而出的喜鹊也在上升。一切都在上升，包括灰尘和气味，滚烫的太阳光。一切的上升使她飘浮在由碎叶、灰尘、汁液、昆虫所组成的半空中。很多困扰她多年的事情都一下子明白起来。她从哪里来，她去过哪里，她在哪里笑过，在哪里哭过，哪里曾经撕裂了她，什么又从身体内部毁掉了她，她自己，她女儿。她醒了。

身体接触地面泥土的瞬间，她已经全都明白了。自称是她儿子的小男孩正在倒影里看着她，眼睛里又有眼泪。她却很平静，她知道该去哪里找她的女儿了。

赵东风 / 女孩

赵东风从派出所里出来，决定不去死了。

死对他来说，太简单了。

他从水里被捞出来的时候才惊觉，原来，死一点都不疼。

桥上，他在湿漉漉地被警察带上车之前，把自己口袋里已经湿成一块黏腻肥皂一样的纸币，全都塞给了拉住自己的男人。

男人没拒绝，只是看着他，像在审视他。男人说，我不欠你的了。

赵东风有点莫名其妙。

他走在路上，太阳还有点余晖，把他身上最后的潮湿也完全晒干，他觉得轻松多了。也许他确实死了一次，现在活下来的，不过是他被晒干的灵魂。

他有点不知道自己应该去哪里,双脚却像是有了自主意识一样,径直往前走。

他坐上公交车,再次在小镇上游荡。

小镇衰老却又年轻,新潮的店铺从老朽的地面上不断长出来,火车站扩建了两次,前脚走进去的是年轻人,后脚再出来的已经是老头老太太。

公交车停下来,他下了车,走出去几步,已经到了春桃花女装店。

门口立起一个醒目的牌子,上面写着"一折促销"。

他走进去,女孩抬起头看着他,告诉他,店要关了,衣服都很便宜,你随便挑。

他看着她,她看起来已经有些行色匆匆。他问,你要去哪儿?

女孩说,去三亚。

他问,还回来吗?

女孩想了想,说,不一定。

他说,在三亚开服装店?

她说,不是,买了一辆二手房车,带上我的狗,想弄个咖啡车。

他问,名字想好了吗?

她想了想说,还没有,不过想要个别致一点的。

他说,就叫沙漠咖啡吧。

她怔住,在三亚开个沙漠咖啡?

他说,对啊,别致嘛。

她笑了。

他挑了一套衣服，穿上，女孩替他整理好，打量他，又给他配了一顶草帽。

波希米亚风，女孩说。

他端详自己，会好看吗？

女孩说，好看，特别好看。

他也很满意，这是第一次，他没看价签。

要付钱的时候，女孩拦着他，看进他眼睛里，说，送你的，就当是礼物吧。

他还要说话，女孩的眼睛已经看出去。他顺着她的眼睛往外看，风把卷帘门外道路上的灰尘吹起来，一棵树被困在路边坚硬沥青围起来的方寸之间，好像总也长不大。

女孩说，这里太小了。

他就没再说话了。

他觉得自己和女孩之间似乎没有什么差别了。

女孩记得他。

他看起来很瘦、很小，瘦小到几乎不能对应上他的年纪。

他第一次来的时候，胆子很小，像是随时要逃出去，她故意不去看他，好像根本没有注意到他。他安静下来，自在了一点，开始端详塑料模特身上的裙子。他翻看挂在衣架上的衬裙、抹胸、吊带，大概是太投入了，再一抬头，已经站到了女孩面前。

他很惶恐,僵在原地。

女孩说,买衣服?

他下意识点了点头,又赶紧摇头。

女孩问,给谁买?

他反应过来,说,给……给我姐。

女孩说,你姐身材跟你差不多吧?

他赶紧说,对,我姐在外地,让我帮她试。

女孩说,好,你看好哪一套就叫我,这里有试衣间。

他说话声音不大,脸上总是有一种什么东西正在疼痛的神色,他在忍受,似乎又是在享受。

他有时候会在反复确认合身之后,买下一套,有时候只是试穿。他总是在店里没什么人的时候走进来,好像是生怕打扰到别人,更怕别人发现自己。

她早就想送他一套衣服,现在自己也要走了,他及时出现,衣服很合身,时间也正合适。

她决定了,就叫沙漠咖啡。

她喜欢这个名字。

赵如海 / 赵东风

胡明建胡明建胡明建胡明建……

八哥就只会喊这一个名字，鸟友们很快就对赵如海的八哥失去了兴趣，转而研究起新来的山雀。

天还挺早，闲聊的时候，赵如海似乎是无意中说起，下个月要和老战友聚会，好些年没见了。

熟悉他的鸟友问，上个月你就说下个月，现在怎么又下个月了？

赵如海说，还有没退下来的呢，都忙。

他还想多说几句，鸟友们已经聊起了旁的。

鸟友说，儿子下个月结婚。

鸟友说，女儿生了个大胖小子。

鸟友说，走了走了，要回去抱孙子了。

他脸上的肉在跳。

新来的鸟友问他，你是儿子还是女儿？

他沉默了一下，说，儿子。

鸟友问，结了吗？

他犹豫了一会儿，不知道该说什么，嘴唇动了动，这次没把"死了"两个字说出口。

众人开始说别的，他不想再听了。

赵如海指着自己给八哥新换的鸟笼，把鸟友的兴趣拉回到自己这里。

他给鸟友讲，这笼子不一般，你看这板顶、笼架、笼条、笼门、笼钩、晒杠、玉扳指，一十三个零件，都能拆下来，这叫啥？这叫十三太保。

众鸟友都称奇。

他说，这是出自名家之手。看到钩子上的刻字了吗，写的是啥？不鸣则已，一鸣惊人。这两个字是啥，一鸣先生雅玩，这是有款的。一鸣先生是谁？肯定不是个普通人，这都非遗了。

鸟友打趣，你这笼子比这只八哥贵。

赵如海说，别小瞧这只八哥，今天你们听它只能喊胡明建，明天可就不一定了。我给它配这个笼子，为的就是哪天听它来个一鸣惊人。

众鸟友都凑过来，欣赏他的十三太保。

笼子里的八哥被惊扰，又一迭声地喊，胡明建胡明建胡明建。

赵如海眯着眼睛，看向远处，电线杆、建筑工地、废墟和树，这些就像是一根一根的笼条。锅盖一样的天空盖下来，这个就像是笼顶。河流就是喂水的，周边村子里地面上长出来庄稼呢，就是鸟食罐。

合着这人世间也是一个鸟笼子。

人就是老天爷的鸟。

胡明建胡明建胡明建胡明建……

八哥又在叫了，他等着自己的这只八哥，一鸣惊人。

赵如海回到小院，把八哥安顿好，喂了食，喂了水。从衣柜里取出来旧军装，熨好，挂起来。

等着军装上没熨开的褶子展开的这一小段时间，他洗了个澡，把脸上的胡子刮干净。

他给自己穿上旧军装，腰杆随即笔直起来。他对着镜子，给自己敬了个礼。

往外走之前,他翻了翻墙上挂着的月份牌,翻了一小摞,捏在手里。他在选一个日子,选一个好日子。他手指停下来,选了其中一天,就在下个月,十五号,这一天很好,诸事皆宜。

他走在路上,走得很慢,有人会多看他几眼。他把腰板挺直,他享受这种注视。

他在桥上站了一会儿,听着经过他的人议论了两句。他没有听清,他觉得他们可能是在说他,他站得笔直,他要注意自己的仪表,他不仅仅是他自己,他是个集体。

再等一个月,再等一个月就去聚会。他心里想着,下个月总是好的,下个月比这个月好,因为下个月还没来,离下个月还有一段时间,不会太短,短到让他心慌,也不会太长,长到让他久等。

他想见见他们,见见和他穿同样制式军装的人,他们就是他的战友。

他去了菜市场,他有点不知道自己为什么会出现在菜市场。

他买了一条活鱼,又想自己其实不该买鱼。

他觉得自己应该多挑一些素菜,肉就不买了。

他认真挑,菜贩看着他,挺崇敬,跟他搭话,当过兵?我以前也想当兵,体检没过关,说我有个疤。可惜了了。我现在天天看抗战剧,就爱看个打鬼子,爱听打枪。你看我这个收音机,能听电视,我一听见里面打枪声传出来,心里就热,我这些菜就不是菜了,这些菜就是手榴弹、迫击炮、捷克轻机枪……

菜贩还在滔滔不绝,他已经挑好了,脑子里在过应该用什么炒什么。

菜贩给他抹了零,葱姜和香菜都是送的。他道了谢,菜贩说,常来。

他回到家,择菜的时候,拨了个电话,电话接通以后,他顿了一会儿,才说,晚上回来吃饭吧。

柜子里封了两瓶白酒,红纸已经褪了颜色,上面的字迹清晰可辨:东风一周岁封。

他拿出一瓶,洗干净两个杯子。

今天手感不错,菜炒得挺好,还缺个黄瓜,他忘了买。他从自己的小菜园里扯下来两根,拿菜刀拍了拍,黄瓜的清香充满了小院。

他看着一桌子菜,都是素的,又有点埋怨自己,不知道今天抽什么风。但他又提醒自己,今天别发火,有什么话就好好说。

他听见了开门声。

赵东风穿着裙子,戴着草帽,几乎是飘进来的。他听见屋子里八哥在叫,胡明建胡明建胡明建。

他往里走,父亲从屋子里走出来,身上弥漫着油烟味,他已经很久没有闻到这股油烟味了。

父亲上下打量着他,几乎不认识他。

他叫了声爸。

父亲好像是把什么话憋进了嗓子里,最后只是点了点头。

他跟着父亲进了屋,桌子上一桌子热菜,都是素的,一条活鱼在地上的水盆里游荡,摆着尾巴,挺欢畅。

他洗了手,坐下来,摘了帽子。

父亲没有再看他,一言不发地开了白酒,酒香溢出来。他伸手去接,父亲松了手,酒瓶在手心里沉甸甸的,有点黏腻,商标已经鼓起来,他知道这瓶酒跟他年纪一样大。他把父亲眼前的酒杯倒满,然后给自己倒。

他把杯子举起来,父亲没有跟他碰杯,自己一仰脖一口气喝完。他也跟着喝了,又给父亲和自己先后倒满。

菜几乎没怎么动。

热气在消散,热菜渐次冷下来。

他和父亲一言不发地喝酒,倒酒,再喝酒。

一瓶酒快要见底,父子两个都上了脸。

他还要再倒,父亲拦住他,看着他,这是他进门之后,父亲第二次直视他。他没躲,迎接着父亲的目光。

父亲的脸因为酒精而显得通红,眼睛里带着一股浑浊的困惑。父亲终于开了口,告诉他,你有病,你不正常,你有病就要去治病。

他只是笑笑,他说,我没病。

父亲说,你是男人,男人不该穿成这样,男人不该像你这样。

他说,我是我自己。

父亲的声音越来越大,但他的声调没什么变化。

父亲眼睛里的浑浊顺着脸上的皱纹流下来。父亲说,你对不起你妈,我也对不起你妈,要不是为了你,你妈不会疯,也不会死。

他抬头看着父亲,父亲在他面前年轻起来,年轻了十岁,二十岁,一直到了父亲的三十岁,这之前他只在照片上见过父亲三十岁的样子。

三十岁的父亲,手掌上流出血来,手掌上的牙印醒目,血水从咬痕深处的森白里渗出来,滴在自己的汗衫上,随即晕开。

父亲索性把手掌卷在了汗衫里,卷紧,肚子露出来,汗衫上除了血迹,还有鞋印。

他闻到了消毒水的气味。

两个护士不知道从哪里冒出来,其中一个捧着不锈钢托盘,托盘里一些金属质地的器物在不安地叫嚣。他几乎瞬间就看到了这些金属沾满了破碎的血肉,血水在金属的光泽里流淌。

他听见了妈妈的叫骂,全是脏话,他听见妈妈喊父亲的名字,赵如海,你个小婢养的。

他循着妈妈的声音看过去，发觉自己已经置身一个诊所，水泥地反射着漫不经心的光，眼前手术室里惨白的灯在闪。他回头看着年轻的父亲，父亲正把头埋进自己染血的汗衫里，似乎无法承受妈妈的喊叫和辱骂。

他记忆中绝没有这一刻。

他推开手术室的房门，没有人阻拦他，也没有人看得见他。

手术室里，穿白衣服的人在忙碌，年轻的妈妈躺在那里，眼睛已经闭上了，不再出声，看上去应该是睡着了，可她看上去很累很累。

穿白衣服的人，从妈妈的双腿之间，掏出一团模糊的血肉，那几乎是个人形了，但小脸蛋上的五官极为模糊。

他看见妈妈的眼角有眼泪流出来。

那团血肉被扔进了托盘，躺在那里，一点声息也没有，只有血水渗出来。

他听见穿白衣服的说话，他说的是，可惜了，女孩，成形了，不该自己乱吃药。药流，就是胡闹。

他听不明白，他不知道妈妈身体里发生了什么，以及为什么要这样。

他想去抱住睡着的妈妈，但穿白衣服的往外走，他不得不后退出去。

他听到年轻的父亲问穿白衣服的，大人没事儿吧？

穿白衣服的说，大人没事儿。

年轻的父亲又问，对以后怀孕没有影响吧？

穿白衣服的说，应该没有。

他看着年轻的父亲，年轻的父亲好像终于看见了他。

父亲像是跟他说话，又像是在喃喃自语，父亲说，得有个儿子，有儿子才有盼头。

他后退两步，听到身后的动静，回头看到妈妈穿着病号服从手术室里走出来，许多破碎的血肉和骨头像雨夹雪一样，从她的身体里簌簌而下，倾泻在水泥地面上。

妈妈目光湿漉漉地看着他，对他笑，告诉他，我有个女儿，和你一样大。

他看着妈妈，他知道妈妈一直在找的女儿在哪里了。

胡明建胡明建胡明建胡明建。

八哥叫醒了他。

他看着父亲正瘫坐在那里，脖子几乎支撑不住他的头。愤怒、悔恨、酒精和衰老，当然还有他这个儿子，一起压垮了他。

水盆里那条沽鱼游得激动，水花溅出来，头顶的电风扇还在转，把一切都搅浑了，屋子就像个榨汁机。

菜已经凉透了，没有人动过筷子。

他脚下虚浮，许多东西已经和他一样脱离了重力，灯光从灯泡里蜂蜜一样流淌出来，老旧的桌椅颤动，在地面上击打出混乱的声响，许多他在这里的童年回忆像气球一样迎面而来，上升，破碎，喷出喝骂、耳光、零食和酒气。

他穿过空中起伏游动的蔬菜、课本、妈妈被绞碎的旧衣服，游进自己狭小的房间。里面很干净，一切都在原来的位置上飘浮：他掉漆的书桌，他小时候赢回来的奖状，他夹在日记本里的树叶，《还珠格格》的贴纸，他捡到的粉色发卡，女孩鞋子上亮晶晶的闪片，廉价但仍旧闪烁的耳钉，几乎被用光的口红，还有被旧报纸卷起来的那把早已经生锈的剪刀。

他像是章鱼一样游过去，拨开所有细小的东西，握住那把剪刀。金属的凉意和锈迹斑斑的触感让他觉得残忍，他感觉自己摸到了桃子毛茸茸的脑袋，听到桃子在叫，声音却像是从他自己体内发出来的。

他游出去，父亲被重力抛弃，飘浮起来，他四肢张开，许多随之上升的发卡、发带、耳钉、项链，一齐钉住了他，他动弹不得。

他看着父亲，父亲也看着他，眼睛里流露出困惑乃至哀伤，进而是愤怒——他认出来，父亲此刻的眼睛和当天杀死桃子的时候一模一样。

是时候了，他想。

他看着父亲，细致地端详他，父亲想要靠近他，却动弹不了。回忆中的旧物在父子两个周围像小行星一样盘旋，却不能很好地和父子两个保持距离，旋转中的旧物擦伤他，也擦伤父亲。

他给了父亲一个惨笑，腰带松开，裤子飘落，他一只手握紧了剪刀，另一只手握紧令他痛苦的事物——瘦瘦小小，它本来就不该长在他的身上。剪刀扑上去，闭合，绞紧，因为卡顿而显得犹豫了一小会儿，进而变得毫无阻力。他一直以来苦心练就的忍痛能力及时帮了他。父亲身子在虚空中抖了抖，血雾烤漆一样喷在他脸上，像一支毛笔奋力甩出来的一笔草书。

几声不近不远的响动适时在头顶炸开，小院被反复点亮，父亲还僵在原地，血正在渗入他的脸。

赵东风抬起头，透过敞开的窗户，看到了不远处球场上空发疯一样反复炸开的烟花，绚丽、明亮、连续而激荡。

他心里想，不管是谁在放烟花，都是在为他庆祝。

他记事以来，从来没有看到过这么多同时炸开的烟花，它们不要命一样爬升，呼啸，炸裂，燃烧。流动着的油漆一样的夜色，就像是被烧着了，许多事物都被融化了，许多流光雨水一样从空中向下滴落，几乎要把他的眼睛淹没。

他眼前混沌起来，桃子的叫声、妈妈的触感、三亚沙漠咖啡的气味，一起簇拥着他，一个念头烟花一样轻轻炸开：不知道非洲草原上那头没有鼻子的大象，最后到底怎么样了。

赵如海

小院比以前更空荡。

一切都很陈旧，又好像什么都没有在这里发生过。

他花了很长时间才把地面上的血迹清理干净，就算这样，地面上似乎还是留下了痕迹。

直到现在，他还是感觉自己怀里有一股若有若无的重量。

他抱着儿子往外跑，血止不住，顺着他的裤管往下淌，很热，灌进他的鞋子里，他数次滑倒。

他不知道是不是自己的错觉，怀里儿子的重量在慢慢变轻，他生怕儿子挣脱他的双手，飘起来，飘远，飘到他永远也够不到的地方。

等赶到医院，怀里的儿子好像只剩下了一点点重量，医生和护士从他怀里把儿子接走，他倒在了儿子留在他身上的血水里。

电风扇不知道在转些什么，电视机开着，里面在播一个纪录片，大概是《动物世界》之类的，里面有很多大象。

他在出神的间隙，零星听到了几句，象群找到新的栖息地……这里水草更丰盈……象群鲜少遭到攻击……除非是迫不得已……顶尖的猎手会瞄准落单的大象……而它看上去似乎更容易被捕杀……

他把另外一瓶酒打开。

他想起儿子一周岁那天，他破天荒买下两瓶好酒，亲手封起来，打算等到儿子结婚当天开一瓶，等孩子生孩子了，再开一瓶。

一整天，他都在一声声的祝福里度过，每个人都在恭喜他。

一直到了傍晚，他才闲下来，儿子和妻子都睡着了，他想出去走走。

过了桥，一路走到了旧物市场，他转了一圈，看到一个摊位，摊位上在出售旧式军装，还有一小摞长出铜绿的军功章，他蹲下来，看了半天。

摊主问，祖上传下来的，就这么一套了，想要你就拿走。

他摸了摸旧式军装的质地，很满意，他说，便宜点，我就要了。

他又把军装晒出来，等着下个月十五号不急不缓地到来，下个月之后，还有下个月，他还有好些个下个月吧。

电视里的声音还在响，解说员难掩语气中的感慨，他说，象群最终接受了这头没有鼻子的大象，它走在象群中，从背影来看，和它的同伴并没有什么差别。

象群继续上路，开始崭新的冒险。

他打开儿子房间的门，走进去，在儿子的床上坐下来。床很小，他坐下去的瞬间，床板发出一声轻微的叹息，他好像在哪里听到过同样的声响。

八哥大概是饿了，又开始喊，声音比以往更清亮——

八哥

胡明建赵东风赵东风赵东风赵东风赵东风赵东风赵东风赵东风赵东风赵东风赵东风赵东风赵东风赵东风赵东风赵东风……

如何操办我最好朋友的葬礼

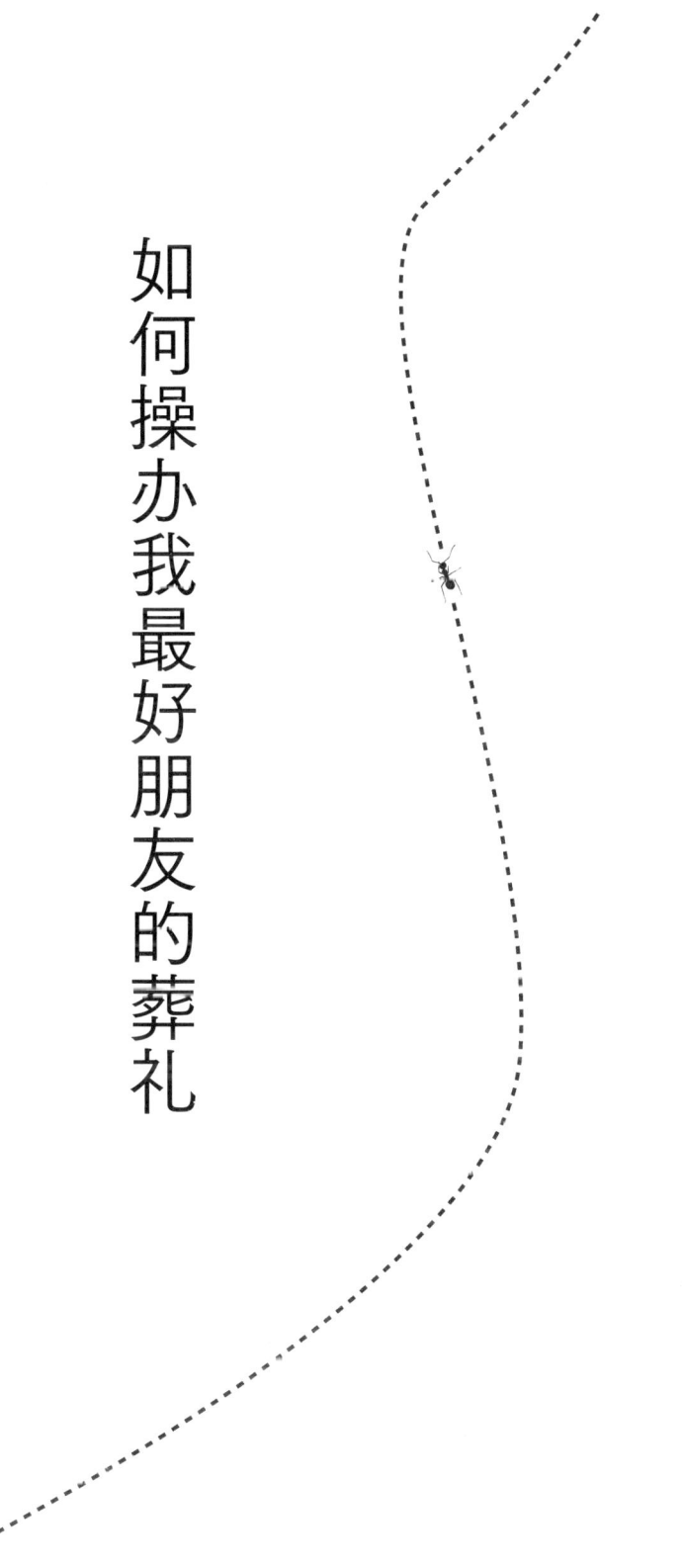

你是在饭局上接到的陈鹏的电话。

周围很吵，每个人都喝高了，你捂着一只耳朵听，一开始你还没听清，陈鹏不得不大声说话。

陈鹏说，米夏快不行了。

你以为你听错了，几乎是吼出来，你说什么？

陈鹏又喊，米夏想让我们回去看看她。

饭桌上的众人被你吓到，都看向你，你抱歉地摆摆手，嘈杂声恢复了。

你觉得口干，酒后的晕眩让你站立不住。你扶着桌子，桌子上打翻的茶水流进你指缝里。你想起来，你有好几年没有米夏的消息了，最后一次还是听陈鹏说起她。

陈鹏说，米夏嫁人了，嫁了个香港人，在香港做生意，挺有钱的。年纪肯定比她大，大不少，十几岁吧，没想到吧？我也没想到，米夏就是让人想不到。

你还记得当时你知道了消息以后，喝了一顿酒，喝醉了，你告诉自己，以后你不想再听到关于米夏的任何事情了。为了确保这一点，你和陈鹏之间的来往也越来越少了。

你不太确定刚才听到的话，又问了一句，你说米夏怎么了？

陈鹏说，病了，病得挺厉害，没几天了，说是想死在家里，想见见我们。你买最早的票回来吧，晚了就见不着她了。

你脑子里在震，像有鼓点，震得你脑壳生疼。很多你以为你早就已经忘掉的事情，又从包厢的角落里青苔一样涌出来，涌向你，包围你。

很多面孔来找你喝酒，你听不清他们的声音，他们的脸模糊了，然后有几张脸又清晰起来。你在里面看到了陈鹏、米夏，还有那个孩子，那个当年跟你们都一样大的孩子。他们看上去年轻、热情、健康、没有什么变化，除了你。你不年轻了，他们都在笑你，同情你，问你，你怎么变成这个样子了？

你盯着米夏，她的眼也在笑，你想跟她说几句话，可还没来得及，她的脸就被更多张脸淹没了。

你从包厢里走出来，身子摇晃，脚下虚浮，眼前的一条马路波浪一样荡开，你站在谷底，迎面而来的全是上坡，空气里有海风的腥甜。你确信这里不是家乡的小镇，你已经好多年没有回去过了，连口音都发生了变化，你以为你离开得很彻底。周围建筑密布，混凝土组成几何形状，路过的汽车、道路、平房和楼宇组成中国城镇里大同小异的多边形，你可以确定这里完全是另一个城市，但你还是听到了米夏的笑声，清脆、响亮，一迭声地，她催促你，抓住他抓住他。你听到了树叶摩擦，林子里发出活物才有的丰富声响；你闻到了土腥味，水草的味道，像海带；你感觉到一股触感在你周围发生，黏稠、冰凉、软塌塌，好像真有水草在缠着你。尽管你确切地知道你正走在坚硬的沥青路上，但溺水的感觉还是在纠缠你。你已经很久不下水了，也尽量不让自己淋雨，太阳再大，也要带一把伞出门。

保持干燥。

只要你保持干燥，那些湿漉漉的回忆、那张渐渐沉入水中的孩子的脸，就不会在你面前出现。

你往前走，想快一点到家，越走越快，看到眼前有一个人，气喘吁吁又气定神闲地扛着一个树墩子往前走，扎出来的树根都还没干透，带着湿土，张牙舞爪。

随着那个人往前走，树根上的湿土簌簌而下。

透过树根的掩映，你看清了，那是个男人，可能四十多岁，脸上带着酒后才有的红。你确信你不认识这张脸，但他的一双眼睛又让你觉得有些熟悉，像淹死的那个孩子的眼。

你不自觉地跟上去。

中年男人走出去好一段才停下来，身子一矮，肩膀一斜，树墩子就从他身上听话地滑下来。他扶住自己的腰眼，小口喘气，看上去并不累，倒像是在做什么决定。

你也跟着他停下来，你想确定一些事情。他大概是听到了身后的动静，回过头，看着你。你定住了，有点清醒了，清醒了你就觉得有点尴尬。你告诉自己，你肯定是认错人了，但男人却冲着你笑笑，对你招了招手，让你过去。

你犹豫了一下，但还是走过去，你想走近点再确定一下，确定一下他的眼睛是不是那个孩子的。

你走近中年男人，中年男人盯着你看，你凑近他，努力辨认那双眼睛，你又不太确定了，有点像，又有点不像。按道理说，你忘不了那双眼睛。你在出神，你闻到旁边树墩子的树根有潮湿的泥土味。你还在想着，中年男人双手扶住了你，钳住你的肩膀，让你动弹不了了。他不再看你，你一僵，他在你面前把腰弯下去，几乎是恶狠狠地吐出来。你脚下一热，下意识想往后退，但他的手劲奇大，控制住了你。你抓紧了脚趾，开始笑自己，一定是你想多了，眼前这个人是个醉汉，只是个醉汉而已。

醉汉吐完了，抬头看了你一眼，脸上没有歉意。他低头看你被他吐脏了的一只鞋子，拉着你往旁边挪了挪，换了个干净的地方。他想了想，把自己的一只鞋脱下来，踢到你面前。你怔住，他对你笑笑，你好像知道这个笑是什么意思。他踩上你的另一只脏鞋，一弯腰，一斜肩，发出一声喊，扛起地上的树墩子，气喘吁吁又气定神闲地再次扬长而去，身后撒出一地湿土。

你踩着他留给你的一只鞋子，耐克的。你又想起那个孩子，他就是因为想要你的一双鞋子才把命丢掉的。你不敢再想了，只能继续往前走，看见一些好像永远都不会变的事物，又好像看到了一些东西就藏在云层中。月亮和路灯一照，云就像幕布，就像是在放电影，放关于你、陈鹏和米夏回忆的电影。你觉得你已经去了很久以后，这时候的米夏已经死了，你也是这么走在路上。你想到米夏，想到世界上再也不会有这么一个人了。你好像看见了她被烧毁，烧成灰烬，灰烬被植物的根系吸进去。在微观层面，她长进了植物里，也许她就是变成了一棵树，树没过多久就被砍倒了，变成了木质家具，摆进别人家里，成了一张餐桌，或者一张婚床。原来那棵树只剩下一个树墩子，树墩子遭遇了一个醉汉，醉汉有一双你、米夏和陈鹏都认识的眼睛，那个孩子的眼睛。醉汉把树墩子扛起来，把米夏的最后一部分扛起来，扛走了，不知道要扛到哪里去。

这可能就是个轮回。你傻傻地想。

你尝了一口风，风也是苦的。

你一大就早醒了，买了票，往回走。你心里想着米夏，想着自己的小时候，也想着陈鹏。对你来说，他们才是坐标，要是米夏走了，你的回忆，你的小时候，都会变得摇摇欲坠。

火车往回开，像是要开回到过去。

陈鹏到得早，他来车站接你。

见到你，陈鹏给了你肩膀一拳。你看着他，他没怎么变，好像哪儿都没去。有时候你会觉得，人就是因为去了太多地方才变了样子。

他一下子把你拉回去了，你这才发现你所谓的"离开得很彻底"，不过是你的一厢情愿。

路上，陈鹏说起米夏的病。

他说，我也是刚知道，米夏是突然跟我联系的，其实我一下子就听出来是米夏，但我没敢认。她都多久没联系我了，我以为她早就把我忘了。跟你一样，你也把我忘了，你们都忘性大。不像我，我怀旧。

你心里有点不舒服，米夏为什么不先联系你呢？

但你又骂自己，都什么时候了，你还计较这些？

陈鹏好像看穿了你，说，你心思重，她可能怕你多想。

你没说话。

陈鹏说，我一直都以为米夏应该连孩子都生了，当妈妈了，成富人了，说一口粤语了，能在弥敦道偶遇明星了，买衣服不看价签了。她怎么就病了呢？还病得这么严重。病了怎么不去大医院呢？干吗又回来了？她想干什么呢？

你也有同样的疑问。

陈鹏说，说实话，当年我怨过她。但我也知道，她不可能跟我，也不可能跟你。她跟我们不一样，她看得远，她一直想走出去。

你苦笑，你当然知道，米夏很早就确立了自己的目标，她要嫁出去，要嫁有钱人，越有钱越好，有钱了就什么问题都解决了。

她成功了，可她怎么又回来了呢？她走那天，跟你们怎么说的？她说，你们要来看我，我反正是不会回来了。

但她回来了。

陈鹏一直在出汗，看起来湿漉漉的。他一直在说话，不敢让自己停下来，他说，我提前到了好几个小时，但我不敢自己去看她，我都不知道她变成什么样了，我怕知道。你来了就好，我挺怕你不来。你来了，我们三个就又在一块了。

镇上的医院扩建了，多了好几栋楼。

病房里，你和陈鹏见到了米夏。

米夏半躺在床上，整个人向内坍缩。她看着你，看着陈鹏，对你们笑。她没有头发了，颧骨高耸，骨头几乎要从她的皮肤里戳出来，你轻易就能看见她的骨相了。你看着她，就觉得吧，人是肉眼可见地消失的，她正在消失，先是变薄，然后变轻，最后变得透明。

她的笑和呼吸一样，都没什么声音了。她以前不这样，以前她总是笑着的，总是制造出很多声音，声音装满一个屋子，一条街，一片树林。

你不能相信这是米夏。

你觉得米夏看上去就像是一篇没写完的文章，每一个字都是松松垮垮的、似是而非的。

你看着她，陈鹏也看着她，你和陈鹏都知道，你们不用再问她得了什么病了。

不管是什么病，这个病都要结束了。

陈鹏还是想气氛能轻松一点，先开口了，说，我们都挺想你的，但不敢联系你，怕打扰你。

米夏努力笑，说，你们都没怎么变。我没想到你们能来，我就是想试试，你们还真来了。你们来了，我挺高兴，这会儿我都不怕死了。

她说了一会儿话，就没什么力气了，靠在床上。她说，这里没地方坐。

陈鹏说，没事儿，我们站着就行。

你看到她床头柜上放了一个双筒望远镜。

你好像立刻就能猜到这个望远镜是干什么的，窗户玻璃被擦得很亮，被困在病房里的人，只能从这里往外看。米夏有了望远镜，就能看得远一点，她只剩下"看"了。

　　米夏休息了一下，有了点力气。她说，你们还记得吗？就那会儿，我们三个，一起进城去看电影那一次。
　　陈鹏说，记得，那怎么不记得？
　　米夏说，我们二个人，骑两辆自行车，你们内个带着我，你蹬累了，我就换到陈鹏后座上。我老梦到那会儿，那天天气多好啊，这以后好像再也没有那么好的天气了。天都浑了。我们还洗澡了，你们记得吗？水特别清，我脱衣服的时候让你们把头转过去，你们偷看我了，对吧？
　　你和陈鹏都有点窘迫。
　　米夏说，我们不是经常一起下水吗？我知道你们当时没把我当女孩，我也没把我自己当女孩。

　　她一直在说，断断续续地，说累了就歇一会儿，有力气了就再接上。你和陈鹏就这么听着，谁也不说话，你的腿有点麻，你就把重心放到另一条腿上。
　　你看得出来，她正沉浸在回忆的液体里，她没什么力气了，说出来的每一个字都像是断裂的珠子一样跌落下来，滚落在你和陈鹏面前，滚落到床底下。

　　病房里有股子消毒水味，米夏说，死就是这个味。
　　她说着说着，眼睛离开你们，盯着墙壁看，你看过去，墙壁上有一小块形状不规则的污渍。

你不知道她在看什么。

她的眼睛又回到了你脸上。

她说,电影没看成,怪我们去晚了,等我们到了,人家就已经散场了。但我们还是很开心,我们一路上就跟演了一场电影似的,从那以后,我就很少这么开心了。开心不容易的,对吧?

她还在说,家乡的方言、普通话、吞咽、叹息、微笑,偶尔咬牙切齿,你都能听见。

你看着她,她看着你。从她脸上,你看不出什么怨恨,她好像已经原谅了一切,除了她自己。

你想说点什么,说点能让她心里好受点的话。你在心里遣词造句,听到陈鹏"哎哟"了一声。你看他,他看向米夏,你跟着他看过去,米夏身下病号服的一团濡湿,渐渐扩大。米夏自己都还没有反应过来,你下意识冲过去,陈鹏想拉你,没拉住。你站在米夏床前,伸出手,手僵在半空中,你不知道该下一步该怎么办。米夏看着你,又看自己,就好像刚刚发现了自己的失禁。她惊慌地打开你的手,推你,推不动,她的双手软绵绵的,她只能喊,你走,出去,都出去。

她哭喊着,身子抖成一团,又虚弱又激动。

你僵在原地,脑子不转了,身子不听使唤。陈鹏扑过来,拉住你,往外拽,你被他拽了一个趔趄,跟出去。

门关上。

呼叫铃被按响,响得很急促。

你有点站不住了，看见一个护士拉开门，走进去，门又关上了，你听到里面窸窸窣窣的声音。

你去看陈鹏，陈鹏眼眶通红。他发现你在看他，把脸别过去。

你们都没再说话。

护士捧着换下来的病号服和床单走出来，看到你和陈鹏，问，米夏的家属是吧？

你们点头。

护士说，进去吧。

你和陈鹏重新走进去。

米夏看着你们，对你们笑，好像刚才什么都没有发生过。

新换的病号服在她身上松松垮垮，她好像连那么一点重量都承受不住。

她把床摇得更高，后背靠上去，尽可能地让自己能平视你们，问你们，刚才说到哪儿了？

陈鹏赶紧说，说的都是我们以前的事儿。

米夏看着你，问你，你现在怎么样？

你说，挺好，你呢？

你问完了以后，立马就发现自己问得实在有毛病，她现在这个样子，还用问吗？她不好，很不好。

米夏笑，她说，和老头离婚之后，分了一笔钱，把以前没去过的地方都去了一遍，把以前没玩过的东西，都玩了一遍，也没什么意思。检查出来就已经很晚了，到处看病，大小医院都跑了个遍，求仙问卜，偏方、灵修，全试了个遍。钱花了不少，人一天比一天瘦，头发掉光了，人也不好看了。还剩一口气，我就想着回来吧，回来安静一点。小时候在这里长大，这里好歹算是个家，死在家里，离着我爷爷奶奶都近一点。

你和陈鹏都说不出话来，她说得简单，但你能听出来她受了多少苦。

你说，没事儿，回来就好，我，我们陪着你。

陈鹏说，对，我们都在呢，我们又跟以前一样了。

米夏笑，对，就跟以前一样，跟以前一样好。

米夏看看你，又看看陈鹏。米夏说，你们也别难受了，我其实都想通了，没什么大不了的，就是有时候吧，控制不了自己的情绪，激素针打太多了。我挺丑了，鼓起勇气才敢见你们。本来我想换件衣服的，换件好看的，至少也得是条裙子吧，结果穿上发现更丑，太瘦了，身上没什么肉了，屁股也扁下去了。我就干脆还是穿这个吧，反正没人穿这个好看，对吧？你们能来，我真的很谢谢你们，客气的话我不说了，趁着我还清醒吧，我多说几句，我就是想你们帮我个忙。

陈鹏问，什么忙，你尽管说，钱的事儿你别操心。

你看向陈鹏，陈鹏掏出来一张卡，说，能带上的我都带着了。

你有点吃惊。

陈鹏以前挺抠门的，恨不得把一分钱掰成两半花，他很少像此刻一样豪爽。

米夏看着陈鹏，笑着说，我不用钱，我有钱。再说，到现在这个份上，钱也没用了。你们俩是我最好的朋友吧。你们知道我的，我从小跟着爷爷奶奶过，后来日子好了，爷爷奶奶也没能沾我的光，都走得太早了。我离了婚，现在我就剩下我自己了，没人给我出殡，没人给我办葬礼。没人办这些，人就像是死无葬身之地，人就变成孤魂野鬼了。我不能那样，我不怕死，我就怕这个。你们帮我吧，钱我都准备好了，够，不用铺张，跟我们这里的风俗一样就行，别人有的，我也来一份。把我葬在爷爷奶奶旁边吧，他们疼我，跟他们在一块，我就什么也不怕了。

你鼻腔发酸，说不了话，嗓子里像噎着东西。

陈鹏看向你，你点头，陈鹏看着米夏，说，你别说这些了，你没事儿的，有病咱就治病。

陈鹏说这些话的时候，自己也没底气。

米夏说，我一直特别擅长面对现实，我从来不骗自己，你们能答应我吗？我没别人了，我只有你们，我们是最好的朋友，对吗？

你看着米夏，你说，对，我们是最好的朋友，我们帮你办。

陈鹏看看你，也点了点头，还努力开了个玩笑，你让我给你办的是婚礼该多好。

米夏笑了。

你也跟着笑了。

陈鹏也笑了。

你们三个又在一块了。

米夏睡着了。

你和陈鹏对望一眼，想出去等她，刚转过身，米夏就醒过来了，你和陈鹏停住。米夏盯着病房墙壁上的污迹看，没头没尾地说了一嘴，我见过他了。

你去看陈鹏，几乎能看到陈鹏心里也咯噔了一下，好像你们都知道米夏说的"他"是谁。

米夏指了指望远镜，说，我就是用这个望远镜看的。我一住进来，就没能出去，我买了个高倍望远镜，我让我的眼睛出去。我就站在窗户边看的，我看到他了，他跟我们一样，他也长大了。但他又跟我们不一样，他换了一张脸，但眼睛还是那双眼睛，我认得那双眼睛。他穿着裙子，戴一顶帽子，往前走，全身都是血，把裙子也染红了，特别红，就跟刚从染缸里捞出来的似的。

他怀里抱着一条狗，小狗，狗身上也是血，人和狗都是红的，小狗毛茸茸的，就跟个被咬了一口的桃子似的。

他和狗都很开心。

我看着他，他好像也看到了我，对我笑，好像是认识我。

除了我，别人好像都看不见他，他走在人群里，没有人理他。我不知道他要抱着狗去哪里，他有他要去的地方。我想多看一会儿，这时候护士进来了，喊我吃药。我一愣神，再去看，他就不见了。

他为什么穿女孩子的衣服呢？他看起来也像是个女孩子了，这很奇怪，你们也觉得奇怪，对吧？他就不是这个世界的人，但他肯定是他，他又回来了。

你和陈鹏都僵住了，病房里的气温突然就低下来了。

你不说话。

陈鹏声音很大，他斩钉截铁地说，不可能，不可能的，那不是他了，没有他了，他不在了，早就不在了。你这是自己吓唬自己，你吃药吃的，你打针打太多了，这是你的幻觉，一定是的。你要好好养病，别想这些，也别说这些，过去了就是过去了。你好好治病，你能治好，一定能治好，你别这样。

你听着陈鹏机枪一样慌慌张张地往外吐出这些话，知道他是害怕了。

米夏听陈鹏说完，脸上还是笑。她很平静，说，就是他，他不过是换了一张脸，但我认得他的眼睛，我肯定不会认错的，你们也知道我记性好，对吧？他来了，他是来找我的，他早就该来了。

你和陈鹏看着她，她说着说着，又睡着了，这次睡得特别沉，她太累了。

你们下了楼，往外走，陈鹏说，去吃点东西吧。
你说，好。
陈鹏说，去吃粉吧，以前我们都爱吃粉。

坐下来，你还没吃完，陈鹏就又要了一碗。

这一碗陈鹏吃得慢了，陈鹏边吃边说，这几年，你们都出去了，我一直留在这里。你们都觉得这里不好，但我就不觉得这儿有哪里不好。我是个容易知足的人，我没什么本事，我不想出远门，也没什么野心，一点钱就够我花了。我现在有两家店，有一间铺面，我走在路上就有我认识的人。外面不适合我，外面对我来说，太大了，大到我心慌。你看吧，我留在这里留对了，这不就把米夏等回来了吗？我没想过她还能回来。你也知道的，她总是不消停，这里跑，那里跑，去了香港，去了国外，太平洋、地中海啥的，跑了大半个地球吧？跑出

107

去这么远，这不还是要回来吗？人就是要回来，人总是要回来的。她回来了，这次就不走了，我给她治病，我砸锅卖铁给她治病。我钱都准备好了，不瞒你说，我离了，现在还是一个人过，我一个人吃饱了全家不饿。我也没孩子，我的种子有点问题，可能是报应。但这个报应，我认了。

陈鹏看着你，你还是一言不发。陈鹏问你，你不会相信米夏说的那些话吧？

你没说话。

陈鹏说，她就是病得太厉害了，她说的那些是胡话，就跟发烧的时候说胡话一样。什么男人穿裙子，什么抱着红色的狗，这不是胡话是什么？我就不太想以前的事情，想了也没用，人还是得往前看，我就是往前看。我老婆，我前妻，离婚之前还要我在她父母面前演戏，我陪他们出去旅游，她当天就跟一个男人去开房，我什么也没说，都离了，大家就都自由了。我跟她说，这么些年了，我心里一直有一个人，这个人不是你。以前我以为这个人应该是你，我也告诉自己这个人就是你，可今天我看清了，这个人不是你。我前妻就疯了，挠花了我的脸，诅咒我断子绝孙。

你看着陈鹏，他眼眶有点红，胡乱擦了一把。他说，是，我心里的人就是米夏，一直是她，以前是她，以后也是，我不会让她死的，我一定能救她。我还真认识山上的一个老道，他不是个凡人，他有秘方。他跟我说过，他救过一个人，一个古人，一个古人染了重病，快死了，他给救过来了。这个古人给了他很多钱，让他定期来给自己看病。然后他就跟那个古人一起，一直活到了现在。知道那个古人是谁吗？朱允炆，建文帝，建文帝现在还活着呢，就是这个老道士救下来的。我问那个老道士，朱允炆现在去哪里了？他说，那我能告诉你吗？我谁也不告诉，这可是千古之谜。

他说着，把眼睛故意睁大，大口地吸气、叹气，这样眼泪就不会流出来。

你不去看他的眼睛，假装没有注意到他的情绪，低头把粉吃完，连汤也喝完了。汤很辣，辣得你掉眼泪，你扯了张纸巾，鼻涕和眼泪一把擦。忙活完了，你说，我也见过一个人，一个扛着树墩子，树墩子上都是树根，树根上都是湿土的人，四十多了吧，喝多了，是个醉汉。

陈鹏莫名其妙，说，醉汉多了，你说这个干吗？

他虽然这么问，但他的眼睛看着你，他知道你在说什么。

你说，他把自己的鞋脱给了我，穿着我的鞋走了。

陈鹏盯着你看，不说话了。你能从他眼睛里看出来，他一定也记得那双鞋。

你接着说，我也记得那个孩子。你说，我们当时都是孩子，但我们都长大了，可他还是个孩子，他长不大了。我想起他就只能想起一个孩子的脸来，不管他长成什么样了，他就一直是个孩子。

你也记得吧，他当时偷穿了我的鞋，他不该穿我的鞋的。

他穿了我的鞋，我们正好从水里冒出头来，他被我们抓了个正着。他想跑，我们把他按住，你在左边，我在右边。

他跳下去，我们去追他，米夏一直在笑，笑得可开心了，她就这么笑，咯咯咯地笑。

你学着米夏当时笑的样子，笑得自己上气不接下气。

陈鹏说，你别笑了。

你还在笑。

陈鹏急了，猛推了你一把。他吼，你别笑了。

你这才停下来。

你说，那以后，我就不下水了，跟谁都说我不会水，不会游泳。小水坑我都绕着走，不管下不下雨，我都随身带伞。我怕水里那股味，那股土腥土腥的味。

你说，我当时没多想，但米夏这么一说，我就想起来了。应该是他，他换了一张脸，但他其实还是个孩子，是孩子就玩心重，他又跟我开玩笑了，他又跟我换了一遍鞋。米夏看到的那个抱狗的，跟我看到的那个扛树的，不是一个人，但又是一个人，都是那个孩子。

陈鹏看着你，觉得你也病了。他劝你，你别跟米夏一样，你们都有点魔怔了，你们就是想太多了，你们的问题就是想太多，米夏的病就是这么来的。你不能跟米夏一样，她是一个病人。

你盯着陈鹏，问他，你就没遇到过吗？你就没遇到过这样一个人吗？可能你也遇到了，但你没认出来，你想想，你使劲想想。

陈鹏看着你，你能从他的眼神里看出来，他犹豫了。

陈鹏说，这几年我没闲着，我做过好事，我捐款，就那个红十字会，我捐过，每次一号召我就捐。一直捐到那个什么美美出事之后，我才不捐了，我自己没二奶，我不可能捐款给别人包二奶。

我不光捐款，我还救过一个人。

怎么说呢，他挺怪的，就一个人，穿一身古人的衣服，一头长头发，我就感觉他很熟悉。我想起老道士跟我说的他救人的事儿，觉得他像是朱允炆。我跟你一样，想确认一下，就盯着他，他就一直在河边溜达，低着头，像是在想事情。我看不清他的脸，又不好意思直接上前问他，我只能等着，我等着等着，他突然就跳下去了。

我一个猛子扎下去，抓住他，把他往岸边拽。他不愿意，他挣扎，我扯着他的头发，结果一把就扯下来了，是假发片。他拗不过我，我把他扯到岸边了，他也没说谢谢，那意思是嫌我多管闲事。他起来就又往桥那块走，我跟着他，他又走到桥上了，还要往下跳。我拉住他，看清了他的脸。我好像认识他，又好像不认识他，我想不起来他是谁，我心里发毛，我不知道他是不是朱允炆，我也不知道他是不是……是不是那个人。他跟我说了一堆奇怪的话，说什么没有鼻子的大象什么的，我不知道他说的是什么意思。

但我救了他，我一直拉着他，按着他。我报了警，等着警察来，警察来了，把他带走了，他就得救了。

你要是说他就是那个人的话，那我就当他当时没死，他当时没死现在又要去死。但我救了他，我救了他，我就还他一条命了，我就不欠他的了，我不折磨自己了。我跟你们不一样，你们就喜欢跟自己对着干，我不折腾自己。

你不笑了。

你们回去看米夏。
她又睡了一觉，打了针，状态好多了。

米夏看看你，又看看陈鹏，像是下定了某种决心。她说，其实我一直没告诉你们，当时我看见了一双眼睛，或者说一双眼睛看见我们了，那双眼睛看到了我们干了什么。

米夏说这些话的时候，眼睛里有一股慑人的光，你几乎不敢看她。

陈鹏都有点崩溃了，说，你别胡说了，当时的事情就没人看见，没人，一个人都没有。

米夏说，有，有一双眼睛看见了。我一直没告诉你们，有一只猴子看见了。不，不是猴子，是一只鹰。可能也不是鹰，像鹰，但也像猴子，会飞的猴子，有翅膀的猴子。

你和陈鹏都摸不着头脑。

米夏的眼睛失焦了，她说，是真的，我不骗你们。

陈鹏急了，声音大起来，说，看见了又怎么样呢？不管是猴子还是鹰，都不是人，都不会说话。你不用害怕，你当时都不害怕，现在怕什么？

米夏好像根本没听见陈鹏的话，她几乎是自言自语了。她说，那东西飞过来一次，就落在那里，落在我窗边上，一双眼睛盯着我。它就是想告诉我，它什么都知道，它什么都看见了，现在轮到我了，终于轮到我了。

陈鹏脸色更难看了，看向你，向你求助。

你说，米夏，你累了，你休息一下吧。

米夏摇摇头，说，我知道轮到我了，我就快见到他了。你们放心吧，我会跟他说的，我会求他的，我求他原谅我，原谅我们。我们不是故意的，对吧？当时我们都还是孩子，我们不太明白的，对吧？我们没有恶意的。

你和陈鹏都被米夏拽了回去，拽回到当年，拽回到林子里，拽回到那个野湖里。

米夏接着说，我做过梦，我梦到他了，到处都是他。他坐在屋顶上，倒立在天花板上，躺在床上，蹲在厕所里，我去哪儿他就跟到哪儿，就那么湿漉漉地看着我。他现在也在，他现在就看着我们。

你和陈鹏都怔住了，周围的虚空中透出来一股湿冷。

米夏看向你们身后的虚无，眼睛里满是温柔，脸上的表情还有点高兴，又有点害怕。她说，他跟我说话了，他跟你们打招呼，他说，你们好啊。他说，好久不见了，挺想你们的。他说，我挺冷的，我一直就很冷，我身上湿透了，我不能一直在那里待着，我想晒晒太阳，你们让我晒晒太阳吧。

陈鹏回头打量你们身后，什么都没有，只有墙壁、吸顶灯、污渍，别的什么也没有。怎么会有呢，不可能有的。

你看看米夏，米夏好像不在这里了，墙壁上的污渍渗出水来。等你反应过来，地面上的积水已经淹没了你们的脚踝，病房变成了湖，把你们和米夏都淹没了。你们只能把脑袋露出来，大口呼吸，生怕自己沉下去。

米夏还在继续她的"翻译"，用他的声音说话，用那个孩子的声音说话。她说，我很辛苦，我一直不能长大，我只能住在别人的身体里。住在别人的身体里，很多事情就要听别人的，住在别人的身体里，就不能做自己。

米夏学得太像了，像得你和陈鹏都不敢出声。

米夏说，埋在那里也不好，埋在那里烂都烂不掉。我已经死了，我死了也不怨你们了，都已经这么多年了，过去了就是过去了，这就是我的命。可你们不知道，那个野湖干掉了，没有水了，我就埋在淤泥里，在里面不好受。你们把我挖出来吧，我长不大了，我连个葬礼都没有，我也要有个葬礼吧。

陈鹏捂着脸，手在抖，他不想再听了，又不能不听。

米夏看着你，问你，你能答应吗？

你犹豫了，陈鹏也看向你，你说，好，我去办。

米夏看着你，米夏和陈鹏都看着你。

你又重复了一遍，我答应了，我给你，给他都办个葬礼。

米夏终于笑了。

湖水退去了，墙壁上还留着刚才淹水时的水位线，你们的身体重新暴露出来。

米夏的眼神又是米夏了。

米夏说，那我的葬礼和他的一块办。钱我准备好了，墓地也买好了，俩位置，相邻的。我陪着他，我应该陪着，要不是我，他也不会死。

你说，我也有份。

陈鹏捂着脸，不说话了。

米夏说，是我的错，是我让你们干的，我让你们都听我的，主意都是我出的。

你说，不只是你，是我们一起干的。

陈鹏说，你们疯了，真疯了。我不去，我肯定不去。你答应了，那你去办吧。我去不了，我没办法。

陈鹏看了你和米夏一眼，跑出去，狠狠地把门关上。

你看着米夏，你说，你别怪他，他从小就尿。

米夏笑，笑得很宽容。米夏说，我知道，我知道你能答应我。我还想求你帮我一个忙，我知道只有你可以。

你看着米夏。

米夏看向面前的墙壁，问你，你看到墙上那块脏东西了吗？

你顺着米夏的眼睛看过去，你说，我看到了。

米夏说，你帮我擦掉吧，早就该擦掉了，现在就擦掉吧，擦掉了就好了。你帮帮我，只有你能帮我了。

你说，好。

你背对着米夏，用尽所有的力气去擦墙壁上的污渍。你擦得很用力，你的手磨破了，手上出血了，却不敢停下来，病房里只剩下你擦墙的摩擦声。你不敢回头，你知道你身后正在发生什么，或者已经发生了什么。

你已经看到了死后的米夏。

她瘦下去，完全不讲道理地瘦下去。如果她一直这样瘦下去，她就不需要葬礼了，她会自己一点一点消失，直到什么也剩不下。

她就躺在那里，一点声息也没有，她期待的一切都已经降临。床像是个活物，床吞没了她。她很平静，平静得就像是床上的一幅简笔画。

你和陈鹏坐在灵车里。她的棺材很薄，很脆，像是一触即碎。你和陈鹏一左一右扶着她，灵车在晃动，她也在晃动。你和陈鹏一言不发，纸钱撒下去，连同纸钱一起撒下去的，还有你和陈鹏关于她的记忆。

　　你们把她送到火葬场。

　　你们小时候无数次经过这里，这里的烟囱总是冒着烟。因为冒烟烟囱的缘故，整个小镇永远都像是悬浮在半空中。你们知道小镇上有很多鳏夫在里面抬尸体，和死人打交道，把死人送进炉子里。那是当年你们所能想到的，最可怕的职业。

　　那时候你们看着冒烟的烟囱，嘻嘻哈哈。你们说，原来烧人也会冒烟啊？那么烧人也有香味吗？你说，烧人，人还知道疼吗？

　　你们有那么多问题，总也问不完的问题，你们根本不需要立马就知道答案。

　　你们三个人说说笑笑，打打闹闹。

　　米夏坐在你的后座上，晃着双脚。她穿着一双红色的塑料凉鞋，总是很醒目。

　　你们从来没想过，有一天，你们之中会有两个人送一个人来这里，来这里被烧掉。你们谁都没想到，先被烧掉的人会是米夏，会是那个总是在笑的米夏。

　　很多问题你们已经知道答案了，但答案跟你们想象的不一样。

　　米夏被推进去。

　　你们进不去了，只能在外面看监控。

　　屏幕上冒着雪花，米夏的身体被送进去，你眼睛一花，觉得这里的火是冷的，或者应该说，屏幕里的火是冷的。

陈鹏在哭，哭得身子在耸，他终于不掩饰自己了。

工作人员把你和陈鹏叫进去，让你们先选骨灰盒，国产的、进口的，檀木的、水晶的，还有镶金嵌玉的。

陈鹏说，要檀木的。

工作人员说，檀木的8888。

工作人员让你们自己进去装米夏的骨头。

你和陈鹏进去，把米夏的骨头往檀木骨灰盒里装。

米夏剩下的骨头很轻了，像是一些枯树枝，闻起来类似灶台深处的草木灰。你不敢相信那个总是在笑的女孩，现在就剩下了这么一点了，但你又不得不相信，她真的消失了。人消失原来这么容易，只需要一把火。

陈鹏的手在发抖，他忍着，不敢哭，不敢让眼泪掉下来，怕自己的眼泪把米夏的骨殖弄脏了。

他捡起来一小块骨头，拿在手里端详。你和陈鹏都分不出来这块骨头来自米夏的哪一部分，你们不敢想。

你们装好了骨灰，走出去。

你们谁都不想说话，也说不出话。

你们给米夏下葬。

她自己已经把墓地选好了。一切都听她的，跟小时候一样。她就是你们的头头。

你们把她葬下去,葬在她爷爷奶奶身边,现在她可以好好睡一觉了。

你在米夏的旁边留了一小块地方,按照米夏的要求,是给他留的,给那个长不大的孩子留的。

你说,最后就只剩下一件事情了。

陈鹏看着你,还是说,反正我是不会去的。

陈鹏亮了亮手心里的一小块骨头,你看着他。

陈鹏说,我得留着她的一部分,你别拦着我。

你没有说话。

你带上所有需要的东西,去了那个记忆中的野湖。你很久没来过这里了,这里的林木很茂盛,目之所及,什么都在疯长。

你走了一段路,看到了那个野湖。野湖干涸了,湖底的淤泥裸露出来,脏水往外渗,一些五颜六色的塑料袋还被困在淤泥里,挣脱不得,一些被丢弃的垃圾和石头重见了天日。

你把裤腿挽起来,努力让自己先不想起这里曾经发生的一切。你劝自己,待会儿再想吧,待会儿什么都会想起来的,你跑不掉,这些记忆根本就不可能放过你。

你挽着裤腿,扛着铁锹,下了野湖。你的双脚深陷进去,一股力量把你往下拽,腥臭味蚊蝇一样撞击着你。你弯下腰,不知道该从哪里挖起,索性直接铲下去。淤泥攥住了铁锹,你几乎是在和湖底拔河。

你挖了好一会儿,除了淤泥和石头、半干半湿的水草、破裂的瓷砖、冲水马桶的半个水箱盖、一截生满了铁锈的铁管,什么都没有。不应该,不应该没有,至少应该有一只球鞋,耐克的。

你身上已经湿透了,你挂着铁锹,尽量让自己把气喘匀,看到陈鹏扛着铁锹向你走来。

你知道他会来,他走近你,看了你一眼,什么也没说,下了野湖。

你们对望一眼,然后一起开始挖。

这儿有个野湖。

米夏穿着红色的塑料凉鞋,跑得飞快。

她的声音清脆,野湖的水面颤了颤,像是被米夏的声音惊动了。

你和陈鹏各自推着一辆自行车,一路小跑着跟上去。

你们站在野湖前。野湖就在林子里,面积不大,但水很清,透着一股凉气,倒映出你们三个少年的影子。

你看进去,米夏在水里的影子也显得修长。

米夏说,我想下去洗个澡。

你说,那我们一起下去。

陈鹏说,不要吧,这里咱就没来过,不知道水深不深。

米夏看着陈鹏笑,你害怕了?

你附和,陈鹏你就是尿。

陈鹏绝不承认,谁尿了?下就下,谁怕谁啊。

米夏把凉鞋脱下来,扔在一边,往下走了两步,细腻的淤泥从她的脚趾缝里钻出来。

米夏回头看着你们,松开自己的头绳,说,你们把头转过去。

你和陈鹏对望一眼,都转过身去。

身后是米夏窸窸窣窣脱衣服的声音。

陈鹏说,要不看一眼?就一眼。

你说,不行,你敢看就是耍流氓。

陈鹏说,你装什么装?你就不想看吗?

你说,想看,但不能耍流氓。

陈鹏还要说话,你们听见扑通一声,同时回过头。米夏从湖面上探出头,像一条鱼一样荡开一圈涟漪。你们看着她,都定住了。

陈鹏当先反应过来,动作利落地脱掉自己的上衣,边脱裤子边冲下去。

你低头看着自己崭新的球鞋,耐克的,犹豫了一下,郑重地脱下来,把雪白的鞋带收进鞋洞里,整齐地摆在湖边,也跳下去。

地球上就剩下你们三个人了。

水花激荡,你们闹起来。

你看着米夏,米夏在湖水里浮沉、游走,她真的很像是一条鱼。

米夏沉下去,很久没有浮上来。你和陈鹏都有点害怕,你们一迭声地喊她的名字,她突然从你们两个人中间冒出头来。

你们骂她,她就拉着你们的手,拉着你们一起沉下去。

你们在湖面之下看着彼此,五官似乎都漂浮起来,你们的脸看上去格外滑稽。你们什么都听不见,湖水包裹着你们,你们默契地同时想要在湖底待更长时间，赢过对方。

米夏第一个坚持不住了，她钻出去。

你和陈鹏还在对峙，陈鹏吐出泡泡挑衅你，你觉得自己还能坚持，直到米夏拉了拉你的胳膊，你钻出去，然后是陈鹏。你们看向米夏，米夏指向湖边，你们都看过去。

一个跟你们年纪差不多大的男孩蹲坐在湖边，伸出脚，正在偷穿你新买的球鞋，他刚刚穿上了一只。

你急了，指过去，喊，你干什么？

男孩听到了，看向你，对你笑笑，索性把另一只鞋也穿上，来不及系鞋带，拔腿就跑。

你慌了神，挣扎着，往岸上游。陈鹏跟上你，米夏觉得好玩，在你们身后笑，然后喊，抓住他抓住他。

你和陈鹏上了岸，湿淋淋地追出去。男孩一脚踩到了鞋带，把自己绊倒，脸朝下摔下去。他想爬起来，但你和陈鹏已经一左一右拖住他的脚，把他往回拽。他拳打脚踢，你拽下他脚上的一只球鞋，骂他，小偷！他踢开你们，又要跑，你们扑上去，跑到他前面，拦住他。他慌了神，往后退，仰着头倒进水里。米夏喊，他下水了，抓住他抓住他。

你和陈鹏又赶紧下了水，男孩在水里转了个身，一个猛子扎下去，想从水底跑。你顾不上陈鹏，探身下去，一把抓住男孩的小腿。他挣扎，身子一扭，猛呛了一口水，泡泡冒出来，更多水从他的口鼻灌进去，他开始下沉。你看到他在水底下挣扎，你憋得慌，和陈鹏钻上去

121

透气。米夏说，他人呢？

你和陈鹏对望一眼，你又扎下去。

水底下，你看到男孩穿着你的一只球鞋，松开的鞋带被湖底铜丝一样的水草狠狠缠住了，他猛蹬着腿，挣脱不开。

你和陈鹏都潜下去，拉住他的胳膊，他还在蹬腿。你们和他一起用力，拉了半天，拉不动他。陈鹏憋不住了，游上去。

你也不行了，觉得天旋地转，想着应该再潜下去一点去脱他的鞋子，但在这之前，你必须先喘口气。

你只能游上去。

你和陈鹏看了米夏一眼。

米夏不笑了，她也有点慌了。

等你和陈鹏一起扎下去，男孩已经不动了。你潜下去，脱掉男孩脚上的球鞋，和陈鹏一左一右，把男孩拉到湖面上。

湖面上，米夏看着你们，跟着你们一起往岸边游。

男孩躺在那里，像是正在融化。

米夏喊，他不动了。

你和陈鹏顾不上喘气，你学着电视里的样子，按男孩的胸口，他一点反应也没有。你没力气了，让陈鹏继续。

陈鹏身子在发抖，他按下去，按了很久，男孩还是一动不动。

你瘫在了地上。

陈鹏已经带了哭腔，怎么办？

你不知道该怎么办。

米夏试了试男孩的鼻子。

米夏说，他死了。

陈鹏哭出声来了。

你的手在抖，身上流下来的湖水开始变得冰凉。

米夏看着你们，说，是他自己偷鞋，他自己淹死的，对吗？

你和陈鹏都看着米夏。

米夏说，把他扔下去吧，扔湖里，我们回家。

你和陈鹏犹豫了。

米夏站起来，说，你们听我的，扔下去，扔下去就没有人知道是我们了。

你和陈鹏还是不敢动。

米夏说，我们该回家了。

你和陈鹏放弃了，你们照办了。

你们抬起男孩，一起用力，把他扔进湖水里，都听到扑通一声。你一直记得男孩胳膊的触感：柔软，冰凉。

你们看着他漂出去，开始下沉。

你想确认什么。

米夏催促你们，走吧。

你看到仅剩的一只耐克鞋孤零零地倒在湖边的淤泥里，你弯下腰，拎在手里。

回去的路上，陈鹏哭了，他一直在哭。你不说话，光着脚，把剩下的一只球鞋拴在车把上，鞋子和你的身子一直在抖。你想说服自己，你只是做了个噩梦。以前也是这样，遇到你解决不了的事情，你就跟自己说，这不过是个噩梦。

米夏说，我们没来这里，我们什么也没看见，这里什么也没有发生过，只要我们不说，就没有人知道。

你和陈鹏都没说话，好像沉默能让你们脱罪。

你和陈鹏继续沉默。

你们早已经置身泥泞之中。

你们的腿上、胳膊上、脸上都是干掉或正在干掉的泥巴，带着腐殖质的气味，你们闻上去像是已经死去多年。

陈鹏手里的铁锹一沉，他停下来，看着你，说，我好像挖到了。

你看向他陷入淤泥中的铁锹，说，小心点，别伤着他。

你和陈鹏的动作都温柔起来，你们像两个考古队员，尽可能缓慢地挖掉纠缠的淤泥，其中一些森白的事物裸露出来。你和陈鹏对望一眼，扔下铁锹，蹲下来，双手做捧，把剩下的淤泥清理出去，甩到一旁。你们的脑袋凑在一起，你们能感受到对方的温度，你们两个人陷下去，你们的两双手一起用力，将黑色淤泥中的一截森白，宝藏一样提上来。你们抹掉上面的泥土，你们看清了，这不是你们以为的尸骨，而是一截断藕。

你们看了对方一眼，都僵住了。

陈鹏一屁股坐在淤泥上，好像这时才感觉到劳累，气喘吁吁。

你们两个都没力气了，盯着面前的断藕，不知所措。

过了好一会儿，陈鹏才问你，还挖吗？

你想了想,说,挖,接着挖。

你们向对方伸出胳膊,互相搀扶着从泥泞里重新站起来,像是两株奋力生长的水草。

你们继续挖,陈鹏盯着你看了一会儿,说,我现在看你就像是在照镜子,你看我们像不像两个兵马俑?

你苦笑,说,挖吧,肯定能挖到的,挖吧。

陈鹏点点头。

你们两个人继续让自己深陷于泥泞之中,挖下去,不停地挖下去,像是要把自己也埋进坟墓里。

你们头顶上,一只像猴子又像鹰的鸟飞过去,在树枝上停下来,一双眼睛看向你们,像是早已经把什么都看穿了。

县城科比

我叫王勇，勇敢的勇。

病床上这个不是我爹，是鹏少的爹。鹏少生意做得大，应酬多，没时间，求我帮忙，我就来替他照顾老人家几天。做小辈的，尽孝嘛，鹏少是我兄弟，鹏少的爹就是我爹。

老爷子脑出血，恢复得挺好，还是发现得早，做了手术，脑袋顶上有道疤呢，跟假的似的。现在的人就是厉害，脑袋都打开了，还能活，这不神了吗？就是人还不能动，往里打流食，拉撒都在床上，没人管肯定不行。人这种东西还是可怜，经不起病，也经不起命，可谁还不老不病？

我跟鹏少关系好。

鹏少老婆生孩子那天，鹏少说他人在外地，赶不回来，给我打电话，让我帮个忙。我说，我知道了，我现在就去，孩子和孩子妈你就都放心吧。孩子出生的时候，医生都以为我是孩子的亲爹。我给鹏少打视频，鹏少在视频里喊儿子，刚出生的儿子不会答应啊，我就替他答应。鹏少喊儿子，我就替他儿子喊，在这儿呢，儿子在这儿呢。鹏少笑，他老婆笑，我也跟着笑，这没什么，是人就有需要帮助的时候。

鹏少没亏待我，跟着他，没人敢小看我。鹏少把自己的车借给我开，后来干脆低价卖给了我，说记得我的人情。鹏少有人情味，不然生意能做那么大，朋友能那么多？人得有人情味才能走得远，没有人情味就成牲口了。

鹏少后来开卡宴，让我开二手车追他，那我哪能追得上？我只能看见他的尾灯，我想这要是在篮球场上，我一定能追上去，给他来个盖帽，球场上我可谁也不怕。可大部分时候我都不在球场上，我都在过日子，过日子比上球场难多了，日子里不好进球。

他们都说我，说我是鹏少的马仔、小弟。我知道他们是开玩笑，不光他们跟我开玩笑，鹏少也跟我开过玩笑。

我忘了那是哪一年了，也就前几年吧，鹏少给了我一瓶茅台。我没喝过茅台，不知道茅台什么味，茅台是有钱人喝的酒，我一个月工资也就能买一瓶茅台，那我能舍得喝吗？没人在乎我没喝过茅台，但鹏少在乎。鹏少就给了我一瓶茅台，他跟我说，我请人吃饭，开了这瓶茅台，就喝了二两，剩下的你拿回去尝尝，别糟蹋东西。

我接过来，瓶子挺沉的，我捧着，像捧着一个奖杯，生怕掉在地上摔碎咯。

我不舍得喝啊，我把茅台放家里最显眼的地方。你还别说，有了茅台，家里给人的感觉都不一样了，一下子就高档了。我想，我应该找个重要场合开这瓶酒，平时喝那不浪费了吗？我每天晚上都会拿出这瓶茅台来看看、摸摸、闻闻，原来茅台里还送杯子，一送还送俩，贵的东西就是不一样。喝上茅台我也是上流社会的人了，至少喝完茅台之前我是。我是真想喝啊,但我忍住了,越是好酒就越不能一个人喝。一个人打篮球没意思,一个人喝酒也没意思。

我硬生生地等到过年,一家人坐在一起,我说今天晚上喝茅台,都尝尝,平常不喝酒的也尝尝,茅台不上头。我给每个人都倒了一杯,我倒得很均匀,谁的也不多,谁的也不少。举杯的时候,我觉得特别有面子,我什么时候这么有面子过?我知道我现在的面子是鹏少给的,我打心底里感谢鹏少,鹏少让我喝茅台,鹏少带我见世面,我都想给鹏少磕一个。

我就说了两句词:开心,发财。我这辈子要的不多,这两样就够了,一个是开心,一个是发财。我现在还没发财,我只能先开心,开心比发财简单一点。

我们碰杯,碰杯的声音都不一样,清脆,好听。我抿了一口,好酒就是稠,我小口喝,生怕错过每一小口味道。我家里人也都喝了,我看着他们喝的。他们喝了一小口,都看着我,我也看着他们,没有人说话。可我就发现吧,大家的表情都有点不对劲。

最后还是我爸先说了话,我爸说,味道不对,不像茅台。

我心里很恼火,就想,你也没喝过茅台,你怎么知道味道不像茅台?

表妹也说话了,味道也不像白酒。

我下意识地说,不可能,鹏少从来不喝假酒,鹏少是有身份的人。我就又尝了一口,这一口我觉得他们说得没错了,确实不像酒,也不像水。

我老婆最后下了结论,像是尿。

大家的脸都灰下来。

我说不能。哪能呢?!开玩笑嘛这不是!

我又给自己倒了一杯,我说茅台可能就是这个味道。我又尝了一大口,我确定了,是尿,有酒味,也有尿味,尿味比酒味大。

我蔫了,不敢看他们。

我爸把酒瓶拿起来,摔碎在地上,动静很大,茅台的白瓷瓶碎了一地,惨白惨白的。

后来的事情,我不记得了,我给鹏少打电话,鹏少没接。

过了好长一段时间,我在街上碰到鹏少,跟他说了这件事情。

鹏少就是笑,笑得那叫一个前仰后合。他拍着我的肩膀,跟我说,我就是跟你开个玩笑,你还真喝啊?你不闻闻你就喝啊。

我脸上像是挂上了两块猪肝,我真想揍他。我把拳头捏紧了,准备先打出他的鼻血,下一拳揍他的臭嘴,最好让他掉一颗牙,最好是门牙。他腰一弯,我再给他来一脚顶门闩,我顶碎他的两个卵蛋。

可他又过来搂我的肩膀,说,就是闹着玩,没想到你真喝,兄弟错了,兄弟带你赚钱,补偿你,你跟着我,以后只喝茅台,炒菜也不用料酒,就用茅台。

我没好意思翻脸。人家都认错了,再计较没意思,我心眼儿没那么小。

这事儿就这么过去了,我跟我老婆说,鹏少就是开了个过火的玩笑,人开玩笑的时候容易没分寸,我过去了,但我老婆没过去,吵架吵凶了，我老婆就骂我，说我是让全家人喝尿的废物。我一笑而过，老婆生气的时候说的话不能往心里去，谁还不被老婆骂几句？让老婆骂几句不是坏事，也不丢面子，老婆就是天。

你等等，我先给老爷子翻个身，应该是又拉了，这味儿，熏我一跟头。这老爷子打流食还拉这么多，挺能消化啊，做了这么大手术，人也不瘦，还挺胖乎。可能都是因为儿子争气，有鹏少这样的儿子，他心里肯定也宽敞，人心里宽敞就容易胖，心里宽敞了就不想死。要是我是鹏少他爹，别说脑子里破两根血管了，就是脑子都碎成豆腐脑了，我也舍不得死啊。其实我挺羡慕胖子的，我就胖不起来，从小到大一次也没胖过，一直这么瘦，体重从没超过130斤。我老婆说，这叫富胖穷瘦，我就是穷瘦。我老婆整天哪来这么多新词儿？不过也好，胖了不好打篮球了，我穿24号，科比的球衣，科比是我唯一的偶像。

我们这里每年都有篮球比赛，我现在的工作就是打篮球打出来的，我代表我们医院打篮球，给医院争荣誉。要不是因为我篮球打得好，以我的学历进不了我们医院。篮球帮了我，用黄老师的话说，篮球是最能肯定汗水的。

我现在一个月三千多块的工资，不够花，肯定是不够花。所以我跟着鹏少挣大钱，现在是还没挣到，但鹏少说，肯定不会亏待我。鹏少生意做得大，他吃肉，我喝点汤也能喝饱，背靠大树好乘凉嘛。鹏少对我也挺大方，但我不能太心急，心急了显得人没分寸。

你抽烟吗？嚼不嚼槟榔？这个健康，加了枸杞的，别听新闻里瞎说。你看这个佩洛西就挺闹腾，咋就不给她打下来呢？要我说，直接一个防空炮，啪，给她打下来。早就该打了，谁能打过我们啊？犯我中华者，虽远必诛。

好好好，不说这个了，还是说说我的事情吧。我早就说过了，我的故事写下来就是一本书。我一直觉得世界上有两个王勇，一个是以前的王勇，一个是现在的王勇。以前的王勇瞧不起现在的王勇，以前的王勇篮球打得更好，现在的王勇右脚的跟腱伤了，没有以前能跑能跳了。以前的王勇挺精神，在球场上谁也不服，可就是一下了球场就得换上那件不合身的夹克。

说出来不怕你笑话，我都上大专了，还穿着初中穿的夹克，袖子和裤腿都短了一截，别人都笑话我，说我穿小孩衣服。那时候的王勇，最大的梦想就是买一件新夹克，把这件不合身的扔掉。穿不合身的衣服，你就比别人矮一截。

我不光想要夹克，还想要一双新球鞋。球鞋贵啊，买不起，我当时脚上那双鞋补了又补，鞋底都快掉了。我跟我爸妈说想买球鞋，我都没敢要耐克的，我就想要一双普通的——我记得好像是安踏的——我爸妈嫌贵，去批发市场给我了买了一双四十块钱的旅游鞋。可四十块钱的旅游鞋没有减震，那就不是球鞋，我做梦都想要一双球鞋。我心里想，给我一双新球鞋吧，我宁愿少活三年。结果你猜怎么着？我这个愿望还真成真了。

我闲逛，钻林子，看到个野湖。湖边，就有一双新球鞋，耐克的、红对勾嘛，特别醒目，就是我日思夜想的耐克鞋。我看看周围，没人，只有一双红色塑料凉鞋，旁边还有一双拖鞋。我没多想，走过去，坐下来，试了试球鞋，一只脚蹬进去我就知道了，正正好好。

我心里那叫一个高兴，我想这肯定是老天爷给我的，少活三年也没事儿。我想把另一只鞋也穿上，还没来得及，湖面上就冒出来三个脑袋，两个男的，一个女的，跟我年纪差不多大。我心里说，坏了，我成偷鞋的了。他们看到我，扑腾着水花就要上岸，我直接就把另一只球鞋也蹬上了，拔腿就跑。

鞋带没系好，人也慌，一只脚踩在鞋带上，把另一只脚给绊倒了。俩男的追上来，拉我的腿，一只球鞋被扯掉了，我顾不上了，踢开鞋就想跑，但是他们拦在我前面了。我害怕了，害怕他们打我，往身后跑，我身后就是野湖。我水性好，从小就喜欢下水，我一个猛子扎下去，他们追着我钻下来，想拉住我。我太心急了，呛了一口水，眼前都冒金星了。我想来个潜泳，潜下去，球鞋上的鞋带被水草缠住了，我越挣扎，鞋带就缠得越紧，我动不了了。我想脱鞋，但是在水底也脱不下来。我看着俩男的冲着我游过来，想拉我，拉不动，水草和鞋带打了个死结。他们游上去换气，我脑子里成一团糨糊了，嗡嗡地响，觉得自己就快憋死了。这个时候，两个男的又游下来，其中一个沉下去，两只手才把我被水草缠住的球鞋脱下来。他们拉着我往上游，我看着那只新球鞋在水草里晃晃悠悠的，觉得可惜了。

上了岸，俩男的一直按我胸口，那个女孩就在一旁看着。我不敢动，装死，怕我醒了他们揍我一顿。

他们按了我好一会儿，我心里想，别按了，我快忍不住了，当我死了算了。

他们真当我死了,我听到那女孩说,扔下去吧,扔湖里。

我巴不得呢,扔吧,扔吧,扔下去我好回家。

俩男的就真把我扔湖里了。

我憋了一口气,在湖面上漂了一会儿,然后往下沉。我突然想到那只球鞋,有一只也比一只都没有强吧,我又钻下去,把那只球鞋捞上来,甩干水,开开心心地回家了。

有那么一段时间吧,我一只脚上蹬着耐克,另一只脚上蹬的是四十块钱的旅游鞋。

费这么大劲,还装死,就为了一双球鞋,结果还就剩下一只了,让你笑话了。

说来也挺奇怪的,到现在我还总觉得自己的衣服不合身,没有鹏少的衣服合身;鹏少穿什么都合身,去哪里都舒服,不像我,跟鹏少去酒吧,一进门就觉得自己的夹克短了一截。我照镜子,明明没短,穿着也挺合适,可我就是觉得不舒服,好像在酒吧里,我穿的就不是我自己的衣服了。

你说怪不怪?

如果两个王勇能见面,以前的土男肯定挺讨厌现在的王勇。我把日子过得挺臭,以前是衣服不合身,现在是日子不合身了。有很多人都过着不合身的日子,你说他们想换一个活法吗?肯定想换啊,可是能随便换吗?换不了。我能理解他们。

中午趁着出去买饭,我喝了两瓶啤酒,有点上头。今天话还挺多,有些事儿我本来以为我自己忘了,但聊着聊着我就又想起来了。

那天我看见贺婷了,贺婷回来了一趟,穿个小皮衣,头烫了,人挺精神。我去吃烤火鸡翅膀,她也在吃,我们这里的人回家第一件事儿都是去吃烤火鸡翅膀。我们这里有个外地女人,好像是从河南嫁过来的,烤的火鸡翅膀比本地的烤得都好吃。她有秘方,会掌握火候,她男人就不行,烤出来的就不好吃,肉柴。她家没招牌,全靠口碑,我们都叫她女人家烤火鸡翅膀。

贺婷吃得挺香。

我看着她,她也看着我。我说,你回来了。她说,回来了。我说,啥时候走?她说,过两天走。我说,挺好的?她说,都挺好,你呢?我说,我还那样。她说,你没怎么变,还打篮球吗?我说,打。那能不打吗?不光打,还当教练。她说,你以前篮球打得好,他们私下都叫你县城科比。我说,那是以前了,现在不比以前了。她不说话了,专心吃她手里的烤火鸡翅膀。我也不说话了,跟她一起吃。女人家还在烤,烟熏火燎的,我们以前也在这里一起吃过,我觉得我的眼睛被烟熏红了。

我认识贺婷的时候,她十六,爱穿裙子,鞋子总是很干净,喜欢在球场上看我打篮球,喊我的名字,有时候也直接喊24号。我越听到她喊我,就越有力气,跳得就越高,篮板抢得就越多,进球也越多,那个时候没人能拦得住我。

打完了比赛,我骑着摩托车带着她绕着我们县城转,摩托车是借的,但两个人的开心不是——开心你借不到,没人借给你。我们这里有很多山,树多,石头也多,夏天很热,但摩托车跑起来,就有风,有了风人就凉快了。

贺婷搂着我的腰,我的肌肉绷起来,心跳就跟篮球拍在地上一样,越拍越快。

贺婷说,你打篮球的时候,像是换了一个人。我说这都是因为24号球衣,球衣是我唯一合身的衣服。

我告诉贺婷,我的教练黄老师跟我说,篮球能改变我的命运。

贺婷问我,你会进国家队吗?

我说,也不是没有可能。我在电视上看过他们打比赛,有些人的技巧不如我。

我真没吹牛,那时候,我们省队下来选苗子,黄老师推荐了我,打了一场比赛,我就被选中了。不过要交一万多块钱的食宿费,才能去省队里训练。我跟家里说了,我父母都说这是骗子,我怎么说他们都不相信。黄老师上门跟他们解释,他们说,一是拿不出钱来,二是打篮球也没什么出息,打篮球不能当饭吃。我说,你们不懂,科比就是打篮球打出来的,科比一个赛季至少能挣两千万美金,也就是一亿四千万人民币。他们说,比什么比?你能跟谁比?谁也不跟谁比,我们家都是老实人,谁也比不了。你就老老实实学一门手艺,学氩弧焊、学厨师,都挺好,找一份工作,找个媳妇,早点结婚,说别的都不正经。

我跟他们说不清楚,黄老师凑了五千块钱给我,让我再劝劝我父母。他们说,五千块钱也没有,你借别人的五千块钱不用还吗?

我没去成省队。

贺婷告诉我,她不上学了,家里供不起了,她要去东莞打工。我们那个地方离东莞近,我们很多同龄人不上学了,就去东莞打工,有在东莞发了财的,回来的人都说东莞的钱好挣;还有从东莞直接就去了香港的,找个香港人一嫁,就成富婆了。

我跟贺婷说,那我跟你一起去。

贺婷问我,你不打篮球了?

我说,去东莞能打,东莞肯定有更大的球场。

贺婷问我,那你父母能同意吗?

我说,只要不让他们拿钱,他们就不管我。

贺婷有点害羞,说,那这算是私奔吗?

我说,算吧,你愿意吗?

贺婷说,我当然愿意,我早就愿意了。

老爷子睡了,今天还要再打两针,鹏少说打完了找人来替我——晚上我得回家。

我老婆脾气大,经常把我锁在外面。我也不是怕老婆,就是懒得跟她吵,已经吵累了。她也不容易,她的事情我晚点再跟你讲。

刚才说到哪儿了?对,贺婷,我跟贺婷去了东莞,找了个KTV上班,老板娘脾气很差。贺婷在KTV里做服务员,穿个小西装,再穿个短裙,不陪酒,就是给人开包房、上酒水。我在里面当保安,也穿西装,戴个耳机,跟特工似的。我收过美元和港币的小费,没舍得换,留作纪念,放在钱包里,做种子——钱能自己长出来。

一开始我们都住宿舍,后来工资高一点了,就一起租了个小房子,放个双人床,只能放个上下铺。没有厨房,我们就用电饭锅做饭,电饭锅也能炒菜你知道吧?最适合的还是炖菜,炖出来热气腾腾的,跟吃火锅似的。

屋子里没有家具,我们就铺个垫子,坐在地上吃。吃的时候,你看我一眼,我看你一眼,我们都觉得对方长得挺下饭的,也不觉得苦。

晚上,我搂着贺婷,问她,你说那些来KTV的老板怎么都这么有钱?他们的钱哪儿来的?

贺婷说,有钱的会越来越有钱,穷人就越来越穷。有钱到一定程度,钱就能自己生钱。穷到一定程度,钱就自己飞走了。钱喜欢聚堆儿。

贺婷总能说出一些道理来,这是我喜欢贺婷的地方。

完事儿以后,贺婷问我,我们会结婚吗?

我说,肯定会啊。

贺婷又问,在这里,还是在老家?

我说,肯定先回老家,然后再来这里。这里挺好,钱好挣,以后我们在这里安家,开个水果店,我们自己当老板。

贺婷说,好,我爱吃榴梿。

我说,那咱进货就多进榴梿。

贺婷说,你就不怕我把店吃垮了?

我说,你敞开吃,挣的钱就是给你吃的。

贺婷就笑。

我们说着说着,就好像我们真的开了一家水果店。

贺婷在 KTV 里被一个做陶瓷生意的老板看上了,我也是后来才知道,她一直瞒着我。我原来一直以为只有公主才会被老板看上。另一个保安跟我说,KTV 是全世界公主最多的地方。后来我听说,很多老板不喜欢公主,就喜欢服务员。这就跟很多老板喝多了不喜欢去桑拿,喜欢去捏脚,拉着捏脚小妹的手,跟她说心里话一样。老板跟贺婷说了心里话。

老板说他兜里有钱了,但心里那叫一个孤独,抓心挠腮的。有钱到一定程度,人就孤独了。

后来贺婷跟我承认了,她说,一开始老板的心里话,她也没当回事儿,老板给了她一千块钱,说是小费,她觉得挺开心。

后来,老板又送包,又送衣服,还请她吃西餐,给她买了项链,她不敢戴,就一直放在包里。老板晚上要带她回家,她不好意思拒绝。但她也觉得不能上楼,上楼就是背叛我了,她说就在车里。老板喝多了,把椅子放下,草草了事,衣服还没穿好,老板就睡着了。

她自己打车回来,回来之后,我也没发现,我睡着了,睡得很香。一开始她还觉得心虚,怕我知道,后来也就习惯了,习惯了之后就跟老板上楼了。

贺婷说，老板的那套房子挺大，是个跃式——她说她以前没见过跃式的房子——跃式就是有三层楼，大得跟迷宫似的。她起来去上个厕所，都能迷路。厕所比我们现在住的地方还大。

贺婷跟我说，其实我不该发现，我不发现的话，我和她就还能继续。老板在外地有个老婆，也有孩子，他们有一个家，但老板还是愿意在东莞给她一个家，一个跃式的家。她觉得给得不够，所以她还是想和我在一起。她劝我好好想一想，对她来说，跟老板暂时有个家就是一份工作，跟在KTV里当服务员没什么差别，只要想得通。她说，人有时候就是容易想不通，想不通了就容易干蠢事。干了蠢事就回不了头了。

我还是太年轻了，我肯定想不通，我干了蠢事，我回不了头了。我给了她一巴掌，让她从我们的房子里滚出去。她看着我，说她还是挺喜欢我的，不会因为跟老板上楼了就变了。我又给了她一巴掌，她没说话了，低头收拾自己的东西，也没什么东西，就背了个小包，走了。

她从我租的房子里滚出去了，我从她的感情里滚出去了，她搬进了跃式的房子。

等我再见到她的时候，我认不太出来了，她跟换了个人似的。人靠衣裳马靠鞍，她不穿小西装了，穿个裙子，背个小包，踩着靴子，脖子上戴着项链，胳膊上像套圈似的戴着镯子，完全像个有钱人了。有钱人会越来越有钱，她告诉我的。

我去东莞这么久，没碰过篮球，突然想打打篮球了。我买了一个最便宜的篮球，找了个附近的球场，半夜溜进去，转身、过人、上篮，动作还跟以前一样，快、灵、狠、巧，就是没有贺婷在旁边看着我了。

我想我该回去了，回去之后就不会在街上碰到贺婷了。

我和贺婷吃着烤火鸡翅膀，她吃得很慢，吃得很认真，我吃着吃着就觉得火鸡翅膀没味道了。

我问她，现在还在东莞？

她舔了舔嘴边的孜然，说，现在在深圳。

我说，怎么去深圳了？

她说，换了个家。

我没听明白，家，还能换吗？

她笑笑，吐出嘴里的鸡骨头，说，我以前跟你说过吧，这就是一份工作，现在我干的就是这个工作。

我嘴有点瓢，竟然说了句"挺好"。

她吞进去一块肉，把自己嘴里塞得满满当当，说不出话，只能看着我笑，眼睛还和以前一样大。

护士，这里，换药！

还剩一瓶了吧？

老爷子快点醒来吧，醒来跟着鹏少享福。

鹏少这个人不简单，带老爷子去过那种地方，老爷子一叫就叫俩，玩得挺开心，老当益壮了属于是。

咱接着说。

县城里的时间过得比大城市的慢，在我们这里，干什么你都不用着急。那天吃完了烤火鸡翅膀，我跟贺婷说，明天有比赛，我也上场，你不着急回去就一起去看看。

贺婷说，我不着急。

我们这里别的方面不太行，经济也一般，但体育氛围挺好，每年都搞体育比赛，铅球、散打、乒乓球，你能想到的体育项目，咱这里都有。篮球比赛最受欢迎，搞得很隆重，还有赞助呢，每个单位都想拿冠军，人人都想要胜利。

你不打球不知道，球场比生活公平，上了球场，拿到球，你就能控球；但过日子，你什么也控制不了，是日子控制着你。在球场上，你打球；在日子里，你就是球。算述算述，就是这个意思。

我跟贺婷说，黄老师现在是教练，打比赛的时候，黄老师就当解说。黄老师普通话不太标准，但声音洪亮，情绪也饱满。

那天贺婷就在球场边上看我打篮球，已经很久没有人专门看我打篮球了。我穿上了24号球衣，就不是王勇了，就跟贺婷说的一样，是县城里的一个科比，我上了球场，就什么都忘了。

十分钟吧，那天我就上场了十分钟，最后十分钟。但十分钟够了，十分钟能让我想起很多事情。

在球场上，我谁也不放在眼里，我能看出来跟我对抗的球员哪里有破绽，在我眼里，他们的动作都变慢了，我的体力也还能跟得上。我能感觉到贺婷在看着我，这个贺婷和当年在球场边上看我打球的贺婷，又是同一个人了。

我控球的时候，场上没有一双眼睛不看我，但没有人拦得住我。

我听到黄老师的解说,手起刀落,三分如神,飞天暴扣,是个暴扣,哎哟,射偏了,可惜了,但偏得刁钻。

我听到贺婷在尖叫。

传球,我接住,我控球,过人,再过人;我稳住下盘,控制速度,调整脚步的节奏,听着篮球拍在地上的声响,小口呼吸;我起跳,上篮,换手,暴扣,球进了!

我听到贺婷在喊,我听到很多人在喊,我还是县城里的科比,我现在还是。

脚落地的时候,我听到嘎嘣一声,我听见贺婷喊了一声,但是没觉得疼。我的脚面贴在地上了,脖颈在发烫,汗流进眼珠里,等反应过来,我人已经躺在地上了。

很多人围过来,有贺婷,还有黄老师。

我跟黄老师说,对不住了黄老师。

黄老师看着我,拍了拍我的肩膀,想说啥,没说出来。

回去的路上,我脚肿了,有点瘸。贺婷说,咱上医院吧。

我说没事儿,上了摩托车就不瘸了。

贺婷有点害怕。我说,没啥事儿,老毛病了,就是崴了一下,跟腱坏了,医生不让打球了。

贺婷问我,没治好?

我说,不好治,要复健,得花不少钱。咱这里治不了,医生说最好去北京找专家,复健时间一年,得花十几万呢。我也没当回事儿,想着兴许时间一长就好了,伤筋动骨一百天嘛,后来工作一忙,我就给忘了，耽误了。不过现在也没啥，平时走路问题不大，就是不太能剧烈活动，今天我有点草率了。

贺婷说，你不应该上场。

我说，看到球，手痒痒了，想打给你看看，我好久不上场了。

贺婷看着我，说，你当年可是要进省队的人。

我说，那不是当年嘛，现在不是当年了，不过我现在也挺好，看开了。大部分人都没能那么活着，只能这么活着。这么活着也没事儿，也能活。我也不能打一辈子篮球，就算是科比，也会退役的，我就当提前退役了。

贺婷不说话了。

我骑得很慢，摩托车轰隆轰隆响。

那条路上的路灯不太亮，很黄，把人照得像上了色似的，把我们两个人的影子拉得很长。

你等等，我先接个电话。

喂，鹏少啊，挺好，老爷子挺好，有什么指示？

是鹏少，说是押金用完了，让我先垫付点，我说我身上就六百块钱，鹏少说六百也行，先垫着，过几天给我。

我肯定不好意思拒绝啊，鹏少让我垫付是看得起我。他有钱，在我们这儿开了个饭店，挺火的，叫"小少爷"。开业那天我去过，鹏少给了我一摞优惠券，说随时来，想来就来。我去过两次，不便宜。

护士，拔针，终于打完了。

你好，这边，是鹏少让你来的吧？那我走了，我这儿还有事儿，这我朋友，是个作家，你见过活着的作家吗？

要不咱俩去喝点？喝点我再回家。我再跟你多说点，我掏掏心窝子。

啤酒？老板，来一箱啤酒。你尝尝这个，我们这里的烧烤有特色，这个你知道叫啥不？这个叫豆角。其实不是豆角，吃起来是不是挺脆？这个就是猪身上的，你猜猜是猪身上哪个部位。错了，你猜不到，这是猪的输卵管，在我们这儿叫豆角。别的地方不烤这个东西，就我们这儿烤。吃啥补啥，你没有的东西也能补。

来，走一个，开心，开心。

其实说真的，我不知道你为啥对我的故事感兴趣，我身上没什么惊天动地的事情。我嘴上说，我的经历就是一本书，但我也知道，我不是一本好书。谁会对我这点破事感兴趣呢？你听我说了这么久，是你看得起我，我知道。你看得起我，你就是我兄弟，是兄弟就要说真心话。我跟你说点真心话，说点我平时不说的。平时为啥不说？丢人呗。谁愿意说自己丢人的事儿呢，但不说吧，事儿就一直压在心里，说出来，心里就痛快点。人就是这么怪。

喝吧，啤酒，不醉人。来来，再走一个，今天我可真是敞开心扉了。

我其实很少提起贺婷，我老婆听了会生气，她心里有委屈。人心里要是有委屈了，脾气就不好，脾气不好，就容易生气，生气就吵架。说是吵架，主要是她吵，我一般不说话，我理亏，因为我不争气，挣钱少。别人的生活每年都变个样，我们的没有，没有变得更好，幸亏也没有变得更差，就是一个稳定。

我没有岳父。
我好像总是比别人少点东西。
我有时候想，如果我有岳父，我肯定把老头哄得挺开心。老头的开心很简单，你看我跟鹏少的爹处得就挺好。

我岳父还不是我岳父的时候就走了，我岳母还不是我岳母的时候就改嫁了。

我老婆跟着奶奶过，奶奶也就只能给她口饭吃。我们结婚的时候，她想让她妈来参加婚礼，她妈第一反应是告诉她，我没钱。她在我面前哭，说，她只是想让她妈来看看，她嫁人了，她妈却害怕她管她要钱，哪有这样的妈啊。

她嫌弃我，但也心疼我。能一起过这么多年的人，对对方多多少少都有点仇恨。她挺强势，家里大小的事情都想说了算，我能理解，人总得能控制点什么，要不然心里就容易慌，跟我在球场上控球是一个道理。

她优点挺多，长得也好看，就是看上去总是很累。她穿几十块钱的衣服，用最便宜的化妆品，过日子掏空了她。女人其实需要一点养尊处优，这一点养尊处优是男人应该给的，可我给不了，所以她就老得快。

要说缺点，就是嘴有点毒，哪句话难听说哪句，脏话那更是张嘴就来。她有时候说话像她奶奶，她奶奶说话的腔调遗传给她了。

她能当着我的面，让我爸妈去死，说我爸妈生了个废物，也能指着我的鼻子，骂自己瞎了眼才嫁给我。把她逼急了，她还扑上来抽我耳光。我不说话，也不躲，她无非就是想发泄发泄，别的我可能给不了，但这个我能给。她就是心里有怨气，女人心里有了怨气，就得吵架，她愿意吵架，就说明她还在乎。

我妈的嘴比她还毒，我妈和她吵架，吵不过，就来骂我，骂生了我脏了她的屁股。

有些话当妈的不该说。

我平时尽量让自己开心一点，家里人除了我其实都不开心。我老婆不开心，我爸妈也不开心，他们退休了，自己那一点退休金还要用来时不时地接济一下我，换我我也不开心，我能理解他们。

我老婆让我把墙上挂的结婚照拿下来，塞床底下，说看着心烦。但摘下来以后，有一块墙壁比别的地方都白，看着难看，我就贴了一张科比的海报。

每天早上起来，科比就看着我，我也看着他，我就觉得身上有劲儿了。

鹏少给我介绍过一单生意，钱到现在还没给我，说是在周转，一年多了。我去要，人家就说，鹏少的朋友，差这点钱吗？过两天准给你。我不能丢鹏少的脸，我就说行。每次回来，我老婆都骂我，问我，钱要回来了吗？我就只能说快了。

没事儿，这才几点？你信不信，我现在回去，我妈跟我老婆肯定在吵架。吵来吵去，就那点事儿，也吵不出个新鲜鸡蛋来。

我爸一大早就躲出去了，看别人下棋，饭点再回来，吃完再出去，晚上回来就躲进卧室里玩手机。她们吵她们的，我爸从来不出声。

我要是回去得巧，赶上她们俩吵架，就进厨房做饭。有一次，我把饭做好了，她们俩还在吵，我老婆把一桌子菜掀到了地上，我没说话，又把菜原样做了一遍。不管到什么时候，饭总是要吃的。

等他们都睡了，我就有自己的时间了。我戴上耳机，拿着手机看没赶上的NBA直播回放：科比后场拿球，无人能挡，科比再次绝杀……我也跟着小声喊，有时候吵到我老婆，会被她白一眼，但我很开心。

喝完了？这么快就喝完了？喝得还挺快。没喝够。我没喝多，你没事儿吧？

"当地时间2020年1月26日上午10时左右，科比在美国加利福尼亚州南部卡拉巴萨斯市发生的直升机坠毁事故中遇难，年仅41岁。其二女儿吉安娜也在事故中不幸去世……"

149

新闻里说的啥,科比坠机了?是那个科比吗?是科比·布莱恩特吗?是黑曼巴?不可能,这不可能吧,造谣,肯定是造谣。要不就是弄错了,他不能,谁能他也不能,他才多大?

老板,你把电视声音开大点!

我是不是喝多了?我脑子不清楚了,你听见了吗?你也听见了?是真的?他才41。他们不是有上帝吗,上帝不干正事吗?那么多该死的人怎么不死?最不该死的怎么死了?

你别动我,我吐一会儿就好了。别动我,谁都别动我,我一点事儿没有。

我今天不回家了,我今天不听她们吵架了。老板,再来一箱啤酒。

我想不明白,我肯定是喝多了,喝多了就不可能想明白。明天就好了,明天他们肯定说弄错了,你等着吧,一定的,黑曼巴不可能出事。你等会,我还想吐。

不好意思啊,吐你身上了,没控制住。

要不这样吧,你跟我去讨债吧,你敢不敢?我不怕啊,我喝了酒,就有胆子,我现在什么都不怕了。钱是我出力挣的,凭啥不给我?其实也没多少钱,对他们来说,九牛一毛,但是给了我,我能救急,我缺钱,我从小到大,一直缺钱。

别啊,怎么能让你请?我来,必须我来。我有钱。我那是骗鹏少的,其实我身上一共有八百多块钱。我也不是每次都说实话。我请你,你听我说这么多,肯定是我请你。吃完了,我带你去,我去讨债。今天豁出去了,今天谁也拦不住我,今天我谁的面子也不给。

我今天没开车,你会骑摩托车吧?你带着我,我给你指路,我们这里是个小县城,我闭着眼都能找到。今天就是天王老子欠我的钱,也得还我。

你骑快点,给油。你放心,倒不了,我没喝多。你看过科比的球赛吗?要是科比死了,我这个县城科比怎么办?

不接,我老婆的电话。不想接,今天我谁的电话也不想接。

对不起,我平时不这样,我不知道我今天怎么了。

是这,就是这里,你停下。你在这儿等我,我自己进去,我来了多少次了。

你别动手,我自己来。

把钱还给我,一分钱都不能少,今天要是不还,我死这儿。科比都死了,我还怕什么?给不给?不给我就躺下,我就死这儿,我真死这儿。我死都不怕,我怕什么?科比你不知道吗?你连科比都不知道,你还算人吗?

去他的鹏少!我弄死他!给我喝尿,我弄死他!

你还不还钱?抵债?你拿什么抵债?这是啥?我要你这个干吗?我要钱,你欠我的钱。不还钱,我真死,谁不死谁孙子,我不要你这些狗屁东西,我就要钱——

151

警察叔叔，哎，警察叔叔，我真没动手，我没站稳，他家玻璃就不是我砸的。你不信你问问他，他是个作家，作家不能骗人。再说了，我是来讨债的，他欠我钱，欠债还钱，天经地义吧，我有什么错？

我凭啥赔他玻璃钱？他欠钱不还，他活该呀他。我又不是故意的，我没喝多，我就是没站稳。

我凭啥和解？他欠我钱不还，他还有理了？警察咋了，你们警察讲不讲理啊？给我单位打电话我也不怕，不就是一份破工作嘛，我还不干了呢。

让你看笑话了。

刚才丢人了。

幸亏有你，你口才挺好，你是文化人，文化人讲道理。

拿点东西也行，也比啥都没有强。他刚才说这一箱里面是什么东西？打开看看。这是啥，烟花吧？这么一大箱烟花。现在谁还放烟花啊，我又不是小孩了。小时候我也爱放，那不是小时候嘛，长大了还有脸看烟花吗？另一箱呢？也是烟花啊。这孙子弄这么多烟花干什么？

算了吧，卖也卖不了几个钱，放了算了。今天天挺黑的，没有星星，也没有月亮，放了吧，就当是给科比烧纸了，我总得干点什么吧？我总得干点什么，真的。今天我总得干点什么。

我现在脑子里是空的，有什么东西在里面嗡嗡响。

去球场吧。我们这儿有个露天的球场，有路灯。球场上可以，就在球场上放。

拐进去，从这里拐进去，对，就在这儿停吧。

还挺沉，两箱烟花还挺沉，我胳膊麻了。

这不挺好嘛，没什么人在球场上放烟花吧？我先点一个，你躲远点。

还挺好看啊，贵有贵的道理，真好看，我没放过这么好看的烟花，这就是在烧钱啊。我现在真知道烧钱的意思了。

你也点一个吧，点这个大的。这个挺有分量，沉，沉里面药就多。你说也怪，火药也叫药，火药能治什么病呢？

哎呀，这个好，真好！有这么多颜色啊，这玩意儿谁发明的呢？真有想法。你发没发现，人看烟花都是仰着头看。今天放的烟花，肯定不止咱俩看见，放烟花的人，不一定能看见最好的角度，烟花有自己的想法，烟花挺公平。

再放一个！我来放。这个叫啥，这个叫三分钟。那我点了啊。

真行，真能整，这个挺值当的，你说这个真能放三分钟吗？三分钟比我时间都长，哈哈哈。噼里啪啦的，真过瘾，你闻到了吗？烟花的花香，跟风烧着了似的，原来风也能烧着，你看放烟花的时候，像不像风着火了？没事儿，我没哭，我就是迷眼了，烟花烧完了可不就剩灰了嘛，灰进眼睛里了。这么仰着头看，风能不进眼睛里吗？进你眼睛里，你眼也红。

接着放！全给他放完！

也挺好，就当是我谢谢你听我说这些话了。今天讨债还真是讨对了，总得有个了结，比悬着好。

你看见了吧？你肯定能说更多词儿。我没文化，我词汇量有限，我就能说好看、牛啊、过瘾。我长这么大，没放过这么多烟花，今天也算是奢侈了一把。

这个叫震天响，这名字厉害啊，谁不想震天响？

这个叫灿烂花开，这个叫锦绣辉煌，这个叫龙飞凤舞，都是吉利话。

你说贺婷能看见吗？贺婷挺喜欢看人放烟花，每次有人放烟花，她都停下来看。我没给她放过，她现在还会喜欢看烟花吗？

你说我老婆能看见吗？我老婆看见了，会骂我吗？我老婆看见了，会开心吗？谁能在烟花底下生气呢？我老婆其实也喜欢烟花，她喜欢的东西挺多，她就是把她的喜欢都藏起来了。

你说我妈能看见吗？我妈其实对我挺好，就是说了几句难听的话，妈也还是妈。

你说当年的王勇能看见吗？要是当年的王勇看见了，能原谅现在的王勇吗？王勇跟别人自我介绍的时候，还能说"勇"是勇敢的"勇"吗？

你说，科比能看见吗？科比，你看见了吗？

我叫王勇，他们都叫我"县城科比"。我是吗？我想是，可我能是吗？我现在还能是吗？

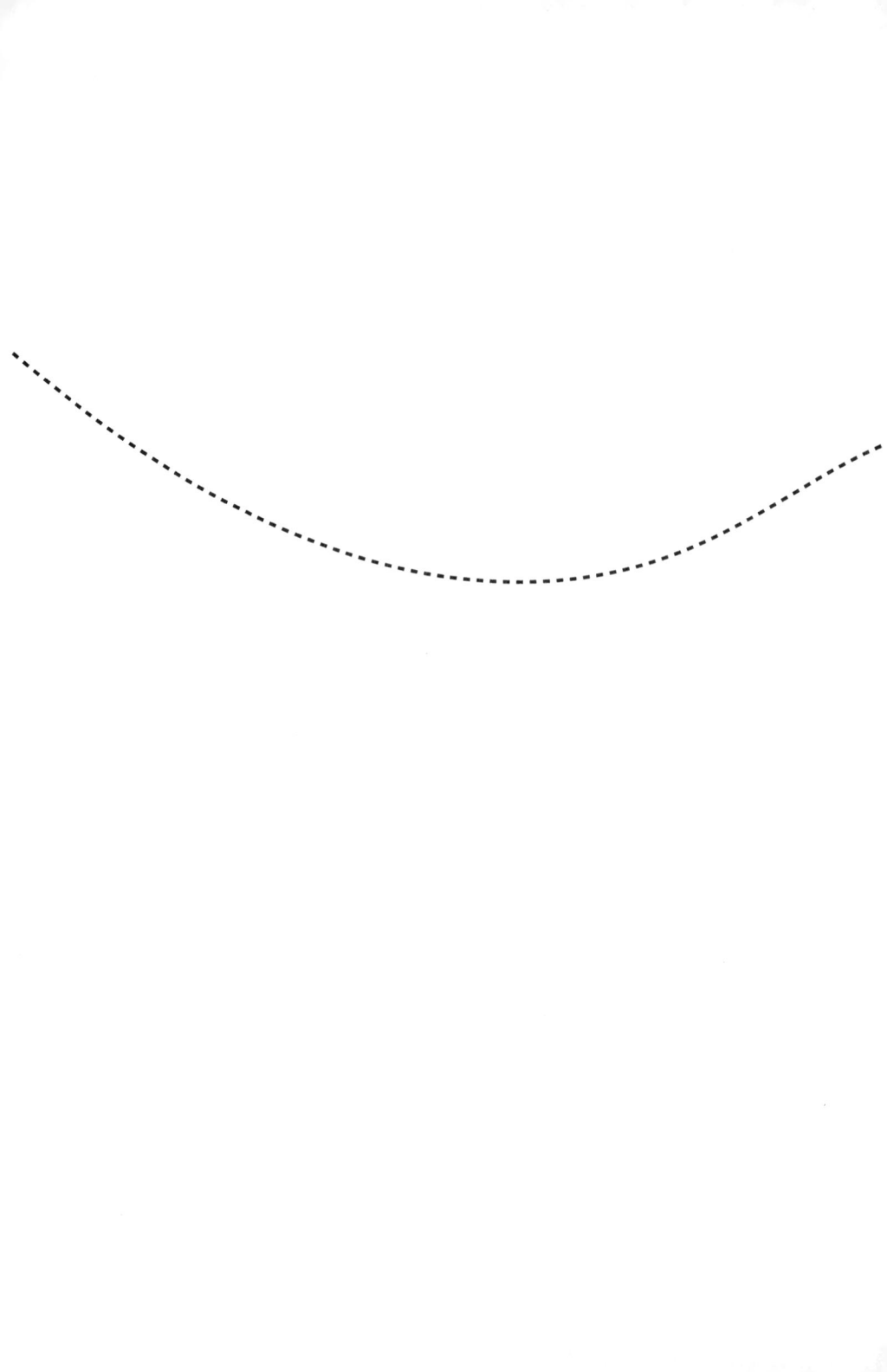

孽种蛟龙

大海高受伤住院，打电话给小陆，让他去看看，说最好带一挂鞭。

小陆不解，问他，鞭炮要在哪儿放？

大海高说，想在病房里放。他说，小陆你不知道，我这病房里，住一老头，到了晚上就直叫唤，说老伴来喊他了，可他不想走，老伴就拽他，手可凉。他又是喊，又是哭，又是咳嗽，搞得病房里鸡犬不宁，闹腾。你说这老头也是，老太太来接你了，你就走呗。老太太也是，老头不想走，你就让他多活两年呗，催啥催？所以我才想买一挂鞭，放放，噼里啪啦，去去晦气。

小陆知道大海高是在扯犊子，他就这毛病，说啥话之前都要扯个犊子，不扯犊子不说话。

小陆买了一个果篮，去中心医院看他。

病房是个三人间，一开门，消毒水的味道扑面而来。大海高躺在最里面，外面还真睡着一个老头，形销骨立，人好像已经瘦进了床单里，成了床单上的一个二维图案。中间床位还躺着一个阿姨，不知道得了什么病，一直睡，很安静。老头一个劲地呻吟，呻吟中还夹杂着一两声带有明显口音的脏话，听起来像是周边村镇的方言。

大海高躺在床上，身子动不了，看到小陆来了，用眼睛盯着床边的一个陪床椅，让他坐。

小陆放下果篮，坐上去。陪床椅到了晚上可以放倒，上面能勉强睡一个人，但应该不是很舒服，皮革很凉。

小陆问大海高，伤哪儿了？

大海高整个人被镶在床上，动弹不了。他摸摸自己的腰，有点自嘲，说，腰断了。

小陆给他削着苹果，问他，咋回事儿？

他给了小陆一个憨笑，挺不好意思。小陆没追问，接着削苹果，苹果皮耷拉下来，没断。

削好之后，小陆把苹果递给大海高，大海高接过去，咬了一口，说，挺甜。

苹果吃到一半，大海高自己忍不住了，告诉了小陆实情。

大海高年轻时跑远洋货船，去过的地方不少，有见识。但凡是去过的国家，他都能从当地学回来一两句叽里咕噜的外语，颇引以为豪。

和小陆的大姑结婚之后，大姑接受不了他一出海就消失大半年，勒令大海高必须换个工作。

大海高不乐意了，叫嚣，我从小就跟着我爹出海，十八就上货船了，你不让我出海，就是让我做精神上的太监，你想阉了我？不出海我能干啥？

小陆的大姑不废话，说，要么你下船，要么咱离婚。

两个人又狠狠吵了几架。大海高到底是不肯辞职，直到远洋贸易公司黄了摊子，大海高没辙了，才不得不从船上下来。他经人介绍，跟人学了电焊手艺，托关系进了造船厂，带着几个氩弧焊工，给船底修修补补。

大海高本来就爱喝点，以前还算有节制，但自打不出海之后，就彻底放飞自我了。他爱喝，却不能喝，优点是不挑酒，缺点是逢喝必醉。

大海高一喝多，就跟被黄大仙附了身一样。风一吹，他晃晃身子，好像凭空长高了三分，脚下开始飘，走路走猫步，斜着眼看人。甭管是谁，只要敢跟他对视，他就敢拉着对方喝酒。大部分人都躲开，没人惹醉汉；但有时候也会遇到硬茬，大海高因此挨过揍，被人一拳头打爆了鼻子，眼前也雾了，等爬起来骂骂咧咧地想还击的时候，攻击者已经飘然远去，大海高也只能自认倒霉。走着走着，就想吐，但大海高不随便吐，能忍着就忍着，觉得一肚子酒，吐了怪可惜的，酒是粮食成精，喝了可以，吐了就是糟蹋粮食。

除非实在忍不住。

实在忍不住了，大海高必须扶着东西吐，有时候扶着树，管树叫哥，吐之前拍两下，吐完了再拍两下，说，哥，对不住了，就当给你施施肥。

有时候扶着墙根吐，一只手扶不住，就改两只手，撑着身子，双脚分开，努力站稳，像等着谁给他搓后背，后背一弓，哇哇猛吐几口，好像是从灵魂深处打捞什么一样。吐完他盯着满地秽物，摇摇头，给自己两巴掌，骂，让你忍不住，糟蹋东西的瘪犊子玩意儿。

临走前，他对墙根也要说两句，对不住啊，兄弟，是人吐的，不是狗尿的，人吐的，比狗尿的强。

特别有礼貌。

小陆也劝过大海高少喝点。

大海高说，真没多喝，可以少喝，但不能不喝。不喝，心眼儿就小，心眼儿一小，人就难受。喝酒之前你把什么事儿都看得很大，喝多了天大的事儿在你眼里也很小。

小陆也被大海高扶着吐过，不光鞋脏了，裤腿也被溅得都是脏点子。

大海高总说，不是我想喝多，是我拿酒当晕船药吃。

小陆问，你不是当过海员吗？当过海员你还晕船？

大海高说，我不晕船，我晕陆地，跟大力水手似的。这么说吧，有些人吧，在海上才是活人，有些人就在陆上是活人，我到了陆地上就觉得晕，就跟平常人晕船一个样。我只要一脚踩在陆地上，脑袋就发晕，除非喝美了，喝美了人就漂了，踩在陆地上跟踩在甲板上一样，就是一个漂。

大海高只要一得空就开始漂。

161

这一回就是，大海高歪歪扭扭地漂回家，站在门口，掏钥匙开门，插不进去，试了半天，这才想起来，小陆大姑早把锁换了。大海高急了，抬脚踹门，防盗门发出闷响，惊亮了楼道里好几层楼的声控灯。

门到底还是打开了，小陆大姑站在那里，冷眼盯着他，眼睛里都是斧钺钩叉。大海高十一岁的儿子睡眼惺忪地站在母亲身后，不敢看大海高。大海高也不想多说，泥鳅一样滑进门，非常丝滑地绕开媳妇，满屋子找酒喝。小陆大姑搂着儿子，冷冷地看着大海高没头苍蝇一样，东一头西一头地找着。

大海高好像是突然想起来似的——家里没酒。他一头钻进厨房，按亮了抽油烟机的照明灯，从煤气灶底下的橱柜里摸出一瓶料酒，就着油烟机照的亮，一口气灌了半瓶。

小陆大姑开了灯，和儿子一起站在门口，看着大海高手里拎着料酒瓶，对她憨笑，问，喝点？

经过这些年的斗智斗勇，小陆大姑对大海高醉酒之后的熊样，早已经看腻，现在一看酒精又爬到大海高脸上，脸红得像是插进炉膛子里烧红的煤铲子，当下就急了，一肚子的愤怒和委屈再也按捺不住，一挺腰就冲上去，一把夺过大海高手里的料酒，当着儿子的面，给了大海高一耳光。声音很脆，像是一块冰摔碎在冰面上。

喝醉的大海高并不觉得疼，只是觉得半边脸颊发烫，又瞥见儿子也在盯着他看，心说，老子在儿子面前不能丢了面子，没忍住，推搡了小陆大姑一把。她没站稳，扑倒在地，拍碎了料酒酒瓶，玻璃碴洒了一地。小陆大姑的手掌按在玻璃碴上，血往外涌。

大海高见了血，一下子醒了酒，跌跌撞撞地要去扶。儿子误以为父亲要对妈妈动手，慌不择路，双手抄起案台上竖放着的榆木菜板，横着抡上了大海高的腰眼。大海高也没觉得疼，就觉得腰眼一跳，一屁股坐在地上，眼前就开始天旋地转，人也跟着躺下了。

儿子把菜板往地下一扔，大海高脑子里的酒意又开始鼓胀，没怎么听清厚实的榆木菜板砸在地上的剧烈声响。

儿子扶着妈妈出了厨房，大海高躺在厨房瓷砖上斜着眼盯着榆木菜板看。

这块榆木菜板有些来历。

刚和小陆大姑结婚那会儿，大海高高兴，和几个船员兄弟喝高了。已经站不稳了，但大海高坚持不让人送，自己歪歪扭扭地往家走，路过工地，尿急，钻进去找了个僻静处撒尿，一泡尿还没撒完，就看到工地上挖出来的一个树墩子，树根张牙舞爪，还没干透，带着湿土。大海高一眼就认出来了，这是个榆木墩子，天生就适合做菜板，扛造，刀砍斧削都不在话下。

大海高撒完尿，感觉身上全是力气，扭了扭身子，活动了一下腰眼，俯身下去挪了挪树墩子，想试试能不能挪动。树墩子在大海高双臂之间似乎认了尿，没什么超出人力的重量。

大海高发了一声喊，喊声从夜色中传出去，风好像都为之一颤。树墩子应声而起，大海高怀抱着树墩子往回走，树根上的湿土簌簌而下。

大海高从抱改为了扛，扛出去一段，有点累，停下来，歇歇腰眼，喘口气，风一吹，有点想吐。听到身后有动静，他回过头，看到一个陌生男人正盯着自己。对他招招手，陌生男人还真走过来了，大海高身子顿了顿，感觉许多酒后的心事已经到了嘴边，喉咙里的还在排队。等陌生男人走近了，他猛地双手扶住对方的肩膀，尽可能地弯下腰，像是要给人鞠躬。他恶狠狠地吐出来，陌生男人想往后退，但是大海高手劲还挺大，钳住人家肩膀，直到自己吐完，才抬头看人，又低头看人家被吐脏的鞋子，似乎有点不好意思，把自己一只鞋脱下来，跟人换了。他在陌生男人愕然的目光里，踩上对方的一只脏鞋，扛起树墩子，扬长而去。

小陆大姑打开门，看到怀抱树墩子的大海高，蒙了。大海高中气十足，让小陆大姑闪开，自己把树墩子抱进了客厅，砸在地板上，又磕出来一堆土，看起来像是树根要重新钻回地里。

完成了一系列的动作，大海高似乎这才耗尽了力气，往沙发上一瘫，打起了呼噜。留下小陆大姑一个人站在客厅里，面对一人一树墩，不知所措。

第二天，大海高酒醒之后，独自面对沙发前的树墩子发愣，想了半天，终于打捞出自己昨天夜里的想法，当即找出工具，折腾出一整块榆木菜板。

榆木菜板没辜负大海高的信任，硬得很，用来剁了不少硬骨头，刀已经劈了好几把,菜板也没事儿,一直用到现在。

大海高脸贴在厨房的瓷砖上,腰贴着地,觉得瓷砖还是太凉了。他挪了挪身子,枕上了榆木菜板,打起了呼噜。

第二天,大海高醒过来,被榆木菜板硌得颈椎生疼。大海高想站起来,腰却使不上劲了,酸得像是往腰椎里倒进去半瓶子醋。

儿子去上学了,媳妇去上班了,闺女一直住学校,大海高自己打电话叫了救护车。在医院拍了片一看,腰椎骨折了。

大海高讲完,苹果早已经吃完,剩了个苹果核一直握在手里。苹果核已经氧化,变了颜色。大海高看着小陆,给了他一个憨笑,老子被儿子打断了腰,上哪儿说理去。
小陆只能安慰他,孩子也不是故意的。
大海高说,要是故意的,他也抡不了这么准。
说完自己也笑了,小陆就跟着他笑。

笑完之后,他又说,喝酒是挺耽误事儿。
小陆说,那可不。
他说,人还是得干正事。
小陆想起来,问他,潜水艇还造吗?

大海高一听，来了兴致，纠正小陆，首先，那不叫潜水艇，那叫"载人潜水器"，有脐带缆的。造肯定是要造的，现在只是暂时遇到了困难，波浪载荷导致稳定翼、浮力块和焊缝出现损伤。说白了，就是被海里的压力压坏了，人和物都受不了压力，压力一大，人和物都完犊子了。这是常见的困难，蛟龙号也遇到过，蛟龙号知道吧？咱们国家的潜水器，特别先进。压强超过了浮力材料的剪切强度，我买的高强度钢看来质量还是不行，奸商太多了。当然我加工的焊缝也有问题，手工窄间隙氩弧焊，丁字接头太多了，机加工难度太大。这个短时间内怕是解决不了，主要咱加工环境不行啊，我正在想办法。想得脑袋疼，这才喝点酒，一喝就收不住了。你想做点什么事，都有困难，没困难反而说明你走错方向了。

小陆听不懂大海高的一连串术语，这几年他埋头造潜水器，听了不少课，请教过海洋大学的老师，自己动手做出来许多中空的球形铁疙瘩，遇到了各式各样的困难。

大海高造潜水器这件事已经成为当地有名的笑话，但大海高不觉得。他在船厂里烧氩弧焊是一把好手，焊点细密，焊缝藏得好，几乎看不见。要是他想炫技，焊渣都不会有，几乎不用打磨。

但小陆知道，大海高在船厂干得挺憋屈，天天钻到船底弓着腰烧氩弧焊，烤得脸如红铜，但没啥成就感。这几年接的活都是对船体修修补补，没啥意思。

在船厂里，钱多少是挣了一些，大部分都给了小陆大姑，用来养活一双儿女，剩下的就都换了酒。

大海高也不是没试过再去远洋公司找工作，孩子一大，他还是想上船，但年纪大了，人家不要他。

大海高就骂，你们这是歧视，年龄大怎么了？年龄大才有经验。我可是一头老海狼！

大海高为此拧巴了很长一段时间，看什么都不顺眼，只能喝酒，十块钱一瓶的能醉，百十块钱一瓶的也能醉。大海高常说，酒是粮食成精，成精的东西喝进肚子里，人再不好受也好受了，酒跟药一样。

小陆表弟表妹还小的时候，大海高带他们去海边，给他们讲海上的事情，说自己以前如何如何。他们都兴趣不高，宁愿在家里看动画片，再叫他们去，他们就一起哭。

大海高跟小陆说，这没辙，我们的祖先都是海洋生物没错，但他们都生在陆地上，都被你大姑养成陆地生物了。

除了喝酒，大海高还爱去水族馆看鱼，站在水族馆里透明的穹顶底下，看着鲨鱼从头顶游过去，水草摇曳，波光跳跃，鱼群嚼碎光影，珊瑚显露出好看的形状，人就像是置身海底。

大海高在一帮人呼小叫的孩子们中间，仰着头站着，像是沐浴着圣光。

有时候会遇到演员扮演的美人鱼来表演。经过训练，演美人鱼的演员能在水底睁开眼睛，展示曼妙身段，还能吐泡泡。大海高就盯着看，看着看着就摇摇头，喃喃自语，美人鱼不这样。

那是什么样啊？

小陆问过他。

他说，我也没见过，但肯定不是她们那样。

逛够了水族馆，大海高也爱去海事博物馆，有一回遇上一个潜水展，展示全球各地的潜水器模型。大海高盯上了载人潜水器，觉得挺神奇，有了这玩意儿，一个人也能出海，从这边钻进去，想在哪儿钻出来就在哪儿钻出来。

导游给参观的人介绍潜水器的模型，大海高听得入了迷，心里就有了个念头，没准我也能造个潜水器。

回来以后，大海高不知道从哪里倒腾出来一堆图纸，嘴里也念念有词，美国有阿尔文号，法国有鹦鹉螺号，我国有蛟龙号，我造个小蛟龙号总行吧？蛟龙号的私生子，想想就挺带劲，蛟龙的孽种，孽种蛟龙。

面对肉眼可见的实际困难，大海高思来想去，最终选择了更务实的方案。

直接造能装载一个人的潜水器，在技术上和财力上他暂时都达不到，但可以先缩小，做等比例模型。只要模型能正常运转，再等比例放大不就行了吗？

打定主意，大海高开始琢磨着找材料。潜水器的耐压壳体最好用钛合金或者高强度铝合金，还有一种纤维玻璃也可以。可惜这些都死贵，他搞不起，最后还是选了高强度钢，便宜点，缺点是就沉，死沉死沉的，影响浮力。

对于大海高突然抽风一样开始造潜水器模型这件事情，小陆大姑可谓深恶痛绝。她恶言相向，就你？初中文化，还造潜水艇？造孽吧。

大海高不以为然，反驳，没错，是造孽，造"孽种蛟龙"，我这个潜水器的名字就叫"孽种蛟龙"。卡梅隆知道吧，"深海挑战者"知道吧？他一个拍电影的都能造，我不能造？

半球冲压太贵，就选分瓣冲压，电子束焊接搞不起，就用氩弧焊代替。

花了一个半月，前前后后折腾进去几千块，潜水器模型终于造出来了。

原本想照着蛟龙号的样子等比例缩小，但因为一些工艺达不到，考虑到成本问题，很多零部件都省了。圆柱形的耐压壳体，后面嵌着四个尾翼，尾翼被大海高刷了红色油漆，看起来挺像那么回事儿。

大海高还在壳体上写下了"孽种蛟龙"几个字，给潜水器模型命了名。

潜水器在自家的长条鱼缸里试验，舱体里还放进去一只小仓鼠，潜水器里配备供氧装置，通过过氧化物供氧，保持小仓鼠的生命体征。

"孽种蛟龙"在自家鱼缸里，和几条热带鱼一起，在水底待了二十多分钟，浮上来之后，打开舱门，小仓鼠还活蹦乱跳。大海高乐得手舞足蹈——试验成功了。

唯一的问题是,第二天,鱼缸里儿子的宝贝热带鱼都翻了白肚皮,儿子对着鱼缸哭得冒鼻涕泡。大海高安慰儿子,没事儿,一会儿再去给你买几条。

儿子哭得更伤心了,那能一样吗?我和它们都成朋友了。

大海高说,科学有时候免不了牺牲。

儿子哭得更大声了。

大海高分析,可能是用来涂尾翼的红油漆有毒。

潜水器的模型试验成功了,大海高就琢磨着等比例放大。自己的私房钱不够,大海高就动了歪念头,想从家里偷出自己的工资卡,结果被小陆大姑发现了。她二话没说,直接上手,挠花了大海高的脸,后边的一个礼拜里,大海高一直戴着鸭舌帽出门。

这之后,小陆大姑对家里的钱严防死守,大海高没钱买材料,造潜水器的事情只能先搁置下来。大海高又开始闷闷不乐,好在喝酒的钱还是有的,于是他想方设法把自己灌醉。

孩子们日渐长大,夫妻两个疲于斗争,感情也终于迫近死亡。

大海高又一次喝多,漂回到小区里,把绿化带当成了自己家。他觉得身上热得很,就把自己脱了个精光,躺在绿化带里睡到天亮,直到被喷灌的水管喷醒,看到几个熊孩子盯着他看,这才反应过来。

经此一役,大海高在小区里又出了名。小陆大姑终于忍无可忍,把大海高赶出去,两个人就此分了居。小陆大姑给家里换了锁,以示分开的决心。

大海高在船厂附近租了个机加工的门头房,从跳蚤市场淘回来一张床、一张沙发,吃住都在门头房里面;工资卡也拿回来了,除了定期交抚养费,还有剩下的钱。大海高盘算着,又可以开始造潜水器了,索性把机加工的门头房改造成自己的实验室。

大海高说,这就叫工作生活化,生活工作化。

开始研究等比例放大潜水器之后,遇到的技术难题一个接着一个,大海高想来想去想不明白,为此还跑去海洋大学蹭课,偷听了一个多礼拜才被发现。

想不明白技术难题,大海高就睡不着觉,脑子里全是术语和公式,半夜还说梦话,理论屈服压力[1],我凭什么屈服?分瓣组装焊接之后,就是半球合拢,赤道缝焊接,最后是整球消应力,这些工序都没问题啊,哪儿不对劲呢?

大海高梦到,自己乘坐载人潜水器下潜到了海底,结果潜水器被压强压扁了,四壁向他挤压,他喘不过气来,啪的一声,他隐约觉得自己的舌头尖舔到了后脑勺。人海高说,那感觉吧,就像自己是个核桃仁,潜水器是核桃壳,啪,核桃被一巴掌给十得稀碎。

---

[1] 指屈服应力,使固体材料产生屈服和使塑性流体开始产生流动的临界应力。梦中的大海高把"屈服应力"说成了"屈服压力"。

想得头疼，他不想回门头房，就跑出去和以前船厂的工友喝酒。工友都知道大海高在造潜水器，都叫他科学家。

咋样了科学家，潜水器造出来了吗？啥时候带我们下海见识见识，拾点海参鲍鱼回来补一补。

大海高就笑，说，快了，海参鲍鱼算什么？海底啥都有。你从海底走，就能去你以前去不了的地方。海底就是路。

大家就哄笑。

大海高到底又把自己喝高了，忘了自己已经和小陆大姑分居，他歪歪扭扭地漂回家，才发现换了锁，砸开门去厨房喝料酒，结果被儿子砸断了腰。

受伤之后住了院，大海高只能消停了。

小陆要走的时候，大海高叫住他，脸上还有点不好意思，说，有空你就多来几趟。

小陆说行。

他笑了，说下回别忘了带挂鞭。

往回走着，小陆想起第一次见大海高的时候，他脸上还没有皱纹，说话之前先笑，那时候他也还不是小陆的大姑父。

大海高见到小陆，手伸进口袋里掏，小陆以为他要拿糖，结果他掏出来一把鞭炮，从大地红上拆下来的。他叮嘱小陆，挨个放，能放很久。

很快，鞭炮一声间隔一声地响起来，响得天上地下的，像一声又一声的呐喊。

赶上家里掏烟囱，大海高二话不说，也不顾自己还穿着干净衣服，一挽裤脚就爬上了房顶，趴在烟囱里用长竹竿猛掏。黑如煤炭的陈年灰烬簌簌而下，把大海高的鼻孔都熏黑了。

掏完烟囱，他挺得意，一挪脚，踩裂了屋顶的几块瓦，面对小陆大姑的白眼，又赶紧张罗着换瓦。

小陆爷爷对大海高挺满意，从眼神里就能看出来。他跟小陆大姑说，小伙子挺好，眼里有活，手也巧。

小陆爷爷是木工出身，看到木头，脑子里就有想法，给小陆做过弹弓和红缨枪，还做过能骑的小木马，眼珠上点上红油漆，跟真的一样。

小陆爷爷喜欢手巧的人，说手巧的人聪明。

为了招待大海高，小陆爷爷翻出来之前一直舍不得喝的蛇泡酒。酒里泡的是一整条蛇，不知道是什么品种，蛇都泡软了，透过玻璃坛子往里看，酒色早已变得浑浊。

小陆爷爷说，营养都泡下来了。

大海高看着蛇泡酒，眼睛也亮了，附和，一看劲儿就大。

上菜的时候，小陆大姑捅咕了一下大海高，嘱咐他，少喝点，别出洋相。

大海高就笑，放心，喝不多。

吃饭的时候，电视里还在放《西游记》，正放到孙悟空去龙宫找敖广借兵器那一段，老龙王先拿来刀，后拿来棍，可孙悟空都觉得不趁手。

小陆看得入迷，大姑吃完了饭，在一旁嗑瓜子，和小陆一起看。

小陆爷爷和大海高就有一搭没一搭地聊天。

小陆爷爷问他，干什么工作？

大海高说，船员，远洋贸易，就是经常出海。

小陆爷爷说，挺好，长见识。

大海高说，我从小就跟着我爹出海，我爹是老渔民，大海庄，是个渔村，历代都打鱼。

小陆爷爷说，挺好，祖传的手艺。海上的事情，你懂得比别人多吧？有啥新鲜事儿？

大海高说，那还真有，我们村吃过一条鲸鱼。

大海高从小长大的村庄是个小渔村，叫大海庄，村民世代打鱼为生。

大海高的父亲是当地出了名的老渔民，村里人都叫他老海高。

在姓面前加一个"海"字，表示村民对他的尊敬。

大海高的名字自然来自父亲，只不过，大海高的名字是他自己叫出来的。

老海高十三岁开始出海，什么风浪都见过，对海上的事情门儿清。

大海高家里养了一条渔船，烧柴油的，马力很足，一发动就喷黑烟。老海高对大海高说，看到了吧，冒黑烟就是有劲。

在大海高的记忆里，从小到大，家里的许多东西都跟海有关。

大海高小时候，家里有个圆溜溜的凳子，很轻，很结实，非木非石。大海高从小就爱坐，坐上去冰冰凉凉，又湿乎乎，就感觉总也晒不透。

老海高告诉他，这是鲸鱼骨头磨的。

早在你还没出生的时候，一条鲸鱼搁浅在大海庄的海滩上，上来的时候，还没死透。

鲸鱼很大，多大呢？大得撑眼睛，你看一眼就感觉撑得眼眶疼，就那么大。

村民们提前过了年，把搁浅的鲸鱼当成是龙王爷显灵，在村长的带领下，全村都跑来分鱼肉，每家每户分到的鱼肉要用小推车推。

咱家也分到一大块，腌起来吃了好几个月，肉很柴，很腥，不算好吃，但在那个年代，吃饱比吃好重要。

你就是吃鲸鱼肉长大的，你是海养的。

分完了肉，村民就开始分鲸鱼骨头。咱家这个圆凳，就是拿鲸鱼骨头磨出来的，都这么多年了，还返潮，下雨天还冒腥味。海里的东西就这样，在陆地上它就不适应。

自从知道了这个故事之后,大海高就对圆凳爱不释手,经常跟圆凳说话。

有天夜里,大海高出门撒尿,一抬头,就看到鲸鱼骨的圆凳在月光下闪着点点寒光,好像是比以前大了一圈。大海高揉了眼睛仔细看,看清了,鲸鱼骨上凝结出大颗水珠,正往外猛渗,再看,水珠都滴下来了,就那么一会儿工夫吧,就湿了周围的一片水泥地。

大海高有点害怕,他先是闻到了浓烈的海腥味,就跟在收渔网的时候闻到的味一样;他又模模糊糊地听见了海浪声,轰隆隆的,像打雷。大海高觉得脚底下在震,眼前的鲸鱼骨像是张开了嘴,正咕嘟咕嘟地往外冒海水,就跟泼出来似的,他一愣神的工夫,一低头,海水已经淹了他的脚面。他想跑回去喊醒爹娘,可身子一动,双脚就像是被谁按住了,人栽下去,脸砸进水里,他尝了一口,是海水。他想爬起来,一个浪由远及近地拍过来,把他拍进海水里。他在海水里翻了个身,仰头看,家里的五间瓦房已经被海水淹没了,屋顶的红砖瓦鱼鳞一样翕动,冒出泡泡来,他想起《西游记》里冒泡泡的龙宫。他想喊,一张嘴,海水就往他嘴里灌,逼得他闭上嘴。

他看见房子里的锅碗瓢盆、菜板、父亲的水鞋、母亲的花袄、桌子、椅子,都随着海水从屋子里活物一样游出来,一游到他周围,就立马长出了眼睛、嘴巴,还有鳍和鳃——他不知道该不该管这些东西叫鱼——它们认出他,绕过他,向着海水更深处游过去。他被眼前的景象吓傻了,想躲起来。一声又一声震彻心扉的悲鸣扑向他,像是海和天都在哭。悲鸣太过剧烈,他承受不了,感觉到自己的五脏六腑都在顶自己的胸腔子,好像是想要冲出去。他闭着嘴、咬着牙,强忍着,直到眼泪流出来，流到他嘴里，他尝了尝，发现他的眼泪跟海水一样咸。

他转了个圈，试图寻找这声悲鸣的来源。在由屋子里其他东西变化成的"游鱼"的掩映中，一条大到撑眼睛的鲸鱼，露出了长满藤壶的身子，贴着他的眼睛游了过去。他闻到一股深海的腥味，鲸鱼两个巨大的鳍如同鸟翼一样扇动，带起的浪头压向他，把他压低，压薄。鲸鱼带起来的浪头推了他一把，他漂出去，看到了鲸鱼的一只深不见底的眼睛，像一口井。他动弹不了了。鲸鱼又是一声悲鸣，纵身跃出水面，海浪排山倒海一样推向他，他几乎飞起来……

大海高在炕上醒过来，被子一片湿热。

他知道自己做了一个奇怪的梦，但更奇怪的是，从那以后，院子里的鲸鱼骨圆凳就不见了。

小陆爷爷听得入了迷，还没缓过来。

小陆大姑插嘴，一听就是你编的瞎话。

大海高就笑。

小陆爷爷说，陆上困住的，到底回到海里去了。

大海高给小陆爷爷倒酒，说，还是您看得透。

小陆爷爷和大海高把半坛子蛇泡酒都喝完了，两个人都有点高了。

小陆爷爷倒下睡着了，大海高看了小陆大姑一眼，说，蛇泡酒酒劲真大。

晚上，大海高睡在小陆家，和小陆一张床。半夜，小陆被他吵醒，他肚子里的肠鸣声可以说是震耳欲聋。小陆揉着眼睛看着他，他也醒了，脸色发白，肚子疼得直哼哼，小陆还没说话，他就爬起来往厕所里冲。

一拉门，拉不动，小陆爷爷的声音响起来，我在里面。

翁婿两个争夺了大半宿厕所，都有点虚脱，第二天，走路都打摆子。

找村里的大夫看，大夫说，看着像食物中毒，吃坏了。

全家就一起盘算，到底是吃啥吃坏了。菜的话，小陆和大姑也都吃了，他们都没事儿，最后想想，是不是蛇泡酒有问题？

酒坛子打开，里面还剩半坛酒，大海高用筷子把已经被泡软的蛇捞出来。蛇已经泡胀了，一戳一个洞，手一掰，就裂开了，裂缝齐整。大海高拿起来闻了闻，说，怎么一股子塑料味？再一看，蛇肚皮上还有编号，众人都傻了眼。

大海高问小陆爷爷，蛇哪儿来的？

小陆爷爷说，半夜在院子里抓的，没多想，洗了洗，直接扔酒坛子里了。

合着是条塑料蛇。

小陆大姑笑得上不来气。

小陆爷爷和大海高面面相觑。

小陆大姑和大海高的婚事定下来，小陆作为花童，去大海庄参加了他们的婚礼。

小陆在大海高家里第一次看到了全套的《警察故事》，成龙被吊在直升机上撞来撞去，给童年的小陆留下极为深刻的印象。

那时候，大海高家里已经能唱卡拉OK，彩电上连功放[1]，配俩话筒。大海高在婚礼上亲自演唱了一首《心雨》，其中那句"因为明天我就成为别人的新娘"让年幼的小陆百思不得其解，怎么是明天呢，不是今天吗？怎么是别人，不就是你吗？

婚礼办得有声有色，村民都跑来要喜糖、看新媳妇。小陆大姑脸上一直挂着笑，笑得脸都酸了。大海高穿一身西装，领带绷得紧，撒过喜糖之后，还亲自点了两挂鞭，大地红，都是一千响的，一点燃就炸开，热气腾腾，烟尘四起，撒出满地红纸，让小村子也穿上了盛装。

婚礼办完之后，大海高执意留小陆多住了几天。

等他空了，他就带小陆去海边礁石上凿海蛎子。海蛎子长在礁石上，个头不大，但都很肥，撬开就可以直接吃，味道很鲜。大海高说，吃海货就相当于是跟大海亲嘴儿。

两个人坐在礁石上吃剩下的海蛎子，大海高问小陆，你见过墨鱼吗？

小陆说，我吃过。

大海高问小陆，你知道墨鱼为啥喷墨吗？

---

[1] 功放，指功率放大器，在音响系统中负责放大信号，推动音箱放声。

小陆说我不知道,我就知道墨鱼铁板烧好吃。

大海高说,喷墨就是要写字,在海里写字,写什么字?写的是天书。天书嘛,凡人看不懂,凡人看懂了,就不叫天书了。

小陆问大海高,那你能看懂吗?

大海高说,我现在也看不懂,但说不定以后就能看懂了。

小陆问,看懂了能怎么样呢?

大海高说,看懂了,人就活明白了。

后来小陆每次吃墨鱼,都会想到大海高的话。他直到现在还有很多事情不明白,所以小陆想,他还没能看懂墨鱼喷墨写出来的天书。

小陆自己也一样,小陆比大海高活得更糊涂。

小陆隔壁村出灯光师,是出了名的灯光村。小陆村里就差一点,出场务,跟着剧组到处跑,给剧组扛机器、挖战壕。

小陆最早跟着一个堂哥跑剧组,别人问小陆啥工作,小陆就说我拍电影的。其实去了剧组,除了挖战壕就是挖战壕,一个月三千块钱,没有五险一金。小陆问堂哥,这不成干农活的了吗?这叫拍戏吗?

堂哥说,那没办法,最近都是抗日的,你好好干,跟副导演混熟了,我让你演日本鬼子。

小陆说我不想演日本鬼子。

堂哥说,那你演死尸,除了工资,还有红包,每死一次都有红包,我让你多死几次。

小陆说,那行。

这些场务，每个人都要穿制服，制服上还有字，印着"黄家军"，小陆觉得挺难听。

堂哥说，那没办法，制片主任就姓黄，说咱是正规队伍，穿制服才专业，这叫军事化管理。

活干完了，不清场的时候，小陆和堂哥就蹲在那儿看他们拍戏。看的时间长了，好像就养成了看戏的习惯，觉得只要站在旁观的角度，就是旁观者，旁观者的特权就是看戏。

看久了就觉得无聊了，一场戏反反复复NG好多条，看得人打哈欠。不过小陆有时候会想，要是生活里的戏也能NG就好了，这一镜表现不好，下一镜重新来过。

小陆觉得自己也挺需要重新来过。

干的时间久了，堂哥就劝小陆往上混，他说剧组就是个小社会，人人都在往上爬。跑龙套的想当特约，特约想当配角，配角想当主角；灯光助理想当灯光大助，当上了大助就想当灯光指导；掌机想当摄影指导，摄影指导想当导演，导演想当制片人，制片人想当出品人，出品人想当大佬。人人都得往上爬，你也不能挖一辈子战壕，没那么多仗打啊。

小陆听进去堂哥的话，一来二去也成了制片主任黄主任的副手。黄主任有个习惯，每到一个地方拍戏，第一件事情就是亲自体验当地的特色足疗，选捏脚小妹就跟在KTV里选公主似的，一直选到选无可选，才最终定一个。

小陆掌握了黄主任这个喜好之后，每到一个新地方，就替他了解清楚当地足疗店的分布,以及捏脚小妹的手法。

黄主任挺高兴,说小陆会来事,有前途。

当初,小陆的妈妈向廖琴介绍小陆的时候,跟她说,小陆是拍电影的,听起来挺像那么回事儿。

廖琴好像挺有兴趣,主动约小陆见面。

回家之后,小陆妈问他,怎么样?

小陆说,我觉得不太靠谱,太爱美了。

小陆妈骂他傻,爱美还不好吗?爹矬矬一个,娘矬矬一窝,媳妇模样好,将来孩子就长得漂亮,长得漂亮就能赢在起跑线上。

再见面,小陆带着廖琴去商场买衣服,廖琴也不客气。她身条也确实好看,用导购员的话说,就是天生的衣裳架子。

廖琴从试衣间里走出来,像是换了一个人,小陆走在她身边,觉得自己有点土。买衣服一共刷了小陆三千块钱,下电梯的时候,廖琴已经自然而然地挽住了小陆的手。

晚上他们就在附近吃了鸡公煲,往回走的时候,廖琴喊冷,一直往小陆怀里缩。经过一家快捷酒店,小陆脚步停了停,但又有点犹豫。廖琴好像识破了他,颇有些豪气地把他往里拉。

交了钱之后,前台服务员拿出一张覆了膜的卷边铜版纸,让小陆选主题。小陆有点尴尬，拿起来看，上面分别是满清十大酷刑、深海潜水艇、太空舱和总裁办公室。小陆有点发蒙，嗓子里好像卡了什么东西，说不出话。廖琴脑袋凑过来，头发上还藏着海飞丝和鸡公煲混合在一起的气味，她指了指深海潜水艇，说就这个吧。

房门打开，里面是憋了很久的塑料味，四周墙壁上贴着壁纸，鲸鱼、鲨鱼和珊瑚礁一类，许多地方已经起了皮，露出里面刮的泥子。房间中央，还真是一个潜水艇。说是潜水艇，实际上就是圆形的蓝色大床上套着一个潜水艇的壳子，看起来陈旧而廉价。

蓝色四件套上画着水草，已经洗得发白，流露出一股浓烈的84消毒水气味。床边还神奇地摆放着一个木头架子，两条铁链疲倦地垂下来，看起来像是手铐。小陆感觉这应该是满清十大酷刑主题房间才应该有的道具，不知道怎么回事儿，跟着潜到海底了。

小陆有点尴尬，廖琴已经把外套脱下来，摘耳环的时候，她说，我先去洗澡。

小陆赶紧点头，有点手足无措地坐在潜水艇里，浴室里传来水声。小陆看到床头摆放着"请勿抽烟"的牌子，然后给自己点了一根烟。一根烟还没抽完，廖琴探出头来喊小陆的名字，说，帮我拿一下浴巾。

洗手间里雾气腾腾，廖琴头发湿漉漉的，露出一门缝的肩膀，小陆把浴巾塞进去。

廖琴裹着浴巾走出来，头发上还在滴水，就像是刚从海里捞出来的一条鱼。

她擦着头发看小陆,眼神也是湿漉漉的,滴水的头发鞭子一样直接抽在小陆脸上,抽得他脸色通红。

她说你去洗吧,明天我得早起。

那天之后,一切就自然起来。

半年以后,小陆和父母一起凑了钱,付了首付,在青岛买下一栋七十平不到的房子,和廖琴领了证。小陆妈说,以后这就是你们的婚房了。

婚宴办得草率,再不赶紧的,廖琴的肚子就穿不了婚纱了。

孩子生下来,廖琴好像觉得自己完成了任务,把孩子交给小陆妈,自己拼命做产后修复,每天穿个瑜伽裤对着手机练胯,屁股撅得老高,晚上睡觉前,往肚子上抹颜色古怪的浓稠液体,说是能消除妊娠纹。

等她腰上的赘肉一消失,她就告诉小陆,她找到工作了,在一家4S店干销售。销售经理姓梁,她叫梁哥,梁哥是她老乡,以前没见过,但都互相知道底细,梁哥人好,特别照顾她。

廖琴上班第三个月就涨了工资,小陆心里有点纳闷。廖琴不怎么管孩子,小陆和她吵吵了几句,嘴上没把住门,质问她,凭什么工资涨得这么快,是不是跟姓梁的不干不净?

她发了疯,把梳妆镜前的瓶瓶罐罐摔了一地,哭着骂了小陆半宿。

小陆妈知道了来龙去脉之后,埋怨小陆,涨工资了还不好吗?大男人别那么小心眼儿。

小陆也劝自己，应该是想多了，廖琴是爱美，但现在毕竟已经是孩子妈了，心里应该有数。

黄主任给小陆打电话，说有活了，一个电视剧，讲豪门恩怨的，姨太太上位，拍35天，就在烟台拍，收拾收拾赶紧来。

小陆在车上接到大海高的电话，大海高告诉他，你表妹放暑假了，要去青岛玩几天，没地方住，听说你去拍戏了，让她在你家住一段时间，行不行？

小陆说，行，我跟廖琴说一声。

廖琴说，行，让她来吧，让她住小卧室。

戏拍得很累，每天十几个小时，小陆累得跟三孙子似的，觉也不够睡。

廖琴没有查岗的习惯，但小陆每天晚上还是会给她打个电话，聊不了几句，她就喊困。

等小陆杀青回来，表妹也要回去了，问小陆能不能开车送她去车站，小陆说行啊。

到车站的时候，小陆从后备箱往卜搬箱子，递给表妹，问她，来得及吧？

她说来得及。

表妹走出去两步，又停下来，小陆问她，落什么东西了？

她看着小陆，欲言又止，小陆莫名其妙，跟她说，你别误了点。

她向小陆走回来两步,语速飞快,告诉他,你出去那段时间,有一天晚上我起来上厕所,听到嫂子房间里有动静。

小陆脑子嗡的一下,问她,什么动静?

她说,和男人的动静。

小陆后脖颈子上的汗毛根根直竖,脑门上冒出一层汗,问她,你听清楚了?

她脸色通红,说,听清了,就那动静,我说不出口。

小陆不好再问,赶紧说,行了,我知道了,你回去吧,到家给我来个电话。

她点点头,好像又不放心,又提醒小陆,你别跟嫂子说是我说的。

小陆说,行,你赶车去吧。

小陆看着表妹拉着箱子消失在人群中,抽了两根烟,开车去了4S店。

车一停,小陆打开后备箱,摸出来一把内六角扳手。他脑子还算清醒,试了试重量,第一个念头是用这玩意儿打架容易出人命,于是又把扳手放下了。

小陆空着手冲进去,看到廖琴和那个什么梁哥站在一辆新车前有说有笑。小陆脑子又嗡的一下,脚比脑子快,他扑过去,脚底一弹,想跳起来踹他一脚,结果跳高了。那小子一闪身,小陆一脚踢在了车窗玻璃上,玻璃应声裂了,小陆一条腿卡在车门子上,身子砸在地上,能闻到瓷砖上消毒水的味道。

小陆心里的第一个念头是想听导演喊"卡",这场戏不行,得重来。

廖琴抱着胳膊看着小陆,像以往一样训斥他,你这个人就是干啥啥不行。

狠狠出场,导致小陆气势全无,那小子去扶小陆,被他推开,小陆自己爬了起来。

给车窗玻璃定完损,4S店要小陆赔偿七千,小陆问廖琴,有没有可能少点?

廖琴说,这已经算少了,那是奔驰。

从派出所出来,廖琴跟小陆摊牌说,早就想跟你提了,你现在自己知道了也挺好,省得费劲。我就一个要求,房子我不要,孩子我也不要,我就想离婚。

小陆不理解,我哪儿对你不好?

廖琴说,你对我还不错,没有好,也没有不好。但那时候我不懂事,不会挑男人,现在我会挑了。人往高处走,对吧?

小陆说,那你就把处梁的带回家?信不信我跟你们拼命?

廖琴说,你不会,你要是有那个胆子,我也不至于跟别人。

小陆被廖琴的话噎住。

最后,小陆撂下一句话,离婚,门儿都没有。

她在小陆背后喊,那就打官司。

小陆越想越生气,打电话给小舅子,管他要钱。他当初盖房子找小陆借了五千,到现在也没还上。小陆说,我跟你姐要离婚了,这钱你必须还。

小舅子就打哈哈,我现在困难,再缓我几天。

小陆说,缓了你快一年了,再不还,我就跟你急眼。

小舅子直接把电话挂了。

小陆心里知道这五千块钱要不回来,但小陆心里就是过不去,凭什么他们一家子都欺负我?

小陆没跟家里说,自己坐车去了廖琴老家。

廖琴的父亲接待了小陆。

她妈做了饭,她爸给小陆倒酒。

小陆喝了两杯酒就上脸了,跟廖琴她爸说,你闺女不能这样,孩子还这么小,她就跟人跑了,还把男的带回我们的婚房,这是人干的事儿吗?你闺女这么干就跟个鸡似的。

小陆说完,抄起瓶子,给自己倒酒,往嘴里送。他爸一把夺过小陆手里的酒盅,砸碎在地上,让小陆滚。

小陆说,你们一家子都不是东西。

他爸噌地站起来,把桌子掀翻了,溅了小陆一身菜汤。

小陆也站起来,想说话,他爸自己踩到酒瓶子,一屁股摔在地上。小舅子梗着脖子冲进来,看到眼前一幕,急了。

她爸指着小陆的鼻子,骂,你death?

小陆上初中时学过几句英文,知道death是死亡的意思,心想,老头什么时候学会说英文了?

后来小陆才知道，老头说的是，你待死，待死是当地的方言，意思就是，你是不是想死？看起来是个疑问句，实际上是反问句。

小陆不想死，所以就从他们村子里跑了出来，一只鞋也不知道丢哪儿了，眼睛看路发花，脸上一跳一跳地疼，汗一杀，脖子上也火辣辣的。

回去之后，小陆妈看他一身伤，知道了来龙去脉，劝小陆说，算了，反正孩子和房子都归我们，离了得了。

小陆把门摔得震天响，吓得孩子直哭。

小陆去看大海高，大海高看到小陆脸上的伤，问他，怎么回事儿？

小陆说，被廖琴家里人打的。

大海高说，这一家子没一个好东西，都是流氓。

小陆苦笑，还是我自己窝囊。

大海高说，有些事情逞强也没用。过日子就跟是选海上还是陆上生活一样，你要是在陆上过得不舒服了，你还得回海上。

小陆听不明白，说，我没去过海上。

大海高说，我就是打个比方。要我说，趁早离了，再找一个。

小陆苦笑，问，那你跟大姑呢？

大海高说，孩子都大了，早晚也得离。知道你大姑为啥还没跟我提离婚吗？

小陆说，不知道。

大海高说，怕我分房子，想就这样耗着我。耗着就耗着吧，我不要房子，我本来就不想在陆上活着，早晚有一天，等我潜水器造好了，我还得下海。

过了一会儿，大海高叫小陆，你推我出去看看，我抽根烟。

医院里挺萧条，大概因为天凉了，出来溜达的病号不多。
小陆给大海高点了根烟，自己也陪了一根。
大海高问小陆，那你打算怎么办？
小陆说我还不知道，先耗着吧，我不能让她这么痛快。
大海高抽了两口烟，说，是，有时候人就剩下这点拧巴了。

他看着小陆，叹了口气，说，其实陆上的事儿还是窄，海上就不一样了，海上的什么东西都宽，人要是在海上，心也就跟着宽了。
大海高说完，又补充了一句，总而言之吧，跟海有关的东西都有意思，陆上就没意思了，除了人就是车，人不是折腾裤兜里那点事儿，就是折腾裤裆里那点事儿，庸俗，贫瘠。
小陆笑笑，好像这么说也没毛病。

他们正在说笑，有人喊大海高的大名，小陆和大海高一起看过去，是表妹。
表妹冲着他们走过来，穿得花枝招展，她头发鲜亮，太阳光一照，甚至看不清到底是什么颜色。

表妹看着他们站在寒风中，问，大冷天在这儿晾彪啊？

小陆和大海高都没说话。

表妹看着大海高，也不叫爸，就说，你给我点钱，我想出去旅游。

大海高问，跟谁？

表妹说，跟他啊。

大海高说，我早说过了，那男的不行，没车没房没手艺，什么家庭条件？

表妹说，你别管。

大海高骂，我不管谁管？那是个正经人吗？

表妹扫了小陆一眼，又看大海高，说，就你还看不上他？

大海高没好气，说，我没钱，都交了住院费了。

表妹不高兴了，说，我找我妈要去。

表妹说完，跟小陆随便地挥了挥手，走了。

大海高看着花枝招展的表妹走远，骂，当时我就说了，不能让她上卫校，人都学坏了。你看看她，成什么样了？

小陆安慰她，年轻人有年轻人的想法。

大海高说，有个屁想法。

廖琴给小陆打电话，说，我弟弟欠你的钱，我会还，我说话算话。我爹他们打你，是他们不对，但你不应该当着我爹的面叫我鸡。

小陆说，你干了鸡干的事情，我骂两句还不行吗？

她说，回头把离婚手续办了吧，办了对谁都好。真没办法，人就得往前看。以前我看得近，现在我看得远了。

小陆直接把电话挂了。

小陆妈让他去看看大姑，她说，别跟你大姑父走得太近，省得你大姑多想。

小陆拎着两袋水果去看大姑，大姑一个人在家。

大姑切了水果，小陆问她，就非得离？

大姑说，过不下去了。他不是喝大酒，就是造潜水艇，孩子也不管，房子还有贷款，儿子以后还要结婚，用钱的地方多了去了，他还往水里扔。

小陆说，他腰快好了，这几天就出院。

大姑说，死了才好。

小陆去接大海高出院，大海高的腰还没好利索，走路还得自己扶着腰，跟怀了孕似的。

送他去机加工门头房，里面摆着机床、乱七八糟的零部件，还有成型了一半的潜水器。铝合金隔出来一间卧室，里面摆着一张旧沙发、一张床，一棵发财树枯在花盆里，不知道死去了多久。

大海高指着发财树解释，被尿浇死了，这里没厕所，公厕有点远，晚上就不咋爱动。

大海高迫不及待地给小陆展示机床上成型的圆柱形耐压壳体，一人多高，空间狭小，人在里面应该不咋舒服。

大海高说，体积我计算过，就能整这么大，再大了工艺又达不到了。到时候过氧化物供氧，在海底待个四十分钟，一点问题都没有。当然，这只是初代，将来还得升级。

小陆把大海高安顿好了，大海高说，留下来吃饭吧，咱去菜市场买点海鲜，回来自己蒸，跟大海亲亲嘴儿，咱喝点。

小陆说，行。

他们去了菜市场，买了墨鱼和海蛎子。小陆清洗墨鱼，墨汁喷出来，小陆想知道它到底想写什么字。恍惚间，小陆感觉自己回到了小时候，大海高第一次告诉他墨鱼喷墨写字的事儿的时候。

他到现在也还是没看懂。

席间，大海高几杯白酒下肚，脸上又活络起来，他带着似醉非醉的迷离问小陆，我跟你说过我爹出海见到鬼市的事儿吗？

大海高十二岁那年，老海高出海，回来的时候丢了一只眼睛，成了独眼。

每当有人问起来眼睛怎么没的，老海高就说是害了眼病，一只眼烂掉了。

但大海高问起来，老海高告诉了他实情，丢了一只眼睛，是因为他看了不该看的东西。

大海高来了兴致，赶紧问是什么不该看的东西。

老海高说，鬼市。

老海高带着大海庄的渔民出海，遇上了风浪，风浪太大了，船不

193

听人使唤，风让船去哪里，船就得去哪里。

渔船在海里跳大神，老海高和渔民都抓紧了能抓住的东西，渔船漂了一整夜。

风浪终于过去了，老海高和渔民们一夜没敢合眼，都筋疲力尽。两个渔民扛不住了，倒下去就睡着了。

老海高也想睡，却怎么也睡不着，索性爬起来，站在船头，抬头看天。海上似晴非晴，他看向海天之间，等一些残云散去，眼前就出现了陆地，再看，不只有陆地，陆地上有楼，有车，还有人。楼很高，走在路上的人穿得五颜六色，看起来都很开心。只是他眼前好像有雾，朦朦胧胧看不真切。

风一吹，船就一个劲地往上靠，眼看着越来越近了，就像是船要靠岸。

老海高看得眼睛都直了，他感觉上面有人跟自己打招呼，挥着手，很热情。老海高抬脚就想往上走，这时候被醒来的另一个渔民一把拉住。老海高回头一看，渔民紧闭着双眼，跟他说，可不能上去，上去就回不来了，那不是人该去的地方，那是鬼市。

老海高不相信，还拿眼睛盯着看。渔民说，别看了，这东西看久了对眼睛不好。就这么说着，一阵海风吹过来，鬼市就渐渐模糊了。老海高揉了揉眼睛，眼前的风景就跟雾气一样消散，透露出天际的微光，他感觉像是做了一场梦。

回来之后，老海高就害了眼疾，四处寻医问药，也不见好，最后恶化，只能把眼球摘掉，换成了玻璃的。

老海高坚称他丢掉的这只眼睛，就是看了鬼市里不该看的东西。他对儿子千叮咛万嘱咐，以后在海上看到不该看的，就把头蒙起来，千万不能看。

大海高说完，小陆烟盒里的烟也递完了，小陆把烟盒揉皱，塞进口袋里。

大海高又喝干一杯酒，说，我出海这么多趟，还真没看见过鬼市，我挺想看。

小陆顺着大海高的话说，不是说看了眼睛会瞎吗？

大海高说，我不光想看，我还想上去，上去了就不瞎了。

小陆说，上去了不是就下不来了吗？

大海高笑了笑，说，上去了谁还想下来？等我造出来潜水器，我就上去。

大海高端详着小陆，问他，你相信我能造出来吧？

小陆说，我相信。

大海高很满意，说，所以说搞艺术的就是不一样，搞艺术的想得远。

小陆说，嗐，我一个跑场务的，搞啥艺术。

大海高说，那也算，跟艺术沾了边就受熏陶，就像我，跟大海有不解之缘。

大海高到底还是喝多了，这次他没闹着还要喝，大概是腰伤让他没了力气。

小陆扶他睡下，给他盖上被子。

他一个人住在机加工的门头房，看得出来，生活搞得一团糟，但潜水器造得有模有样。

小陆站在机加工的车间里，看着案子上的图纸上写写画画的痕迹，突然觉得自己活得没有大海高有意思。

小陆给黄主任打了个电话，黄主任说最近没啥戏拍，行情太差，他自己在老家承包了一个足疗店，结合了他这些年全国各地体验足疗店的经验，要做足疗店里的爱马仕，叫小陆有空也去体验体验。捏脚小妹都是当地招的，个顶个的水灵，手法经过他亲自培训，认穴位准，按得也透，保证比那些不尊重足疗这门手艺的足疗店按得好，而且最关键的是，纯绿色，不搞那些不正规的，就跟绿色二人转似的，走主流。

挂了电话，小陆心想着他估计也要换一份工作了，人总得有点盼头。

过了几天，大姑给小陆打电话，托小陆跟大海高说点事儿。
小陆问，你自己咋不说？
大姑说，我们现在说不上话，说几句就要吵。
大姑跟小陆说，你爷爷想见见他，说好久没见到了，还挺想。
小陆说，行。

小陆又去机加工车间找大海高,大海高看到小陆来了,还不等小陆说话,就兴冲冲地给小陆展示已经成型的潜水器。小陆一看,尾翼也装上了,上面喷绘了"孽种蛟龙"四个大字,看起来还挺狰狞。

大海高说,上次跟你说的波浪载荷的问题,基本解决了,我换了一种高精度钢,这次肯定有谱了,到时候下水带上你。

小陆跟大海高说,我爷爷想见见你。

大海高抬起头,看了小陆一眼,问,啥时候?

大海高和大姑以恩爱夫妻的身份回到家。

大姑做饭,小陆给大姑打下手,张罗了一桌子菜。

大海高带了酒,小陆爷爷很高兴,两个人闲聊。大海高喝得很克制。

等饭菜吃完,小陆爷爷让小陆和大姑都出去,说他有几句话跟大海高交代。

小陆和大姑都纳闷。

小陆和大姑在院子里嗑瓜子,嗑了一地瓜子皮。

等大海高出来,小陆迎上去,问,我爷爷跟你说啥了?

大姑也看过来。

大海高说,没啥,就闲聊。

小陆开车往回走,大海高坐在副驾驶,大姑坐在后座,两个人都一言不发，夫妻角色扮演已经结束。

先送大姑回家，大姑让小陆回去的时候慢点开车，说完就进小区了，也没看大海高一眼。

小陆又送大海高回机加工车间。

大海高自己开了口，告诉小陆，你爷爷说，等他百年以后，出殡的时候，让我来拜旌旗。

拜旌旗是当地葬礼的一个路祭环节，意思就是请亡者吃最后一顿饭，其中最隆重的环节就是由大女婿领衔的"大拜二十四拜"，希望亡者走得光彩。

小陆听完沉默了。

大海高说，不管咋说，我还是大女婿，这事儿我得办。

小陆爷爷走在八十三岁这一年。

全家人都回去了。

大海高买了两挂一千响的大地红，在门口放了，撒出来满地红色。八十三了，按当地说法，是喜丧。

葬礼办得隆重，请了鼓乐队。大中小三种唢呐，分别对应低中高音；单管、双管、笙和笛子齐奏；扁鼓、堂鼓、大鼓、镲、钹、云锣，负责打击乐。其中有两米长的大杆号，没有按键，鼓乐队的艺人也能用它吹出七声音阶，大杆号发出震天响的声音，听起来格外悲怆。

全村人都出来看，小陆身在送葬队伍之中，当天太阳高悬，风很轻，小陆爷爷最后给了家里人一个好天气。

大海高对吹大杆号的号手比了个手势，号手就高喊，大女婿，赏钱一千，随即是震彻云霄的十声大杆号。

得了赏钱，鼓乐队吹得格外卖力，腮帮子鼓起来，像气球一样，看起来吹弹可破。

送葬队伍到了十字路口，灵桌、牌位、遗像、贡品摆了出来。到了路祭环节，执事人高喊"跪"，所有人都跪下来，近乎仰视。

鼓乐声中，大海高捧着小陆爷爷的红色旌旗走向灵桌，放下，旌旗上简单朴素地写着小陆爷爷的生卒年。

其时，太阳已经斜挂在天上，霞光蔓延开来。灵桌前，大海高神色庄重，左手在外，右手在内，半握拳深作一揖，站直身子之后，先左腿跪地，然后是右腿，双手按在地上，以头抢地，站起身，左手在外、右手在内，再作一揖。

如此重复，一拜一叩首，共磕二十四个头。

小陆看着大海高不急不缓地完成二十四拜，此时霞光已经蔓延到他身上，他立在霞光之中，看不清面貌，却宛如神灵。

二十四拜完成之后，哀乐和哭声之中，他们继续前行，到了墓地，放棺入穴，众人都在忙碌。此时天色已经黑下来，大海高身在其中，一言不发，小陆仍旧看不清他的脸。执事人手里拿着装有麦子、玉米、

199

小米、大米、豆子这些五谷的"子孙袋",把五谷撒出来。恍惚间,小陆听见执事人喊,一撒金,二撒银,三撒子孙一大群……

等他们走到村外路口,天已经完全黑透了,纸扎元宝箱、摇钱树、金山银山,都装在纸扎马车上,是给小陆爷爷上路的盘缠。

所有人都跪下来,小陆听见执事人喊,此人一生行善勤劳,大鬼小鬼让让路啊,让他早上路吧,游魂野鬼别为难啊,箱里有钱,各拿各散啊……

纸扎的盘缠烧起来,火光冲天而起,终于把每一个人的脸都映照清楚。小陆去看,每一个人的脸在火光中都肃穆而庄严,那一瞬间,小陆觉得人世间所有的迷途困苦好像都不值得一提。

葬礼后又过了一个多月。

大海高给小陆打电话,说,我把我爹的渔船修好了,过几天要出一趟船。

小陆问,是去打鱼吗?

大海高说,不打鱼,潜水器造好了,下水之前,去勘测勘测,选选到时候要下水的海域。

小陆和大海高开着老海高留下的渔船出了海,渔船年纪不小,大海高说再过两年就要强制报废了,趁着还能出海,带它出来转转。

不过可惜出师不利,开出去二十分钟,柴油发动机冒出一股黑烟,哑了火,小陆和大海高都傻了眼。

没办法,只能打电话叫同村的渔船来拖。

等船来的间隙,大海高掏出两个潜水镜,递给小陆一个,自己背上鱼叉,说,走,带你去水底叉几个墨鱼,晚上回去铁板烧。

小陆水性还可以,跟着大海高一路下潜。这片海水不深,大海庄很多人都来这里摸过海参。

置身海底,一切都安静下来。这里的海水不算清澈,墨鱼又善于伪装,只有当地人才能发现。

大海高拉了小陆一把,指给他看。小陆脑子发蒙,肺里憋住的空气已经快用完了,急着上去。他顺着大海高指的方向看,大海高直接掷下鱼叉,鱼叉射向珊瑚礁旁边的一块礁石,礁石一下子就动了,避开了鱼叉——正是一条墨鱼,喷着浓墨往上猛蹿,速度极快,浓烈的墨汁不断喷涌而出,像一支毛笔。小陆想起小时候看过的动画片《神笔马良》,这一刻,他毫不怀疑,这条喷墨的墨鱼,就是马良的神笔。

神笔逃出生天,他们周围的整片海水已被染污,小陆和大海高置身浓墨之中,看不清去处和来路。小陆耳朵里因为缺氧而轰鸣,他想起大海高跟他说的,墨鱼喷墨就是要写字,写的字是天书,天书是人间一切问题的答案。此刻,小陆被墨汁吞没,天光消失,小陆什么也看不见,好像他成了天书的一部分。

小陆和大海高先后浮出水面,脸都有点黑,都有些狼狈。他们看着对方,都哈哈大笑,笑得心里也亮了起来。

远处，引擎声轰鸣，大海庄的船到了。

小陆跟廖琴办了离婚手续。

从民政局出来的时候，廖琴喊住小陆，跟他说，谢谢。

小陆没说话，给自己点了根烟。

廖琴有点自讨没趣，说，那我走了。

小陆点点头。

廖琴挪了两步，又说，我会常回来看看孩子。

小陆说，行。

廖琴再找不到话头，转身离开。

小陆看着她的背影走远，很想有人能喊一声"卡"，然后再来一次。

不知道怎么，小陆想起来和她住过的那个深海潜水艇主题的情趣酒店。

当天晚上，外面起了风，大风经过许多建筑，发出的声响跟海浪如此相似，窗帘拉上，他们感觉几乎就置身海底。

小陆和廖琴钻进潜水艇里，小陆抱着她，能感觉到她的每一根骨头。他们在海底航行，光从海面折射，鱼群游向他们，海浪怂恿他们，小陆和她都在上下起伏。

海水吞没了所有声音，只剩下她澎湃的心跳。

小陆知道，这个时刻，一切都还没有正式开始，故事刚开了个头，一切都在向好，一切都欣欣向荣，他们会一直这样向前航行。

大海高准备让潜水器下海，叫小陆一起去。

老海高的渔船的柴油发动机烧了，大海高索性换了一个新的。

他们选了一个好天气，招呼人把潜水器装上船，大海高带上了老海高的骨灰。

大海高说，我爹临走前老念叨鬼市，后悔当时没上去看看。大海高说，我一定要上去看看。

临出发前，大海高又扯出来两挂大地红，说，一人点一挂。

大地红炸出烟尘和红云，像给渔船上的潜水器穿上一身红色婚纱。

小陆和大海高开着船出了海，新换的柴油发动机马力强劲，他们很快到达了合适的海域。

大海高的潜水器其貌不扬，造型上很像一颗导弹。

大海高像展示自己的孩子一样，拍着潜水器，不无遗憾地告诉小陆，可惜只能载一个人，不能带你去。

小陆说，没事儿，下回。

大海高有点激动，捂着自己的胸口，说，我这心跳得挺快。

小陆说，美梦成真了。

大海高说，人这一辈子就这么点事儿。

小陆和大海高一起招呼潜水器下了水，脐带缆拴在渔船上，大海高递给小陆对讲机，看了小陆一眼。小陆有点担心，问他，没问题吧？

　　大海高说，放心，都测试过，绝对靠谱。

　　说完，就弓着身子钻进潜水器。

　　潜水器像只乌龟一样，缓缓沉入水中。海面上有一点浑浊，小陆看着潜水器渐渐消失不见，脐带缆被绷得很紧，潜水器的重量让渔船吃水更深。海面平静下来，波光映照天空，小陆站在船头，四野安静，没有任何船只，风声也几乎在一瞬间消失，他仿佛置身真空之中。

　　小陆握紧对讲机，期待里面的声音响起来。从海面看下去，海水深沉如谜，如果不是有脐带缆，根本不知道潜水器潜到哪里去了。

　　小陆感觉过了一辈子那么久，渔船上的脐带缆一松，小陆扯了扯，没有一点重量。他心里一慌，手里的对讲机一震，发出沙哑的响声，大海高的声音似乎从外太空传来，他说，你好。

　　小陆问，啥？你潜哪儿去了？

　　大海高笑了，我从另一边漂上来了。

　　小陆愣了，哪一边？

　　大海高说，我看见了，我全都看见了，我看见鬼市了，原来鬼市就在这边。

　　小陆极目远眺，海天之间，晚霞烧透云层，霞光洒下来，像是谁在海天之间放了一把火，除此之外，别无其他。

　　小陆问，你在哪儿看见的，我咋没看见？

大海高说，你那边看不见，你得来我这边。

小陆蒙了，问，到底哪边啊？

大海高说，我这边，我看见了，上面有楼，有车，还有人。楼很高，走在路上的人穿得五颜六色，看起来都很开心。他们跟我打招呼了，我爹没骗我，他们让我上去。

小陆有点担心，说，时间可不短了。

大海高说，上去我就不回来了。

小陆急了，说，你上哪儿去啊？你别扯犊子啊，这可不是闹着玩的，你赶紧浮上来吧。

小陆重复了好几遍，可对讲机里再无动静。海面平静极了，他站在船头，突然觉得无比孤单，好像海天之间，就只剩下他一个活物。小陆感觉脸上发凉，一抹，不知道什么时候，他已经泪流满面。

村中尭舜

表哥开上了他的二手面包车，去镇上的舞厅找艳丽。

面包车底盘轻，稍微开快点就飘得厉害，太阳一晒，皮革座椅就散发出一股年老体衰的味道，在车里挂了香袋也压不住。

香袋是艳丽买的，她喜欢这辆面包车，说它宽敞，能拉人，也能拉货，实用。

艳丽长得很高挑，头发和腿都很长，穿凉鞋的时候，小腿白得晃眼，整个人站在太阳底下，影子也特别好看，很像一株高粱。

经人介绍，艳丽刚见到表哥的时候，很不满意，她告诉介绍人，表哥穿的鞋太脏，一看就不是个干净人，艳丽喜欢干净。

表哥没抱太大希望，他适龄以来，大部分相亲都是以失败告终。女孩们看不上他的理由千奇百怪，有人嫌弃他眼镜片太厚，上面还有油，透过厚眼镜片看人，眼神就显得发愣；还有人觉得表哥嘴唇也过厚，远不是伶牙俐齿的人；更有人看不惯表哥早早就开始后退的发际线，有女孩说，一见到表哥就想叫他叔叔或者伯伯，而她想找个能叫哥哥的。

出乎表哥的意料,艳丽认真地给表哥手写了一封信,写在印有"服贸公司"字样的红格信纸上,大致意思是,虽然不合适,但能见面也是缘分,如果愿意,以后可以做个笔友。

"笔友"现在已经成了只能进博物馆的老古董,但当时颇为流行。

表哥回了一封信,答应做笔友。

"服贸公司"是个鞋厂,踩机器的大部分是附近村镇的女孩。

表哥想起艳丽的一双脚,柔软厚实而有力,脚指头比一般人长,像一根一根葱头树立,脚骨柔韧,能用脚心夹碎核桃。表哥心里想,这一定和她平时踩机器有关系。

表哥给我看过他和艳丽往来的书信,除了一些朴素的日常,两个人偶尔还会谈论文学,谈论最多的是李商隐的无题诗,时不时就在信里附赠对方两句"却话巴山夜雨时"之类的。

村里和镇上,没多少人认识李商隐这个唐朝人——听名字还以为是个经商的暴发户,不然怎么叫商银呢?

表哥天生一手好字,字体瘦骨嶙峋,但又有点铁画银钩,写出了自己的味道。可能连表哥自己也想不到,他身上为数不多的被人夸赞的优点,在这段感情里起到了举足轻重的作用。

表哥和艳丽的书信往来越来越频繁,艳丽寄来的书信,用纸从红格信纸改成了带香味的卡通信纸,落款也从"祝好",变成了"念你"。

表哥带艳丽回来见了父母,给艳丽买黄桃罐头吃。我姨父和大姨几乎无法相信表哥交的女朋友如此高挑漂亮,反复确认之后,都开了心,当即掏了钱,让表哥带着艳丽去城里买下三金一银,姨父算好了

209

良辰吉日，准备给两个人订婚。

也是在这个时候，我姨父半夜醒来，猛然间想到了一个严重的问题。

以艳丽这样的条件，到底为什么会选择自己的儿子呢？

姨父越想越觉得不对劲，想着想着夜里就再也睡不着了，天还不亮，就起来，一路打听着，去了艳丽所在的村子。

姨父在艳丽村里待了整整一天，把街头巷尾能找到的村民都聊了个遍，聊天的主题只有一个：儿子马上就要娶回家的女孩，名声和人品到底怎么样？

天已经完全黑透了，姨父才回来，脸色很差，他跑到水缸前，灌了自己两瓢凉水，终于瘫软在地上。我大姨慌了神，去扶他，姨父摆摆手，说了句，这女孩不能要。

表哥是从姨父口中得知关于艳丽的种种传闻的。
艳丽干过舞厅。

所谓"干舞厅"，就是在舞厅里陪客人跳舞，客人可以在灯光跳跃到暗部的时候，摸舞伴的腰和屁股。

表哥后来也是听别人说起，镇上舞厅不少，流行迪斯科，大都有女孩陪跳，借此招揽客人，忙起来的时候，一个女孩要陪人跳一整个晚上。

艳丽干了一阵舞厅，后来不干了，但还是经常跑到舞厅里跳舞。小镇周边许多村里的年轻人都在舞厅里见过艳丽，只要邀请她，她就会陪着跳舞，如果她跳高兴了，摸她她也不生气。如果能连续跟她跳三支舞，她也愿意跟你去录像厅，等看完了《英雄本色》《喋血双雄》什么的，录像厅就放《清宫秘史》《满清十大酷刑》这些，只要是电影，艳丽就看得津津有味。据很多人描述，艳丽看电影的时候，就像睁着眼睛做梦，幕布上漫射而出的光，照清楚了她的身段，还有脸上轻轻冒出的一两颗青春痘，让她看起来十分迷人。

等从录像厅出来，艳丽的梦好像还没醒，这时候如果要亲她，她会要求你像电影里那样，一只手从后面揽住她的腰，另一只手握住她手心，两个人都要闭上眼睛，然后你身体轻一点压下去，最好能在路灯底下，和她一起组成一个形状。艳丽总说，这样才浪漫，就像电影里一样。

但大多数从录像厅里走出来的男人，都没有这种耐心，上来就想抓艳丽的胸脯——也因此吃过艳丽的耳光。

姨父得知这一切之后，面如死灰，说什么也不能接受将来的儿媳妇干过舞厅，勒令表哥和艳丽断掉，断干净。

表哥不愿意，他跟姨父说，干过舞厅的艳丽还是艳丽，艳丽不会因为干过舞厅就不是艳丽了。

姨父急得跳脚，骂表哥痴，这样的女孩能要吗？

表哥说，可那是以前，现在艳丽每天都在鞋厂里踩机器。

姨父恨铁不成钢，告诉表哥，她骗你的，她现在干上歌厅了。

表哥还要说话，姨父干脆不跟表哥多废话了，他背着表哥，自己跑去艳丽家里，找到艳丽的二姨和二姨父，要求退婚。

艳丽歪脖子的二姨父表示，艳丽是他们养大的，退婚可以，但三金一银可不退。

表哥尽可能地把面包车开得飞快，顾不上面包车在风里飘得歪歪扭扭，出了村子，驶入坑坑洼洼的土路，车胎偶尔会因为颠簸而离地。挂在后视镜上的香袋在表哥眼前摇摇晃晃，像是要把其中的香味一股脑撒出来。

表哥去鞋厂找艳丽，鞋厂说，没这个人。

表哥打听了到了镇上最大的歌厅，帝豪KTV。

表哥向熟悉艳丽的女孩打听，艳丽去哪儿了？

女孩上下打量着表哥，告诉他，她今天没班，去舞厅了吧，她喜欢跳舞，她喜欢跟别人的男朋友跳舞。

表哥摸不着头脑。

那是表哥第一次进舞厅。人群中夹杂着的烟味和经久不散的浑浊空气向他涌来，灯光昏暗，只有头顶上旋转不休的灯球洒下颜色各异的光斑。人们在光斑下跳舞，个个舞步娴熟，虽然看不清表情，但能体会到他们的沉溺和喜悦。

表哥在人群中看到了艳丽，一朵彩色光斑正适时游过艳丽的脸，似乎是故意让表哥看清。艳丽涂了粉，眼睫毛几乎是活的，她的表情看起来疲倦又深情。

　　此刻,艳丽正被一个男人搂着腰,在水泥铺就的舞池里旋转,脚步特别轻盈,仿佛完全没有重量。
　　表哥就这样定在那里,安静地看着艳丽跳舞,就像是一根黑胶唱机的唱针,任由身边一对又一对的舞者从他身边轻盈掠过。
　　艳丽沉浸在她的舞步里,动作轻飘飘的,她的舞伴几乎抓不住她。她肯定已经注意到了表哥,可她经过表哥身边的时候,也没有停下来。擦身而过的刹那,表哥闻到她身上那股熟悉的洗衣粉气味。熟悉的流行歌曲就响在表哥耳边——女人爱潇洒,男人爱漂亮,不知地、不觉地就迷上你。

　　一曲跳完,表哥还是没有动,艳丽却已经站在他眼前,说,我们跳一个吧。
　　表哥慌了神,可我不会跳。
　　艳丽说,我教你。

　　表哥揽住了艳丽的腰,握住了艳丽的手,艳丽说,你把鞋脱了吧,我怕你踩到我。
　　表哥踢掉了鞋了,光着脚踩在水泥地上,凉意和潮湿从地心深处传来,让人有一股想要放纵的冲动。

　　表哥跟随着艳丽耐心的脚步。光斑像是活物一样,游走在每个跳舞的人身上,最终像是认出了主人一般,绕过了许多人,一齐游向表

213

哥和艳丽，顺着他们的脚面和小腿沿途而上，在他们身上越聚越多，簇拥着他们一起舞蹈。两个人跳着跳着，表哥感觉他先是抓不住因为失重而飘浮的艳丽，紧接着他自己也离开了地面，脚下踩着光斑拾级而上，起伏不定。两个人在北方这个愈加陈旧，却又总有新鲜事物出现的小镇上，宛如置身太空。

表哥揽着艳丽的腰，感觉到她的心脏也在腰上跳跃翕动。她的腰如此纤细，体温透过单薄的连衣裙集聚到上面的每一朵小碎花上，而后盛开在了表哥的掌心。表哥觉得那股体温有点温热，有点潮湿，像一阵又一阵喷涌而出的、有形又无形的眼泪。

可是眼泪怎么会从腰上流出来呢？

艳丽说，我要走了。
表哥问，你去哪儿？
艳丽说，还不知道，但一定要走。

那是表哥最后一次见到艳丽。

后来表哥告诉我，有时候，他会梦到艳丽在北方的某个舞厅里跳舞，那个舞厅连屋顶都没有，直接和天空接壤，艳丽跳着跳着就飘向了屋顶，置身众人头顶上方，还是不肯停下来，还要一直向上，向上……

表哥在太阳底下给我展示黄桃罐头瓶子里的小石子儿，那些小石子儿凹凸有致，形状不甚规则，看起来像一把已经炒出来很久的蚕豆。

表哥把罐头瓶子对准了太阳，太阳光折射进来，小石子儿隐隐透着光，似乎在光里跳跃。

表哥说，这都是我一粒一粒尿出来的。

这场大病来得很缓慢，似乎是应了表哥的邀请。

从舞厅里回来，表哥就把自己关进了房间。此后的两个月里，表哥就躺在自己的单人床上，三餐都在床上解决，除了上厕所，绝不出门，要晒太阳，就挪挪窝，配合太阳光从窗户玻璃射进来的角度。如坐月子。

我姨父不理他，由他闹。姨父从十三四岁就跟牛打交道，养牛、贩牛，对跟牛有关的一切都了如指掌，包括牛角尖和牛脾气。

姨父跟大姨说，等他从牛角尖里钻出来，就没有牛脾气了。

这话被表哥听到了，当天夜里，表哥睡着睡着就感觉自己眼前黑了，他分明置身一团圆滚滚的黑暗里，黑暗打着旋包裹着他。他想安往上游，可越往上游，头顶黑暗的圆壁就越向内收缩，他蹬着腿，每游上去一截，圆壁就更加紧缚。他仰头看，黑暗最高处的确冒出来一个尖儿，一点红光透进来，像是烧红了尖的炉钩。

他恍然大悟，他现在就在一个牛角里面。

从那天开始，表哥每天晚上都会往上游一截，一个月以后，他感觉自己的头顶心接触到了牛角尖。牛角尖比他想象中要绵软许多，他

215

一蹬腿，头顶稍微一疼，牛角尖就被他顶开了。他的头从牛角尖上冒出去，像是青春期他好奇地拨开自己的包皮，光芒湮没了他，他睁不开眼睛。

表哥推开门，站在院子里，这才发现，天没那么热了，一阵风吹过来，他想去撒尿。

他走进厕所，掏出来，狠命尿了两滴，觉得刺痛难耐，疼得弯下腰，两只手像是捧着圣物一样，希望把尿哄出来，但没用，尿不听话了。

在医院里拍完了片子，医生说这是尿道结石，而且结石有点大，把尿道堵了。

表哥用上了导尿管，医生说，体外冲击波碎石术。

表哥眼睁睁看着自己迟到的尿液装满了一整个尿袋，此刻正觉得浑身舒畅，听到这个词儿，竟然有点兴奋，跟医生说，这听起来像一种武功。

医生没理他。打碎了之后，结石还不能马上排出来，你要蹦，每天蹦，要去哪儿你就蹦着去，蹦着蹦着，唰，你就全尿出来了，就跟打机枪一样。

从医院回去的路上，表哥一路蹦跳，脚底像是安装上了弹簧。姨父背着手走在他身后，觉得脸上发烫，遇到熟人，问他去哪儿了，他也不说话。

表哥越蹦越高，如果他愿意，甚至可以用树杈子挠自己头顶的痒痒。

接下来的一个月，表哥去哪儿都蹦着，旁人问他，为啥要蹦？因为涉及膀胱和下三路，他不好意思实话实说，别人一问，他直接就蹦走了，颇有点魏晋风度。

要是有人想要逮着他跟他交谈，就必须用脖子适应表哥蹦跳的节奏，否则眼前就只有表哥的重影。

表哥一直蹦到了立秋。某个中午午睡完之后，膀胱里突然生出来一股急促的尿意，表哥打了个冷战，弹射而起，来不及穿鞋，就蹿出去，刚跑到院子里就再也无法忍耐，只能掏出来，对准院子里新打的水泥地面。表哥突然听到噼里啪啦的声响，跟下冰雹似的，那些蚕豆一样的小石子儿四处跳跃，像是被放生的小妖怪，蹦得到处都是。

表哥觉得神奇，此刻他单薄的医学知识还无法解释这一切，他以前听说，土里会长出石头，但不知道人身体里也能长石头。他踮着脚，弯着腰，一粒一粒把小石子儿找出来，洗干净，把它们收藏在黄桃罐头瓶子里。

除了给我看，表哥也给别人看过，但别人都觉得恶心。
我问表哥，为什么要收集尿结石？收集了为什么一定要给别人看？
表哥没有回答我，只是跟我背课文，他说，橘生淮南则为橘，生于淮北则为枳。

表哥喜欢干两件事。

第一件事是背课文。

或许是因为知道自己将永远远离课堂，所以他就热衷于从记忆里打捞那些念书时老师要强行刻进他颅骨中的课文。

路上你遇见他，问他去哪儿，他就回答你，我买几个橘子去，你就在此地，不要走动。

你和他一起抬头看天，说看着像是要下雨。他就说，十一月四日风雨大作，夜阑卧听风吹雨，铁马冰河入梦来。陆游，字务观，号放翁，著名爱国诗人。

他时不时来上这么一两句，让听者莫名其妙。

但据我分析，表哥之所以热爱背课文，是因为当年他考上了中专会计专业，本来有机会继续念书，但是因为学校离家挺远，学费是普通专业的三倍，大致需要每年卖掉三头牛才付得起，我姨父当即就觉得没有必要——也不包分配，不值那几头牛。

姨父把录取通知书扔进炕前的炉子里，表哥斜着眼，看着通知书在炉腔子里腾起一股青烟，随即化成一堆飞灰，烧焦的味道竟然还有点好闻。

没能继续上学的表哥，似乎对所有工种都表现得水土不服，无论做什么工作，都显得心不在焉。

除此之外，他时常做出一些旁人无从理解的怪事。

表哥小时候在回家吃饭的路上，遇到有人在打井。

当年水井仍旧是主要的饮用水源，地面上掘出来一个洞，洞口开得不大，里面隐隐透出来一股黑，洞口旁边堆着土堆，泥土还带着潮湿的水汽，看来距离出水已经不远。

表哥经过时，在地面上看到了两条红绳子，绳头上露着铜丝，表哥没多想，弯下腰，捡起来两条红绳子，把两处的铜丝一撮。表哥先是感觉地面上震了一下，紧接着凭空就有一股狠劲顶向他的胸口。他感觉自己被牛撞了一下，一口气被困在胸腔里，进而双脚离了地。他看清了洞口爆射而出泥土，就像一截鞭炮如期爆炸。

巨响让表哥什么也听不见了，等他后背撞在槐树上，又从槐树上摔下来，脸陷在一堆烂泥里，他感觉自己口鼻里有热量涌出来，他还不知道那是血。

轻微脑震荡，医生说，不算严重，耳膜也没穿，养几天就好了。

姨父问我表哥，到底为什么去插人家打井的雷管，表哥也不说话，就睁着眼睛看着姨父。姨父发现他看自己的时候，眼皮动也不动，一个人如果盯着你不眨眼，看着就特别愣。

要不是看表哥流了血，姨父几乎要给他一耳光。

表哥爱干的第二件事，就是抄古诗，尤其喜欢抄李商隐的诗。表哥写得一手跟他形象不甚匹配的好字，家里人都觉得，表哥的一手好字是继承了我姥爷。

我上小学时开始练字，过年去表哥家，表哥在我的空白笔记本里，用钢笔手抄了李商隐的几首无题诗，我保存至今。

表哥跟我说，李商隐的诗写得好，为什么好？因为你不知道他写的是什么意思。你以为你知道，但其实你不知道，就跟你遇上的很多事情一样。

我很多时候都听不懂表哥在说什么。

但我知道这些他张口就能背出来的诗，曾经也出现在他写给艳丽的信上。

从舞厅回来以后，表哥就再也没有给艳丽写过信。他说，你想跟一个人说话，不一定要写信，你张口就说，这些话都是活的，它们能自己跑，你想说给谁听，它们就跟着风跑到谁的耳朵里。

夜雨寄北，雨怎么往北边儿寄？雨是自己跑到北边儿去的。你想让它淋谁，它就淋谁。

我不知道艳丽后来有没有收到过表哥的话和表哥的雨，但我知道，表哥再也没有了艳丽的消息。艳丽就跟飞起来了一样，彻底摆脱了他给过的重力。

到了年纪，表哥按部就班地结了婚，娶了个东北媳妇。我表嫂最大的爱好是把两个人挣的钱寄回老家，孝敬自己的老母亲，给弟弟补贴家用。

这一爱好，很快就让她和表哥的生活捉襟见肘。

夫妻两个常常干仗，话不投机，表嫂张牙舞爪地去挠表哥，表哥就利用身高优势，按住表嫂的脑门，任由表嫂像是上了发条的招财猫一样在原地挠来挠去,就像跳舞。

表哥从来没有跟表嫂聊起过李商隐,比起李商隐,表嫂更关心下个月的奖金能不能按时到账。

表哥再也没去过镇上的舞厅。

后来舞厅都改成了网吧,网吧又改成了棋牌室,常年飘着二手烟。表哥多次从门口经过,但从来没进去。

他不指望能遇见艳丽,也不敢遇见她。

表哥在买到最新智能手机的当天,收到一条链接,提示他信用卡提额。他点进去,按照提示操作,输入了账号密码,很快收到短信,被套走了七万现金。

表哥去报警,警察说,这些骗子都在国外,你得自己小心。

要是这时候你问他,这种当你怎么也上?

他就说,假如生活欺骗了你,不要悲伤,不要心急,忧郁的日子里须要镇静。相信吧,快乐的日子将会来临。心永远向往着未来,现在却常是忧郁,一切都是瞬息,一切都将会过去,而那过去了的,就会成为亲切的怀恋……

姨父听完了表哥被骗的遭遇,也没说什么,他向来看不上表哥。他的脸总是板着,常年不开心,他不明白,自己养牛是一把好手,为什么养出来的儿子却什么也不是。

姨父养出来的牛,身体健康,皮毛锃亮,拿到牲口市去卖,十分抢手。

要是能把儿子养得跟牛一样就好了。姨父说，他真这么想过。

表哥知道钱找不回来，就回去接着上班。他所在的村子盛产手套，很多人都来手套厂打工，具体的工作是给织好的手套蘸上抗磨的溶胶，这玩意儿有剧毒，工人平时需要戴防毒面罩。

表哥负责看机器，百无聊赖的时候，就透过防毒面具，看着村子里的闲散妇女把手套蘸进滚烫的溶胶里，像穿上一层盔甲。

晾干的时候，许多手套竖着放，像是在跟你打招呼。

等我再回去看望表哥的时候，他已经开始大面积脱发，发际线像潮水一样后退，他的眼镜也更厚了。我们吃完饭，表哥问我，我有没有跟你说过那头小公牛？被罗四叔骗了的那头。

我说没有。

表哥说，我最近做梦老梦见它，梦见它被骗之前的样子，你说怪不怪？

我大姨羊水破裂的那个深夜，姨父四处找不到汽车，但我表哥显然已经不想再等，急于来到这个世界上。最终，我姨父只好将家里一头怀孕的母牛套上了板车，连夜送我大姨去镇上的医院。

其时，月明星稀，姨父靠手电筒照明。牛车走到村头，村中犬吠已不可闻，大姨挺着肚子躺在牛车上。车轮碾过一块石头，大姨颠簸了一下，身子腾空三寸，再落下来时，已经感觉到我表哥正往外钻。大姨一声惨叫，姨父一勒缰绳，缰绳另一端缠在牛鼻子的牛环之上，母牛吃疼，双腿开始发颤，一摊羊水喷射而出。养牛经验丰富的姨父知道牛要生了，不等他反应，大姨已经喊出来，我要生了。

人要生，牛也要生，姨父在短暂的慌张之后，迅速揉了两把牛肚子，随即冲向大姨，挽起袖子，等手电筒照过去，表哥已经露出了一只手。

姨父只为牛接过生，但此时前不着村，后不着店，求救无门，只能自己动手。表哥一身血污，发出啼哭的时候，母牛腹中小牛也呱呱坠地，母牛湿热的舌头正舔着牛犊。

姨父汗衫已经湿透，把表哥的脐带咬断，牵扯出来的胎盘已经干瘪，瘦成一团血污。姨父把表哥递给大姨，又想起来什么似的，赶紧把小牛还遗留在母牛肚子里的胎衣扯出来，脱下大姨的一只鞋子，拴在胎衣上，又看了一眼胎盘，不知道该怎么处理，索性也拴在牛胎衣上。他找到一棵高大的槐树，把牛胎衣和胎盘高高扔起来，挂在槐树枝上。牛胎衣迎风招展，宛如一面旗帜。

表哥说，当然，这一段是后来听我妈说的，人不可能记得自己出生前的事儿。但一旦你听说了，你就好像能记得你出生以前的事儿了。

然后表哥接着讲。

表哥和当年母牛生下来的小公牛一同成长。

比起养儿子，姨父显然更热爱养牛。

他洞悉跟牛有关的一切，在世间所有四脚走路的动物之中，姨父只喜欢牛。他会觉得猪肮脏，马丑陋，只有牛顺眼。

姨父是村里享有盛名的养牛高手，拥有许多旁人无法企及的本事。

他可以通过观察牛的粪便，确定牛的身体情况，会注意饲料和青草的配比，会半夜起来给牛喝一次盐水。

姨父似乎把应该给儿子的许多关照都给了牛，等到表哥已经能到处跑的时候，家里的牛已经增加到了四头。

四头牛，拥有十六个胃，每天制造无数粪便。姨父将牛粪晒干，垛起，这就成了不可多得的燃料，扔进灶头里一烧，在产生短暂的臭味之后，会有一股烧焦的青草香气，烧青草的香气弥漫了表哥的整个童年。

表哥对和他一同降生的小公牛充满感情。

夏天，表哥时常跑进牛圈里，帮助小公牛驱赶那些叮在它身上吸血的牛虻。那时，表哥第一次发现，小公牛的尾巴在驱赶牛虻这件事情上，总是力不从心，就像人没办法给自己的后背搓泥一样。

表哥察觉，这种力不从心会伴随小公牛短暂而又漫长的一生。

在机器还没有完全普及的时候，公牛是最重要的耕地工具，在家庭中的地位不容小觑。

表哥小时候喜欢看着小公牛咀嚼青草。割下来的新鲜青草堆放一旁，有许多流萤盘旋其中，小公牛含住一把青草，在牙齿的挤压下，青草流出浓稠的汁液，散发出来自夜风和土壤的复杂气味。

小公牛把青草吃完，夜里伏在地上，开始反刍，兢兢业业又漫不经心。在表哥看来，小公牛的眼睛透亮，像两颗镶嵌在它眼眶中的星星。这一点就跟母牛不同，母牛的双眸里总是弥漫着一股哀伤，或者可以形容为苍凉。

只不过年幼的表哥尚且不知道苍凉为何物，他是后来才知道的。

表哥曾经告诉我，他小时候一度确信自己能听到小公牛说话。

在外人眼里，小公牛只能发出单音节的哞声，但表哥说，那些声音都有意义。

夏夜里，表哥替小公牛驱赶牛虻时，小公牛会催促表哥回去睡觉，理由是自己血很厚，被牛虻吸一点也没关系，但年幼的表哥如果缺乏睡眠，会长不高。

这一点表哥始终牢记在心，多年以后，他的身高以近乎失控的方式蹿到了一米八五，就像是在普遍低矮的庄稼地里，拔地而起的一株高粱。

表哥和小公牛感情越深，就越担忧小公牛的未来。

表哥跟着姨父去过好多次牲口市。

所谓牲口市，是数十个村子交易六畜的地方，在耕地众多的乡村极为兴旺。

表哥经常看到姨父替人贩牛，从中赚取差价，他总能使一头牛以最公道的价格成交，而且旁人绝无二话。

和买牛的或者牛贩子交易，有很严格的规矩，出价和还价都在衣

225

袖中进行，此为乾坤袖，和古玩行当类似。

卖家和买家面对面站着，目光对峙，双手在衣袖中鼓捣，用手势出价或还价，自始至终，不发一言，具体金额外人无从得知。

表哥看着他们在太阳底下，站在一群牛马之前，双手在宽大的衣袖中激烈拉扯。有时候，这种拉扯会持续半个小时，买卖双方都满头大汗，最终价格逼近双方心目中的底线时，手势的拉扯会逐渐舒缓下来，直至平静，双方都松了一口气，露出朴素但又狡猾的微笑。

而此时，身后待价而沽的牛马眼睛里同时流出来深切的苍凉，这种苍凉水一样从它们眼睛里倾泻而下，进而弥漫整个牲口市，天冷下来，就连太阳也开始自顾不暇。

表哥时常看见牛马不愿意离开主人，在缰绳递给新主人时，苍凉的双眸仍旧盯着它们原来的主人。可那些卖掉它们的人，此时已经在低头数钱，换算这些带着体温的票子能买多少小牛犊。

被卖掉的牛马终究无法抵御缰绳的力量，尤其是牛。为了让牛听话，养牛者会给牛穿一个鼻环，鼻环连接着缰绳，一拉缰绳，牛鼻子就会剧痛，自此放弃牛脾气，成为温顺的家畜。

表哥看着那些牛马依依不舍地被拉走，去向未知。

他不知道这些牛马最终的结局。

他不想自己的小公牛也被卖掉。

因此，从牲口市回来，表哥就劝说小公牛，吃得少一点，长得慢一点，如此一来，就不会被急于卖掉。

小公牛每次都听着，但仍旧我行我素。每次去放牛的时候，小公牛都不停地咀嚼，将四个胃填满。

表哥和小公牛一同长大，小公牛皮毛闪亮，健壮，眼神无所畏惧，小牛鞭时常挺立，像一柄锋利的匕首，时刻准备迎战。

表哥为此操心得睡不着觉，时常做噩梦，梦到小公牛被卖给居心叵测的陌生人，从此和他天各一方。在新主人家里，小公牛会遭受虐待，甚至吃不到青草，喝不着盐水。

表哥中夜醒来，决定策划一场逃亡。

表哥牵着小公牛出了村子以后，面对苍茫辽阔的华北平原，一时间不知道该去向哪里，只能任由小公牛指引他。

好在小公牛似乎比表哥清楚要去哪儿，于是一路向南。夜色吞没他们，两个同样年幼的生灵产生了一股相依为命的悲壮。

时隔多年，表哥跟我说起他生命中唯一的一次逃亡，仍旧清楚地记得每一个细节。

在他的记忆中，到了夜里，太阳晒进土壤的余热缓缓散去，风开始有味道，伸出舌头尝一尝，不同地方的风有不同的味道。有时候他能尝出来这股风刚刚吹过某户人家做饭的烟囱，带着晚饭的香气，甚至能分辨出具体是哪几道菜。

表哥还从风里尝到了粮油厂散发出来的香味，如果对着吹进嘴里的风狠狠咬上一口，能从其中榨出一两滴油花。

他和小公牛一起喝水塘里的积水，他说，那里的水跟我们平时喝的不一样，里面有蛤蟆疙瘩，也就是蝌蚪，捧起来喝的时候，必须吹一吹，否则蛤蟆疙瘩会趁机游进嘴里，然后在你肚子里变成蛤蟆，你开口说话的时候就会发出呱呱呱的叫声。

饿了，他就和小公牛一起吃青草，小公牛总能找到最嫩的青草。

表哥说，青草的味道其实很不坏，刚开始嚼有点苦，但慢慢就会觉得甜。

表哥和小公牛的失踪，很快就被姨父发现。

姨父抽了一袋烟才出门寻找，背着手，慢慢悠悠地循着小公牛独特的牛蹄印，一路追随而去。天快亮的时候，姨父在两个村子之间的荒地里发现了正依偎而眠的表哥和小公牛。

表哥免不了遭到一顿暴揍。

自此以后，小公牛很快长大，开始负担起耕地的任务。尽管穿了鼻环，而且逃不脱姨父近乎出神入化的鞭法，但反叛精神天生就在小公牛骨子里，它时常故意指东打西，甚至有一次在田里将姨父一蹄撂倒，姨父的脸因此砸进了湿热的牛粪里。

回来的路上，小公牛路遇一头年轻的母牛，当即甩脱了姨父手里的缰绳，在众目睽睽之下骑乘年轻母牛。双方主人拉扯，却怎么也拉不开，它非要尽兴不可。

回来之后，小公牛兴奋莫名，似乎完成了牛生壮举。

表哥问他到底干了什么，小公牛只是说，以后你就知道了，现在你的鞭还没硬。

姨父终究叹了口气，对大姨说了句，到时候了。

罗四叔有三把刀。

一长一短一弯。

三把刀四季都闪着寒光，一丝铁锈也无。罗四叔常说，刀跟牛马一样，都要喂。

表哥观摩过一次罗四叔喂刀。

罗四叔找村子里杀猪的年轻屠户割几块后肘，取其中一块肥晃晃的，最好带点血丝，把三把刀依次磨热了，然后拿这块肥肉裹住刀刃，刀不动，肉动，轻轻划过去，肉就一分两半，如此往复。

喂完了之后，三把刀寒光更盛，拿眼睛看，甚至有点刺目，觉得眼球凉丝丝地疼。

表哥没想到自己会在家里见到罗四叔。

罗四叔腰里别着牛皮套来了，牛皮套里就桶着这三把刀。

罗四叔进来的时候，家里的牛都往后捎，后腿一律打战。

只有小公牛还不认识罗四叔，也不认识罗四叔腰里的三把刀，眼神仍旧是无知无畏的，锋利的牛角甚至觉得痒痒，想把陌生的罗四叔顶出院墙之外。

罗四叔点上旱烟，围着小公牛转了两圈，眼睛盯着小公牛的牛卵子看，表情似乎挺满意。姨父迎出来，给罗四叔递烟卷。罗四叔亮了亮自己指间的旱烟，示意不用了，又看了一眼小公牛，跟姨父说，到闹腾的时候了，该骟了。

表哥慌了神，他忘了这一茬。村里用来耕地的公牛一旦成熟起来，就会发狂，无差别骑乘母牛还是小事，最麻烦的是不听训令，耕地时主人指东，它打西，专门跟主人手里的鞭子过不去，牛环牛鞭都无济于事。这时候的小公牛不惧权威，嘲笑疼痛，常常瞅准了机会，就用牛角狠顶主人小腹，力道之大，几乎可以把主人从叹号顶成括弧。

除非骟掉。

表哥拉着罗四叔的裤脚，哭求他别骟它。罗四叔觉得好笑，告诉表哥，你怕啥，又不是骟你。

姨父有些尴尬，给了表哥一脚。表哥爬起来，对小公牛发出哞叫，那是表哥和小公牛之间互通的牛语，意思是快跑。

但小公牛眼神中似乎全无畏惧，它趁着罗四叔近身，尥了罗四叔一蹄子，踹在罗四叔腰上，罗四叔疼得倒了地，小公牛发出胜利的哼哼。

姨父急了，赶紧去扶。罗四叔脸色煞白，低着头，隔了好一会儿才跟姨父说，来点白酒，喂喂刀。

罗四叔一口白酒喷在弯刀上，盯着小公牛，做逡巡状。小公牛被侧压在地上，四只牛蹄被拇指粗细的绳子绑住，扭曲成古怪的样子，不能动弹分毫，姿态颇为滑稽，像硬拗出的舞步。

表哥学小公牛的样子，弯腰迎头去撞罗四叔的小腹。这一次，罗四叔却姿态优雅地绕开，表哥扑倒在地上，再爬起来，已经被姨父捏住了后脖颈子。

事不宜迟，罗四叔将弯刀在手里画了个半圈，左手擎住了小公牛挺立的牛根，弯刀旋上牛卵。表哥去看小公牛时，见到小公牛双眸里怒火熊熊——它想要从姨父手里挣脱，但姨父死死掐了住它。表哥感觉到自己胯间一凉，那是皮肉贴上金属的凉意，罗四叔右手一划，那股凉意已经从表哥胯间游向大脑，汇集于天灵盖，最后从鼻子里抽出去，是凉，不是疼，再去看小公牛，它双眸中的烈火陡然熄灭了。

表哥眼前黑了，身子软下来，像一根烧融了的铜丝，委顿在姨父手里。姨父提着他，像提着一件旧衣服。

被骟掉之后的小公牛，没有了骑乘母牛的念头，变得听话异常，让它趴下它趴下，计它拉犁它拉犁。姨父卸了它鼻子上的牛环，让它听话也已经不需要皮鞭。

此后，表哥再也无法和小公牛通感，物种隔离又让他们两个成为陌生的生物。表哥听不懂小公牛的牛哞，小公牛看表哥的眼神也已经充满陌生。

表哥说，在我梦里，它就用这种眼神看着我，我不知道它什么意思，但我想到了无题诗，就是没有题目的那些，"神女生涯原是梦，小姑居处本无郎""刘郎已恨蓬山远，更隔蓬山一万重"什么的。有那么一会儿,我觉得我跟这头公牛一样了,我觉得我跟李商隐一样了,李商隐也和公牛一样了。

我不明白表哥在说什么。

在手套厂上班,短时间内怕是不足以还清信用卡,表哥想了很久,决定还是要搞个副业。

他经过一番考察,发现这两年承包冰柜很赚钱,承包四十个冰柜,把冰柜装满雪糕,送到十里八乡的小卖店,每卖出一根冰棍儿他都有分成。

表哥开着破旧不堪的面包车,将这些冰柜运送到十里八乡,安放在一个又一个的小卖店里,包括艳丽老家所在的村子。

表哥常想,也许有一天,艳丽会从某个冰柜里买到一支冰棍儿,然后走着路,风吹着她的头发,她一点一点把冰棍儿舔化,那个时刻,她身上所有的词都是对于好看的形容词。

闲来无事,表哥喜欢一个人开着面包车在村里转悠,有时候就这么一直往前开,加足马力,面包车里放着镇上舞厅里放过的歌:"我说你潇洒,你说我漂亮,结了婚,就从来不再提起。"一直开到没路了,再掉头往回开,在平原上留下深浅不一、纵横交错的车辙,像是在笔记本上抄无题诗。

为了贴补表哥，大姨去别人家做保姆，照顾一个有羊角风的孩子。孩子平时没啥问题，一犯病，就倒在地上，像陀螺一样满地打转。这时候，大姨就要控制住他，安抚他，直到他安静下来。

别人都劝我大姨，干什么不好，干这个？在家待着不好吗？

大姨说，干这个挺好的，就当出来透透气，在家里憋得慌。

我表哥名字里有个"尧"字，尧舜禹汤的尧。

名字是我姥爷取的，显然对他寄予厚望。

表哥的儿子名字里有个"舜"字，延续尧舜禹汤的传统。

在我的家乡一直有这样的传闻，姓名如同一顶要伴随终生的帽子，时刻高悬于头顶，如果帽子太大，戴帽子的人可能会无法承受。

这当然是无稽之谈。

但不知道为什么，表哥出生以来，就像是一株南方植物，被老天漫不经心地栽种在了贫寒的北方，以至于对整个人间都水土不服。

表哥最喜欢背这一句："橘生淮南则为橘，生于淮北则为枳。"

我坐进表哥的面包车里，表哥说，带你去兜兜风。

其时，正值黄昏，太阳还没有完全落下来，斜斜地悬在天际，像个喷嘴，正把大片的余晖喷洒得到处都是。

表哥专心开车，我坐在副驾驶，反光镜上那个早已没了香味的香袋，在颠簸中晃来晃去，几乎要飞出去。

表哥看着晃动的香袋，没头没尾地跟我说了一句，我梦到艳丽了，

233

她在雨里。

我看着表哥,不知道该说什么。

面包车行驶在困倦凋敝但又无限开阔的华北平原上,这个季节,风很肥,麦子和杂草一同生长。

面包车驶入余晖,表哥突然开口问我,李商隐那首诗你学过吧?

我问,哪一首?

表哥说,就那首,"向晚意不适,驱车登古原。夕阳无限好,只是近黄昏",周传雄不是还唱过吗?

我说周传雄唱的黄昏,不是这个黄昏。

表哥说,都一个意思。

我看向他,他正透过风挡玻璃眺望夕阳,霞光在他脸上蔓延,使他的表情近乎庄严,全无以往的心不在焉。

远处,夕阳没入云层,烧出霞光,霞光点燃天际,整个华北似乎都在剧烈燃烧。

罐头里的张艳丽

"鸡头"

张艳丽，出生在一个盛产棉花的村子，村子里的建筑呈椭圆形排列，像是一个罐头的横切面。

北方村庄基本上由房屋、街道、耕地和坟地组成，人们世代穿梭其中，年轻人走出去又回来，老人等待着自己被埋葬进村里的集体坟地里。

生者和死者以耕地为界，似乎仍旧生活在一起。

张艳丽还不能记事的时候，她的父亲死于村子之间为了灌溉用水而展开的械斗，遭人用锄头击中了后脑，跑出去几百米才察觉到疼，趴倒在地上，像是睡着了。

张艳丽的母亲时年不到三十岁，索性跟着镇上卖太阳能的跑了，把张艳丽扔给了自己的二姐。

张艳丽自幼跟着二姨生活，打记事起就在灶前烧火。

某一年深秋，二姨父脖颈上嵌进了一把柴刀，断掉了一根长筋。二姨父命大没死，只是从此脖子有些歪，和村子后头那棵古老的歪脖子树攀上了亲戚。

作为唯一的目击者，张艳丽不肯多说，二姨父把话接过来，说，张艳丽拿柴刀吓唬他，他没被吓住，张艳丽就把柴刀扔到屋顶上，柴刀从屋顶上滑下来，砍在了二姨父脖颈上。

那天二姨父喝得实在太多，以至于柴刀砍到脖子上，也没有及时感觉到疼，还以为是被蜜蜂蜇了一下。

二姨父脖颈子上嵌着柴刀，在院子里转了两圈才倒在地上。

二姨父坚持，这一切都只是个意外。

东牧盛产棉花，一到了季节，棉花就炸出来，开得漫山遍野，像是从地上冒出来的雪。

张艳丽喜欢看棉花。

在她眼里，棉花跟雪花一样，白得晃眼睛，白得容不下任何杂质。

她时常一个人蹲坐在棉花地里发呆，等着棉花完全从壳子里冒出头来。

棉花秸子很易燃，尤其适合烧火，在灶里发出噼里啪啦的声响，煞是好听。她会趁着棉花秸烧着的时候脱下鞋袜，烤自己酸麻的双脚，直至脚心被火舌舔红，隐隐暴露出一些细微的青色血管。

村子里地多，庄稼长出来，地上就有了绿色，但冬天看起来极为凋敝。除了棉花好看，在张艳丽看来，这里再也找不出来第二个好处。她厌恶二姨家里的一切，厌恶二姨父喝完酒的眼神和身上浓烈的烟味。

二姨父脖子歪了之后，张艳丽跑到村子里的集体坟地，找到父亲的坟，躺在上面睡了一宿，也没觉得害怕。

二姨父受伤之后，张艳丽没办法再在二姨家里待下去，经人介绍，去了镇上的"芳菲足疗店"，给人捏脚。

和中国所有年轻或者年老的小镇类似，这里的足疗店和沙县小吃一样遍地开花。人们有了一点钱，就要变着花样找些享受。

足疗店深扎在地下，常年点着檀香，阳光照不进来，墙角渗出水珠，偶尔长出青苔，有时候是蘑菇，探头探脑的，甚至有点可爱。张艳丽觉得这里闻起来很像坟墓，檀香跟烧纸钱时冒出来的青烟一个味道。有时候，张艳丽会有一种自己已经死掉了的幻觉。没有客人的时候，她躺在按摩床上，为了躲避老板娘而不敢开灯，屋子里的黑暗是浓稠的，闭不闭眼睛并没有什么分别，烧纸的气味游进鼻腔，外面有许多稀稀拉拉的噪声，偶尔能分辨出一两个字词。她感觉自己似乎已经死去多年。

坟墓也是个罐头。

16号上钟！

老板娘把她从死亡中叫醒，她又要面对一双脚。

张艳丽见识过各种各样的脚，男人的，女人的，年轻人的，老年人的，生满老茧的，柔软得像不生骨头的。

有些脚很规矩，只在适当的时候表现出疼。

有些脚不老实，会往张艳丽胸前伸，想要努力踩到她发育不良的胸脯上。

在很长一段时间里，张艳丽的视野都被一双张牙舞爪的脚填满。这引发了她严重的后遗症，如果她闭上眼又猛地睁开，总是感觉一双脚正往自己的脸上踩。

她有时候也不明白，为什么自己年纪轻轻，就已经被人踩在脚底下了。

张艳丽记不清自己捏过多少双脚，但她的手劲越来越大。

除此之外，她还无师自通地学到了一样本事。

看脚相。

在张艳丽看来，每一双脚都不一样，或大或小，或肥或瘦，拇外翻和扁平足，脚底的纹路、老茧、伤口，乃至鸡眼，都是命运的折射。

起初，她并不确信自己真正无师自通地学会了给人看脚相。为了证实自己心里的看法，她边捏脚边和客人闲聊，问出她想问的问题。果不其然，客人去过的地方多不多，经历厚不厚，这些日子只是身体憔悴还是怀有心结，此刻是伤心难过还是意气风发，她都能看个七七八八。

张艳丽从未向旁人说起她的这项本事，她并不知道看脚相有什么用，谁会相信一个捏脚小妹对个人命运的指手画脚呢？

张艳丽也试图看过自己的脚相，但她的脚上纹路太少，也许是因为她过于年轻，还没有长出命运的伏线。

张艳丽爱吃罐头，一切罐头制品她都喜欢，尤其喜欢自己打开罐头那一刻,瓶子所发出的声响,听起来就是自由。

她吃黄桃罐头时,觉得自己就是被封印在其中的一片年幼的黄桃,还没有来得及长大,就被去皮去核关进铁皮里。

她从山东高密的农村到了镇上的芳菲足疗店,无非是从一个罐头,去往另一个罐头。

尽管封印使她产生了悠久的甜味,但作为那片黄桃的自己,所能尝到的,怕只有封闭的苦涩。

张艳丽每个月可以调休一天,她盼望这一天太阳很好,这样一来,她就可以什么也不干,带一本客人遗留下来的旧书,让自己置身地面,伸展在太阳底下,晾晒自己每一处皮肤。

她喜欢,甚至热爱晒太阳,至少晒过了太阳,她就觉得自己干净起来。那些因为长期见不到阳光而爬到她腹股沟的湿疹惧怕太阳,那些觉得活着没什么意思的糟糕念头,好像也惧怕太阳。

每到了这一天,她就从地下室里爬出来,或走在路上,或找个长椅呆坐,等着太阳一点一点把她晒透。

她的眉心先热起来,而后是脖颈上的血管,然后是前胸和后背。

最难热起来的是她的脚,她的脚总是冰凉,像是已经叛变身体,独自死去。

只有夏天,张艳丽穿上拖鞋,把自己的脚丫高举对着太阳,脚心才能一点一点暖起来。

旧书是一本诗集,诗是一个叫李商隐的唐朝人写的,有些她能看懂,有些她看不懂,看不懂她也看。

等脚心暖起来了,她就会想到足疗店临街上摆摊的那个贴膜少年。

他找张艳丽捏过脚,张艳丽看了他的脚相,脚纹繁复深重,脚后跟有茧,些许开裂,手贴上去,脚心的燥热就传出来,透露出一股迷茫和疲倦。

他挺吃劲,看得出来,走的路多,站的时间也长。

劳碌命,她心里想。

芳菲足疗店灯光幽暗,湿气从四面墙壁渗出来,香燃烧着,让人有些发晕,张艳丽和他闲聊,得知他叫房梁栋。

说起自己的名字,他还有点害羞,他告诉张艳丽,我爹以前教过书,民办教师,还没转正就不干了,肚子里有点墨水,给我取名房梁栋,是希望我成为国家栋梁,结果我初中就辍学了。

张艳丽不知道该说什么,就只能跟着房梁栋笑,房梁栋看着她,欠起身,说,我给你的手机也贴张膜吧,钢化防窥的。

张艳丽说,行。

房梁栋的膜贴得不错,严丝合缝,张艳丽晒太阳刷手机的时候就会想起他。

房梁栋又找她捏脚的时候,递给她一串项链,这是她人生中收到的第一份礼物。她慌张得不知道该怎么办,只能把他的双脚握紧,以此逃脱心里的窘迫。

房梁栋索性跳下来,说,来,我给你戴上。

项链冰凉，一接触张艳丽的脖颈，张艳丽就感觉自己像是树林里被捕兽夹俘获的野兽。

她看着房梁栋，慌张一览无余。其实连她自己也不知道，她给了他一个任人宰割的眼神。

休息日，张艳丽没能独自去晒太阳。

她像做贼一样远远地跟在房梁栋身后，走出去两条街。房梁栋拉着她进了一家小旅馆，前台直接告诉房梁栋一个房间号，房梁栋千恩万谢地离开。

房间还没打扫，白色床单上被子揉成一团，地上散落着纸巾和拖鞋，张艳丽有些不知所措。

房梁栋倒不在意，说，我认识前台，这房间客人刚退房，就不收我钱了。

张艳丽不知道该说什么，只能点点头，房梁栋已经扑上来把张艳丽压倒在床上。

太阳也还不错，张艳丽被按住脖颈趴在窗前的时候，太阳光正透过脏兮兮的窗户玻璃射进来，点燃了她年轻的脸。因为没办法控制自己的重心，她随着房梁栋的撞击而晃动，阳光就在她脸上扫过来扫过去，像是跟她闹着玩，感觉很舒服。她伸出手，想要抓住映照在窗台上的一小朵光线，刚握紧，光线就又逃到了她手指上。

结束以后，房梁栋说，咱结婚吧。

张艳丽被吓了一跳，结婚？

她没敢想，房梁栋说完这句话之后，她开始想了。

房梁栋却已经睡着，看起来累极了。

张艳丽就看着他睡。

他其实挺年轻，只是看上去显老，太累了，生活在盘他，像是盘一个年轻的核桃。

他蜷缩着，枕着自己的胳膊，像是昏倒一样沉睡。

张艳丽凝视他，用眼神抚慰他，她觉得自己心里有了点以前没有过的东西。

他翻了个身，醒过来，说，我想开个贴膜店，租个门面。老是摆摊，没有出息。有了店面，就能挣更多钱，挣了钱，我们买个小房子，住在一起，你就再也不用住足疗店的地下室了。你不是最喜欢晒太阳了吗？到时候你躺在床上，天天晒，晒完了正面，晒侧面。

张艳丽笑了，问他，那下雨怎么办？

房梁栋说，新房子，下雨也不潮湿。

张艳丽说，好，听你的。

房梁栋认真想了想，盯着自己的双脚，说，就是还差一点本钱。

房梁栋消失在一个雨天。

原本张艳丽觉得他只是因为下雨不出摊。等了好几个晴天，房梁栋也没出现，而她的皮肤却开始因为一直戴在脖颈上的项链过敏，起了大片的红疹子，到了晚上就痒得厉害。没有办法，张艳丽只好把项链摘下来，扔进了箱子里，从那以后项链就再也没有见过太阳。

房梁栋带走了张艳丽大部分的积蓄，虽然本身也不多，但已经是她能攒下来的极限。

就算这样，张艳丽还是不想把房梁栋想得太坏，毕竟他是第一个送自己礼物的人，他应该只是死了。他如果死了，张艳丽就原谅他。

房梁栋消失，张艳丽捧着自己的脚，费力地想看清楚自己的脚相。可她的脚实在太干净，纹路浅薄，像一张白纸，不像房梁栋的脚，纹路蜿蜒，几乎要长到脚面上去。她突然无师自通地明白，脚纹原来是走出来的。

她走的路还太少。

脏兮兮的小公共汽车压在打满补丁的沥青路上，张艳丽坐在最后一排，脚下踩着自己的箱子，回头透过玻璃看，凋敝的小镇像是被太阳晒去颜色的照片，一切看上去都陈旧不堪。

她一点也不留恋这里了。

"猪肚"

帝豪KTV，张艳丽和一帮分不清真实年纪的女孩们，在跳跃不休的灯光下站成了一排，像是摆在案头上的一块又一块肋排，任由客人挑选。

听从了主管的建议，张艳丽给自己取了一个艺名，上前报自己名字的时候，声音响亮，张秋怡，秋天的秋，心旷神怡的怡，来自山东。

张艳丽自己也不知道秋怡是什么意思，但秋怡两个字听起来洋气，也好发音，比那些 Nancy、Kelly 好叫。

每一首流行歌曲都被大哥们吼得声嘶力竭，大哥们的手在张艳丽身上车来车往，抱怨着她胸罩和内裤都穿得太紧。

大哥们的脚上穿着皮鞋、拖鞋、运动鞋，有时候干脆就脱了，穿着颜色各异的袜子。

张艳丽冷眼看着那些喝多了左拥右抱的男人，不知道自己最终的归宿是不是他们中的一个。

在 KTV 比在舞厅里挣得多，但张艳丽还是觉得在舞厅里开心一些。

舞厅里，男人和女人跳舞，大部分时间都没有人说话，黑暗中，大家都把对方当成是另一个人。

黑暗，安静，只有舞曲，她很享受。尽管除了她，这里每个人都不是真心在跳舞。

她一直觉得自己的双脚适合跳舞，踩在舞厅粗糙的地面上，透过鞋底传来一阵湿意，她就感觉自己只要足够用力就能飘起来。

张艳丽已经很少想起贴膜的房梁栋，他的面貌开始模糊起来，但她一直记得那个开二手面包车的，她在信里称呼他，尧。

他叫她艳丽。

张艳丽可以相信,尧和房梁栋不一样,尧是真心的,用虚情假意写不出那些信。

他给她讲了很多李商隐的诗,她终于知道那些旧书里五个字、七个字放在一起的意思了。

他是第一个带她回家见父母的人,她看到了他送来的三金一银。

张艳丽心里觉得对不起他,她不敢告诉他自己的职业。她说了谎,给他写信的时候,用了"服贸公司"的红格信纸。

张艳丽在信里说,自己在鞋厂上班。

但她也下过决心,结了婚,就离开这里。

每个人都配得上一个重新开始。

三金一银被二姨和二姨父扣下了。

二姨父没说话。

二姨说,也不能白养你这么多年。

张艳丽看着二姨父歪掉的脖子,没计较。

张艳丽等着他来。

她等到了他的父亲来打听她的身世,所谓的"验家"。

她的家没有什么好验的,那都不算是一个家。

但她说的谎瞒不住了。

他们到底还是计较,张艳丽也理解他们的计较。

他来找过张艳丽,他们在舞厅里见面,张艳丽从他的眼睛里看出了他的态度。

在张艳丽看来,这份计较不管具体是来自他的父亲还是他的家庭,归根结底都是来自他。

张艳丽觉得自己已经没必要解释了。

那就跳一个吧。

舞还没有跳完,她已经在心里判他有罪。
他永远也见不到张艳丽了。

张艳丽把啤酒、洋酒、红酒往大哥们嘴里灌,喝得越快,这个夜晚对她来说,就结束得越早。

等到大哥们东倒西歪在自己的呕吐物里,张艳丽终于可以和姐妹们一起下班了。

凌晨两点,从KTV走出来,眼影遮盖黑眼圈,香水味盖住烟味,夜风吹散一身酒气,高跟鞋踩在柏油路上,发出清脆的声响。

张艳丽回到和巧巧合租的出租屋——一个大一居,客厅和卧室连在一起,也没什么像样的家具,两张床摆在厅里,中间拉了个帘子,帘子上缀着不知名的小花。

马桶堵了,没来得及修,只能在床底放一个脸盆。

她拉上帘子,甩掉高跟鞋,瘫软在床上,连卸妆的力气都没有。

巧巧还没下班，屋子里就剩下张艳丽一个人。

张艳丽戴上耳机，听林俊杰唱歌，随手查了一下自己手机银行里的数字，数字每天增长，数字就是她的未来。

林俊杰唱道，确认过眼神，我遇见对的人。

张艳丽问自己，我对的人在哪儿呢？

开门声响，巧巧带男朋友回来了，两个人说着荤话，一点也不避讳。

巧巧的男朋友唐龙是开摩的的，每天把摩托车擦得锃光瓦亮，光可鉴人。他年纪和张艳丽差不多，喜欢染头发，恨不得每个月都换一个颜色，穿尖头带铆钉的皮鞋，九分裤，走起路来故意甩出嚣张的姿势，耳朵上打的洞比张艳丽的还多，骑摩托车从来不戴头盔，追求头发在风中飘动的效果。

和唐龙在一起的大部分时间里，两个人都是各玩各的手机，巧巧偶尔说几句话，唐龙总是慢一两拍，敷衍地应和。

张艳丽知道，唐龙的心思不在这儿，他的心思要么在网游里，要么在网络小说里，他靠着幻想和对着电脑屏幕砍砍杀杀来发泄剩余精力，或许这也是一种出逃。

人都这样，"活在哪儿"跟"想活在哪儿"，差着十万八千里。

张艳丽不知道唐龙是不是巧巧的对的人，但巧巧不介意唐龙没钱，唐龙也不介意巧巧的工作。巧巧说，有人陪着总比自己一个人强，就算是罐头里的沙丁鱼,身边也有同类伙伴。

巧巧喊张艳丽,问她,要不要一起吃烧烤?

张艳丽假装已经睡着。

隔着一层帘子,张艳丽听见巧巧和唐龙在调笑。

张艳丽想到了房梁栋,不知道他是在哪儿,什么时候,以及怎么死的。

想着想着她就睡着了,她看见歪脖子的二姨父对她憨笑,伸手去解她睡衣的裤带,她打开他的手,他的手又摸上了她的胸口,她给了他一巴掌。她醒过来,眼前二姨父的脸变成了唐龙。

她要喊,唐龙捂住了她的嘴,她咬住了唐龙的手,唐龙把疼咽下去,手不敢动,下意识地用另一只手掐她脖子,床被晃响。灯亮了,黑暗像帘子一样被拉开,他们两个就像是站在了舞台上。

巧巧就站在床边,咬着嘴唇看着他们。

唐龙连夜走了,张艳丽跟巧巧说明情况,巧巧仍旧盯着她,问她,我有男朋友,你没有,你就想抢?我拿你当姐妹,你抢我东西,我的东西我扔了也不能给你。

张艳丽甚至怀疑自己刚才没说清楚,还想再说一遍。巧巧从床底把脸盆端出来,迎头泼向张艳丽。

张艳丽从帝豪KTV辞了职,从和巧巧合租的房子里搬了出去,暂时没找到住处,就找了个招待所先住下。她每天白天都出去找工作,晚上就回来吃泡面。

电视里播出扫黄行动的新闻，唐龙和巧巧中间隔着几个衣不蔽体的男女，每个人都光着脚、抱着脑袋，眼睛在摄像头和手电筒的照耀下闪着红光，像兽类。

张艳丽在一家叫"头发乱了"的美容美发店里，给客人洗头。

洗头比捏脚轻松，头皮比脚底松快，在人的头顶工作，总比在脚下舒服。人用双脚行动，用头颅思考。她捏脚练就的双手柔软又不乏力道，手指肚贴着头皮按下去，感受着每一个颅骨的硬度，两个拇指微微潜入两侧太阳穴的凹陷处，剩下的八根手指在头颅的两个半球往复，头发梢适度扫过面颊，有时是鼻腔，客人往往闭上眼睛，享受这一刻的舒爽。她趁机报上自己的号码，先生，我是69号，下次来可以直接报号码，你也可以叫我秋怡，秋天的秋，心旷神怡的怡。

老大来洗头的时候，两条胳膊都缠满了绷带，脖子上的伤疤长成了狰狞的样子，横断了后背上的繁复的文身，似乎是两条龙。别的女孩都害怕，推脱，张艳丽说，我来吧。

老大躺下，一身壮硕的肌肉几乎是互相攀比的活物。老大仰着头看了张艳丽一眼，觉得脸生，问，你新来的？

张艳丽给他涂上泡沫，说，来了一个月了。

老大眼睛微眯，感受着张艳丽十指的力道，舒服得直哼哼，感叹，你手劲挺大啊。

张艳丽也不掩饰，说，我以前是捏脚的。头比脚硬，但头不如脚受力。

老大愣了愣，随即哈哈大笑，你以前是个捏脚小妹，现在是个洗头小妹了。

张艳丽说，那不止，我还在KTV里当过公主。

老大笑得更开心，后脖颈的疤痕都在颤，说，你挺幽默，公主好，没有人不喜欢公主。

泡沫流到了老大脖子上，张艳丽伸手过去擦掉，感受到了伤口的沟壑，挺深，两侧都增生了，摸起来像是蝎子壳。

她想起了二姨父，心里升上来一股恨意。

老大感受到了张艳丽的抚摸，问她，想不想知道疤咋来的？

张艳丽语气很冷，说，不想。

老大眼睛睁大了，脖子一梗，说，你会不会说话？

张艳丽无奈，说，你想说就说吧。

老大这才恢复了舒服的姿势，回味无穷似的，说，砍的，我一个人，对十几个人，那血滋出来，都冒热气。那刀，长的，砍进我肉里，我梗住脖子，刀就卡住了，拔都拔不出来，你说我硬不硬？

张艳丽不置可否，说，硬是硬，但你得打破伤风。

老大被张艳丽的话噎住了。

老大再回来的时候，是两天以后，他点名让张艳丽洗头，这次要求干洗。

老大对着镜子，泡沫在头发上炸开，他透过镜子，看着冷着一张脸的张艳丽，觉得伤口跳动，说了句，我那天打破伤风了。

张艳丽愣了愣，才想起这事儿来，点点头，没说话。

趁着店里没什么人，老大抬手，擦了一下快滴到眼睛里的泡沫，直盯着镜子，看张艳丽的身段，压低声音来了一句，你长得像我死去的母亲，你能让我叫你一声妈吗？

张艳丽愕然，还没说话，老大动了动嘴唇，张艳丽生怕老大真的叫她妈，老大却又把那个字咽下去，把自己逗笑了。他往上翻着眼珠看张艳丽，笑得喘不过气，我逗你玩的。

自那之后，老大常来。

老大自称老大，却一个小弟也没有，据他自己说，他是在道上混的。

可这个"道"到底是什么道，老大从来没说过，好像也没什么人知道，也没什么人在乎。

只有张艳丽忍不住问老大，道是什么道？

老大说，猫有猫道，狗有狗道。

张艳丽问，那你是猫道还是狗道？

老大说，我是狼道。狗走遍天下吃屎，狼走遍天下吃肉，我是吃肉的。

老大出手挺豪爽，充卡一充充三千，张艳丽有提成，老板让张艳丽好好维护客户关系。姐妹们打趣，早知道老大第一次来，我们给他洗头就好了，大头小头都能洗。

张艳丽就笑，说现在你们给他洗也不晚。

姐妹们一迭声地哀叹，他只找你，弄不好是看上你了。

张艳丽心里有点嘀咕。

晚上快下班了，店里就剩下张艳丽，老大来了。
洗完了头，老大问张艳丽，你住哪儿？
张艳丽有点警惕，含糊地说，就住附近。
老大没说话，照了照镜子，摸了摸头，说，挺晚了，我送你吧。
张艳丽说不用。
老大说，我不是坏人，坏人不能一直给你充卡。
张艳丽像是被捏住了命脉，开始收拾东西，不说话，店里只有张艳丽收拾东西的碰撞声。
老大给自己点了根烟，安静地等着。

张艳丽收拾完，十点半了，往回走，七拐八拐。老大跟在身后，说，这是走进羊肠子里了。
张艳丽觉得好笑。

老楼，半地下，透过窗户能看到路人的脚。
一杯水摆上来。
老大在狭小的沙发上蜷缩着，地上全是杂物，无处下脚。
屋子里潮湿得很，晾在窗前的衣服还滴着水。
张艳丽在厕所里卸妆，厕所连个门都没有。
老大扭着屁股，像是坐在了烙饼的鏊子上，眼睛也不知道该往哪里看，挺难受。

等张艳丽从厕所里出来,杯子摆在桌子上没动,老大不见了。

第二天早上,一大早,张艳丽听到敲门声。
张艳丽开了门,老大扛着一扇推拉门站在门口。
张艳丽叼着牙刷,有点愕然地看着老大给她的厕所装上一扇门。
老大说,厕所没门,那哪行呢?你想不想换个地方住?
张艳丽看着老大满头大汗,又一脸严肃,不像是在开玩笑。
她说,我给你捏捏脚吧。
老大有点蒙,但还是点了点头。

老大躺在沙发上,双脚在张艳丽怀里。张艳丽轻车熟路,捧着老大的脚,观看老大脚上纵横的纹路,繁复,深浅不一,她试图看出老大的脚相。
老大觉得好奇,你倒是捏啊。
张艳丽给了老大力道,老大疼得脸发紫,但忍着。
张艳丽说,肝反射区,你肝不好,是不是老受气?
老大一怔,然后猛摇头,瞎说,谁敢给我气受?
张艳丽又捏进去,老大疼得弯成了大虾,看着张艳丽。张艳丽说,脾也不好,心事重。
老大把疼咽下去,说,确实有点日理万机。
张艳丽说,我有两个要求。
老大说,你说。
张艳丽说,第一,你不要充卡了,你把钱给我,按月给。
老大说,行。

张艳丽说，第二，你不能动手打我。

老大说，我从来不打女人。

老大给张艳丽租了个房子，也不算大，但是朝南，阳光能照进来，把什么都晒热，衣服也能晒干，每天穿新洗的衣服，就会心情很好。张艳丽受够了潮湿和阴冷，觉得她比植物更需要光合作用。

老大每周来三天，有时候是两天，每次回来都带着伤，或大或小，或深或浅，像是要在身上开伤痕博览会。

脸上是抓伤，像是猫挠的，指法凌厉，挠掉了里面的皮和肉，皮肤像是刚犁出来的地，里面还泛着潮湿。

胳膊是烫伤，似乎是来自烟头，趁烧着的时候按进去，烫出一个陨石坑，张艳丽在电视上见过陨石坑。

后背像是被皮鞭抽的，像顽童的书法。

张艳丽每次参观这些伤口和疤痕，心里都感叹，道上打架斗殴，花样还挺多。

张艳丽在家里准备了碘酒、酒精、棉棒什么的。

她每次也不问，只管按着老大给他的伤口消毒，下手狠，老大每次都疼得龇牙咧嘴。

半夜，张艳丽被老大的梦话吵醒。一开始，老人嘟囔，含含糊糊，听不清。等他再说，几乎是喊出来了，张艳丽听明白了，老大喊的是，汪汪汪，我是狗。

张艳丽看着老大，睡意全无。

张艳丽偷偷跟着老大,一路走,进了一个小区,挺豪华,看着跟城堡似的,小区楼下有一片健身器材。

一个一脸医美痕迹、五十多岁的女人,嘴里叼着一根烟,正和一个七八岁的男孩玩。

张艳丽躲在树后面。

老大顿了顿脚,然后迎过去。

男孩看了老大一眼,有点不情愿,叫了声叔叔。

老大赶紧答应。

女人却二话不说,抬腿就是一脚,踢在了老大腰眼里。老大弯了弯腰,像是卸力一样把疼卸掉,满脸讨好。

女人白了老大一眼,问他,昨晚又死哪儿去了?

老大嗫嚅,不是说睡单位了嘛。

女人拎着烟,放屁,又去洗桑拿了吧?

老大否认,没有,我已经不爱洗澡了。

女人逼视老大,你跪下。

男孩看了老大一眼。

女人说,你自己去玩。

男孩跑出去。

老大说,回去跪吧。

女人说,回去跪是回去的,我让你现在跪下。

老大有点为难,左右看了看,犹豫了一会儿,还是跪下了。

女人说,你张嘴。

老大犹豫了一下,张开了嘴。

女人把嘴里的烟头按到了老大舌头上,老大一声没吭。

老大再来的时候，张艳丽告诉他，我都看见了。

老大问，你看见什么了？

张艳丽说，什么都看见了。

老大沉默了。

张艳丽说，你有老婆孩子，为什么还找我？

老大说，孩子不是我的，她也不是我老婆。

张艳丽不明白。

老大说，没扯证，就是一起过，她带个孩子，给别人生的。她有钱，我需要钱。她有点癖好，我满足她。她不跟我扯证，怕我分她财产。她快五十了，我还年轻，我不会一直这样，我就是挣点钱，她的钱也是这么挣下来的。你等等我，我对你是真心的，等几年，咱俩好，离开这里，去哪儿都行。

张艳丽说，那现在走。

老大说，现在走不了，钱还没挣够。

张艳丽说，干别的也能挣钱。

老大说，挣了这个钱，你就觉得干啥挣钱都慢了。

张艳丽看着老大，说，你给我买几个罐头吧，黄桃的。

老大怔了一怔。

张艳丽和老大一起吃黄桃罐头。

黄桃新鲜，像是刚宰杀的，水灵灵的。张艳丽吃得贪婪，牙齿嚼碎黄桃，果肉的汁液从嘴唇冒出来。

直到把老大买回来的罐头都吃了个底朝天，张艳丽打了个饱嗝，黄桃的气味从身体深处冒出来，她觉得满足，又有点想哭。

老大一直没说话。

张艳丽看着他，跟他说，其实我不叫张秋怡，我叫张艳丽。

老大点点头，张艳丽更好听。我也没在道上混，我不是狼。

张艳丽说，谢谢你给我安的那扇门，你也给自己安一扇门。

老大不说话了。

等老大再来看她，张艳丽已经把房子收拾整齐、打扫干净，像是她从来没来过一样。

老大手里拎着的黄桃罐头跌落在地上，许多鲜亮的黄桃泥鳅一样从满地破碎的玻璃里滑出去，逃得到处都是。

"狗尾"

张艳丽到上海的时候，赶上了梅雨天。雨几乎从所有的缝隙里渗出来，走在路上，伸手抓一把风，都能攥出水来。张艳丽第一次知道，原来南方的雨水不只是从天上下下来，还会从建筑里冒出来，从树梢上抖下来，从脚底下钻出来。

她暗恨自己选错了城市，但又忍不住对这里的向往，这里可是上海啊，既然是海，肯定是潮湿的。

老大给她充的卡让她有点余力，可以自己租一间老房子。房子位于一个老旧的小区，房龄应该在三十年以上，外墙墙皮剥落，没有电梯，小区里的绿化因为没人修理而过于茂盛，状若野生。在小区中心，还有一个人造湖，湖水碧绿，有潮气，但没有臭味，据说水很深，里面还有鱼。

生长于北方的张艳丽，突然发现自己一直在和潮湿打交道，逼自己适应，似乎就是为了有一天只身来到南方。

张艳丽对小区挺满意，这里居住的大部分都是老人，说上海话，声音细密，声调绵长。她努力几次，都听不真切，后来无师自通，虽然不会讲，但几乎能全部听懂了。

屋子里，也一样在下雨，雨水似乎早就潜伏于屋子里的各个角落，等到梅雨季节，就从各处钻出来相聚。负责收集雨水的干燥剂盒，几天就能囚禁一整盒雨水。霉斑躲在墙纸后面，墙纸鼓胀，像在呼吸。

张艳丽躺在床上，嗅到雨水发酵，以及灰尘、水泥和旧家具的味道。床单和被罩也因为潮湿而肉津津的，盖在身上，凭空也能生出黏腻。

这里更像是一个罐头了，一个坠入海底的罐头。

但这可是上海啊，就算是罐头，也是一个巨大而繁华的罐头。

楼下有一家餐馆，据说是老上海人开的，供应黄鱼面、炸排骨和蟹粉馄饨，价格还在承受范围之内。张艳丽每天去吃，赶在饭点之前，占据一个靠窗户的座位，透过窗户上的大片玻璃，看滑落中的雨水给行人添上滤镜。她吃着蟹粉馄饨，看出去，像看电影。

找工作找了一个多月，一无所获，学历把她挡在门外，姿色在学历面前好像突然失效，她甚至听不懂对方对工作的要求。她痛恨自己读书太少，她不知道那些穿梭在写字楼里，一身小西装配黑裙，端一杯咖啡的女孩，到底在忙些什么。

虽然存款还有余力,但她自己害怕了,怕没钱交房租,怕吃不上黄鱼面,越想越怕,越怕就越想。

晚上,在雨水占据的房子里,她发起高烧来。

她翻遍了抽屉,没找到退烧药,想睡一会儿,但睡不着。她努力穿好皱巴巴的睡衣,扶着墙出门,记起来转角处有一家24小时药店。

夜间购药请按铃。

她按响了铃,扶着墙让自己不至于倒下去。她觉得自己脚下虚无,向来有力的双脚此刻像是踩在东牧所盛产的棉花上。

过了好一会儿,药店里四十多岁的老板揉着眼睛出现在窗口,扫了张艳丽一眼,问她,哪儿不舒服?

张艳丽就着热水,把退烧药和消炎药一股脑吃下去。

药店老板就看着她。

张艳丽一摸口袋,发现睡衣没口袋。

张艳丽看了药店老板一眼,说,我上去拿。

药店老板说,算了,你就住附近吧?

张艳丽点头。

药店老板说,小姑娘家,一个人蛮不容易,我再给你拿点维生素。

张艳丽环视四周,药店不小,中药柜子和西药货架相邻,还有点交相辉映,店里的药味儿让她觉得安心。

药店老板打了个哈欠,说,困死了,现在的年轻人,说不干就不干了,害得我大半夜还要值班。

张艳丽觉得自己因为发热而舌头僵硬，说了一句，你看我行吗？

药店老板好像是一下子清醒过来，开始上下打量张艳丽，看到她穿着人字拖的双脚，红色脚指甲闪了一闪。

药店老板姓沈，还给自己取了个号，叫药王沈。

药王沈说自己来自中医世家，祖上三代行医，尤其擅长妇科，开药就能治不孕不育。

他爱养生，保温杯里常年浸泡各色不明药材。他告诉张艳丽，人吃五谷杂粮，五脏六腑都要滋补。

给药王沈倒水的时候，张艳丽闻到他杯子里浓烈的中药味，呛眼睛。

没有人来买药的时候，药王沈就让张艳丽给他磨墨，他挽起袖子写书法，每一个字都写得很瘦，像是露着骨头，跟药王沈本人有点像。张艳丽认出来，他写的是一副对联：但愿人间无疾病，宁愿架上药生尘。

药王沈说，这叫瘦金体。我字瘦，人也瘦，有钱难买老来瘦。

张艳丽每天都化妆，很淡，药王沈看不出来她化了妆。

她穿个白大褂，里面穿小裙子，踩个小皮鞋，走路咯咯响。

店里没人的时候，张艳丽就把小皮鞋脱下来，坐在凳子上揉自己的脚。药王沈有意无意地盯着她的脚看，她每隔一段时间，就把脚指甲的颜色都换掉。

趁药王沈睡着，张艳丽看过他的脚相。

他的脚比他的脸看上去还要老，皮肤粗糙，生出老茧，纹路比一般人要杂、要密，斜纹多，爱算计。闲不住，常走动，走勤劳致富的路线。心脏不太好，生过一场大病，未必会长寿。

张艳丽觉得药王沈这个药店的位置不错，临近四五个小区，又位于交通干道，门口的招牌也醒目，粗略地计算了一下，每天的营业额三千到五千不等。

药王沈话多且密，聊开心了什么都往外说。他结过一次婚，老婆死了，没孩子，在徐汇有个老房子，一百平，等着拆迁。

夜里过了十二点，药王沈还不走，问张艳丽饿不饿。不等张艳丽回答，药王沈就抱出电磁炉，煮上一锅水，里面煮泡面，撒一把黑枸杞，扔几片西洋参，吃起来甜中带苦。药王沈说，这样就有营养了。

药王沈给自己倒了一杯药酒，问张艳丽喝不喝。张艳丽问，泡的是什么酒？

药王沈说，补肾的。

张艳丽说，我肾挺好。

药王沈笑笑，然后自己就着药酒，和张艳丽一起吃黑枸杞西洋参泡面。

张艳丽坐了一天，店里有点闷，她妆有点花，带着残妆吃一碗热面，眼睛微红。

药王沈吃饱了，就透过热气看着她，看一眼她，喝一口酒，好像是把她当成了下酒菜。看着看着，药王沈的表情变了几变，一会儿怜爱，一会儿怒视，一会儿又怀疑，不知道心里在想些什么。

　　张艳丽没注意这些，吃完了面，连汤也喝了。她有点习惯了这些药的味道。

　　药王沈把杯子里的药酒喝完，一把抓住了张艳丽的手。张艳丽没躲，看着他，像在逼视一个犯人。
　　药王沈说，你就打算一直一个人？
　　张艳丽得逞似的笑笑，不然呢？
　　药王沈一咬牙，说，你跟了我吧。我前妻走了，我自己一个人过。我有房子，还有这个药店。我有手艺，懂妇科。跟了我，我不亏待你。
　　面对药王沈滚烫的眼神，张艳丽也不躲，只是说，你还不了解我。
　　药王沈摇头，以前的我不问，我只在乎以后。
　　张艳丽把脚上的小皮鞋蹬掉，掉在地上，发出两声吧嗒响。
　　药王沈身子顿了顿。
　　张艳丽说，我脚酸。
　　药王沈反应过来，蹲下去，一把捧起张艳丽的脚，说，我给你揉揉，我懂穴位。

　　张艳丽抬起双脚，感受着药王沈掌心里汗津津的温热，几乎是把药王沈踩在脚下了。
　　她有点贪婪地嗅探着药店里中西药的药味，她觉得她找到治疗自己的药了。

263

住进药王沈老房子的第一天晚上，药王沈抬起头来，看着自己的一手血发蒙。

张艳丽躺在那里，仰头看着他，一滴眼泪适时从眼角流下来。

药王沈慌张起来，抱住了张艳丽的腿，脸埋下去。

张艳丽心里却在发笑，她有她的伎俩。让男人更在乎你，只需要一滴眼泪和一瓶红药水。

男人在这方面，无知而可怜，他们在乎的东西，恰恰是她最不在乎的。

药王沈迷恋张艳丽的脚，白天店里没人的时候，他也想捧在手里。他跟张艳丽说，你的脚跟没有骨头一样。

张艳丽说，我的脚心能夹碎核桃。

药王沈不信。

张艳丽就用两个脚趾拧药王沈腰上的肉，疼得药王沈直叫唤。

晚上在老房子里，药王沈坚持要给张艳丽洗脚，用药汤洗一遍，洗得很认真，每个脚趾缝里的豁口都要洗一遍，洗完了，给张艳丽擦干。

张艳丽问药王沈，干吗这么喜欢给我洗脚？

药王沈说，人有脚就会走，把脚伺候舒服了，人就不愿意走了。

张艳丽有点没听懂。

药王沈指了指药汤，说，这是我的秘方，寒从足底起。

张艳丽都有点感激了。

药王沈把张艳丽的脚放在床上，又端详了一阵，说，这锅药汤可以喝。

张艳丽觉得好笑，那你喝啊。

药王沈一只手握住张艳丽的脚，你觉得我不敢？

张艳丽盯着他，你喝，像狗一样趴着喝。

药王沈笑了笑，真的趴伏下去，像狗喝水一样。

张艳丽有点蒙，看着药王沈。

药王沈抬起头，鼻尖上滴着水，看张艳丽，说了句，你不懂，你的脚也是一味药。

张艳丽笑了，像在庆祝一场胜利。

她跟以前不一样了，她不会再被男人欺骗，也不会轻易交付自己的真心。她知道她不能完全展露自己的心思，跟谁也不能。永远让人捉摸不透，男人才离不开你。而你的行动总要和心里想的相反，你心里想留下，你的脚就总是要做出要走的姿势。

药王沈的药汤熬得浓稠，他每晚都会喝掉张艳丽沈脚的药汤，他的气色红润起来，眼睛里总是发亮。

药王沈习惯于把药材往各个地方放，水里、汤里、酒里、枕头里。药王沈说，动植物是药，人也是药，你就是我的药。

张艳丽开始穿更好看的衣服，踩更贵的鞋子，不用操心自己的存款了。实际上，这里的一切都会是她的，她只需要一点时间。

她睡得很好，哪怕在雨天。

夜里，她醒过来，看见药王沈的脸正贴着她，脸上的青筋像是虫子在爬，眼神里几乎要透出仇恨的火光。

她从没见过药王沈这样一张脸。

她不解，在想自己做了什么，药王沈已经掐住了她的脖子。她手脚乱动，药王沈骑住她，几乎声嘶力竭，贱货，又偷我的钱！我让你偷我的钱！

挣扎中的张艳丽终于找到了发力的位置，一脚蹬在药王沈的小腹上。药王沈腰一弯，滚到地上，爬起来，看着欠起身剧烈咳嗽的张艳丽，像噩梦惊醒的人。

张艳丽把窒息咳出去，问他，什么钱？我什么时候偷你钱了？

药王沈只是喃喃，我找不着了，哪儿都找不着了，房子里就我们两个人，不是你偷的，是谁偷的？

张艳丽不明白，我不知道你的钱放在哪儿了。

药王沈说，你知道，你什么都知道，你的眼是眼，你的嘴是眼，你两腿之间也是眼。

张艳丽说不出话。

药王沈爬起来，在房子里大呼小叫，四处翻找，扯碎张艳丽的每一件衣服，钻床底，扯抽屉，撬瓷砖，中邪一样。

张艳丽恐惧而恍惚地看着状若癫狂的药王沈，瑟缩成一团。

天快亮的时候，药王沈从屋子里的废墟里重新生长出来，又跪在了张艳丽面前，抽自己耳光，啪啪作响，直到把脸抽得通红。他给张艳丽磕头，说，我错了，我找着了，我想起来了，是我自己换了个地方,我忘了。是存折,还有房产证。你别想偷,我两天就换一个地方,你找不着,你永远都找不着。对不起,我弄错了,你没动。但你今天没动,不代表你明天不动。我老婆,我前妻……她偷了我的钱,跟别人跑了,跑得远远的,给别的男人生孩子,花我的钱,养别人的孩子……我恨,我也怕,我恨她这样,我怕你也这样。你不能和她一样,谁也不能和她一样,谁也不能动我的钱,谁也不能。

张艳丽看着药王沈,心里觉得恐惧,但她本能地没有发作,尽量让自己的语气轻描淡写,只是说,我困了。

药王沈给她盖好被子,像是哄孩子一样哄她睡觉。她把眼睛闭起来,尽量使自己的呼吸均匀,做出来睡着的假象,直到药王沈打起了呼噜。

她一点都没有睡着,雨水中,天也一直没有大亮起来,阴沉沉的,像一直关着灯。

白天的药王沈看上去一切都正常起来。

等药王沈出去进药,留下她一个人在药店里看店,她打算离开,可是药店里的药味留住了她。

她抽出一个又一个的中药柜子,里面有冬虫夏草,也有切片的鹿茸,她知道这些药能治好她的颠沛流离。除了药王沈,房子、药店和存款,也许就是她这一路走来的奖赏,她的病也该治好了。

二姨父、房梁栋、老大,他们都教会过她一些东西,她学以致用了。

她用双脚感受着药店里瓷砖地面的凉意,看着外面斜下来的雨丝,目之所及,什么都湿漉漉的,许多事物都黏在一起,包括人的心思和是非,这些都没有人们宣称的那么清爽。

至于药王沈,他肯定不是药王,药王不可能治不好自己的毛病。

不过话又说回来,人都有点毛病,有的人的毛病在身上,有的人的在心里,她和药王沈彼此彼此。

她没有把双脚迈出去,她有了主意。

药王沈对自己的失态很自责,给张艳丽买来了很多黄桃罐头,张艳丽却不想吃。

药王沈有点慌,张艳丽的眼睛也开始下雨了,她哭起来,一哭就止不住。

张艳丽说,既然你防着我,那我就走。

张艳丽的脚往外走。

药王沈跪下来,抱住她的双腿,求她,我错了,你别走,你走了我活不了了。

张艳丽俯视他,问,你不是药王吗?你怎么活不了?

药王沈抱紧她的双腿,说,你可怜可怜我,我是怕了,被女人吓破胆了。

看着药王沈的样子,张艳丽突然就想到了老大,想到了包养老大的那个女人。她一下子就有点理解那个女人的快感了。

张艳丽指了指一罐黄桃罐头,说,你打开。

药王沈不明所以,打开罐头。

张艳丽说，倒地上。

药王沈不明白，但不敢不从。他把黄桃罐头倒出来，黄桃的气味飘散在药味里，闻起来像某种儿童制剂。

药王沈看着张艳丽，张艳丽踢掉脚上的鞋子，光着脚踩在地上滑腻腻的黄桃上，逐个踩碎，踩黏。有几块黄桃逃出去了，她又用脚抓回来，踩下去。

药王沈看着张艳丽的动作，明白了，眼睛里有了光。他不等张艳丽开口，就跪下来，双手捧起地上软烂的黄桃，兽类一样，大口吞食。

张艳丽看着他贪婪的样子，脸上终于有了笑容，她不用走了。

这之后，药王沈对张艳丽言听计从，也没有再像上次一样发疯。

张艳丽想，她熬过来了。

药王沈把一张存折给了张艳丽，说，存折你拿着，里面是我所有的积蓄。

张艳丽看了一眼，说，我在乎的是人，不是钱，我不爱管钱。

药王沈看着张艳丽，眼睛里又亮了起来。

张艳丽松了一口气，她识破了他的试探。

药王沈给张艳丽端水，里面泡着各色的草药。药王沈说，滋补的，都是名贵药材，你体寒，要多喝。

张艳丽接过来，喝了一口，药味苦辛，有点回甘。

药王沈拉着她的手，说，我会把你身上的小毛病全治好，你得长寿。

张艳丽没说话，一口一口地把泡草药的热水喝干。

张艳丽睡熟了，梦到她又回到了东牧的棉花地里。正赶上棉花成熟，白色的棉花从花苞中逐个爆出来，像是一连串的爆炸。棉花被炸到了空中，就变成了雪，或者是雪变成了棉花，总之天地之间一片银白，一切都是软的，棉花堆积在一起，堆成一团云彩的样子。她踩着棉花一步一步爬上去，脚下很软，感觉不到自己的双脚，但她一直向上，越爬越高，直到开始俯视地面上的一切，所有事物看上去都很干净。然后棉花突然陷下去，她和飘落的棉花一起飘落，身体就和棉花一样轻飘飘的。她感觉自己成了雪花，也成了棉花。

她嗅到了屋子里的潮气，以及浓烈的药味，听到雨水细细密密地淋在玻璃上的声响，还有药罐子被蒸汽顶开的嗡鸣。她舔了舔自己的牙床，觉得口腔里发干，想慢慢把眼睛睁开，眼皮却很沉重。她又试了一次，眼前亮起来，白炽灯的灯丝在叫嚣。她看见药王沈穿了一件淡蓝色的无菌服，手上戴着贴肉的手套，口罩和帽子遮盖了他脸上大部分的特征，只有一双眼睛露出来，眼神里透露出一股狂热和怜悯来。她察觉到自己动也动不了，手脚似乎都没有长在自己身上。她看到药王沈手里细小的手术刀，她在电视上见过，冷而锋利。她闻到了酒精的气味，一些酒精在她一双膝盖上涂匀，摊开，但她感觉不到酒精的凉气。她想喊，却感觉不到自己的舌头。她觉得她全身上下的器官都在各自为政，互不相认。她唯一能动的只有她的眼睛，她看着药王沈，药王沈察觉到她醒了，看着她，对她笑，告诉她，很快，也不疼。孙膑为什么叫孙膑，你知道吧？

张艳丽不认识孙膑，也不知道孙膑是干什么的，但她很害怕。

药王沈说，看不出来，只有一点点疤，算是微创。我保证，你的腿、你的脚，还跟原来一样好看。我每天给你熬药，给你按摩，给你泡脚，我养着你，这样你就不会走了，你就永远留下来了。只要你留下来，我的什么都是你的，全给你。你的腿不能走了，我就不用防着你了，我们之间就什么也不隔着了。没有人真的在乎你，只有我在乎，我这是爱你，你现在可能不懂，以后就懂了，懂了以后，你会谢谢我。外面有什么好的？外面什么都没有。留下来，留下来吧。你要什么，你开开口，我给你买回来，你什么也不会缺。我把肾补好了，你会给我生孩了，生一个，生两个，生三个，我养得起。

张艳丽觉得双眼的眼泪慢慢盈满，但她感觉不到眼睛里眼泪的温度。眼前的药王沈有了模糊的重影，外面的雨像是要一直这样下下去，直到钻进每一个干燥的角落。雨让整个上海变得浓稠，风也像是液体，要是轻轻把上海摇晃一下，就会发出咕咚声。人们互相不认识，没有人在乎她的下落，那些离她而去的男人早就忘记了她。

她听着雨声，一切都黏腻起来，包括人的心思和是非。她口很干，很想吃一罐黄桃罐头。

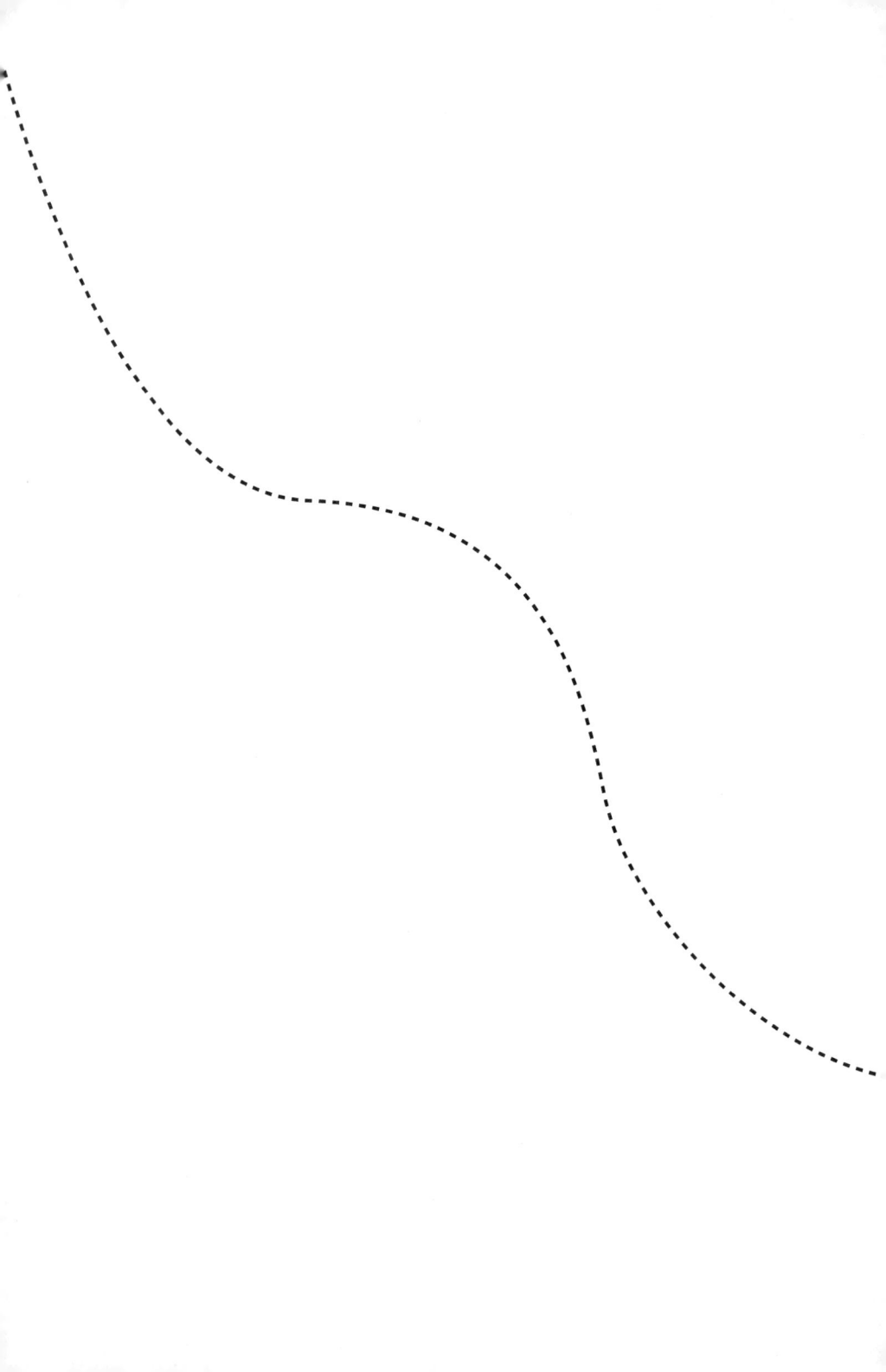

刺激 1995

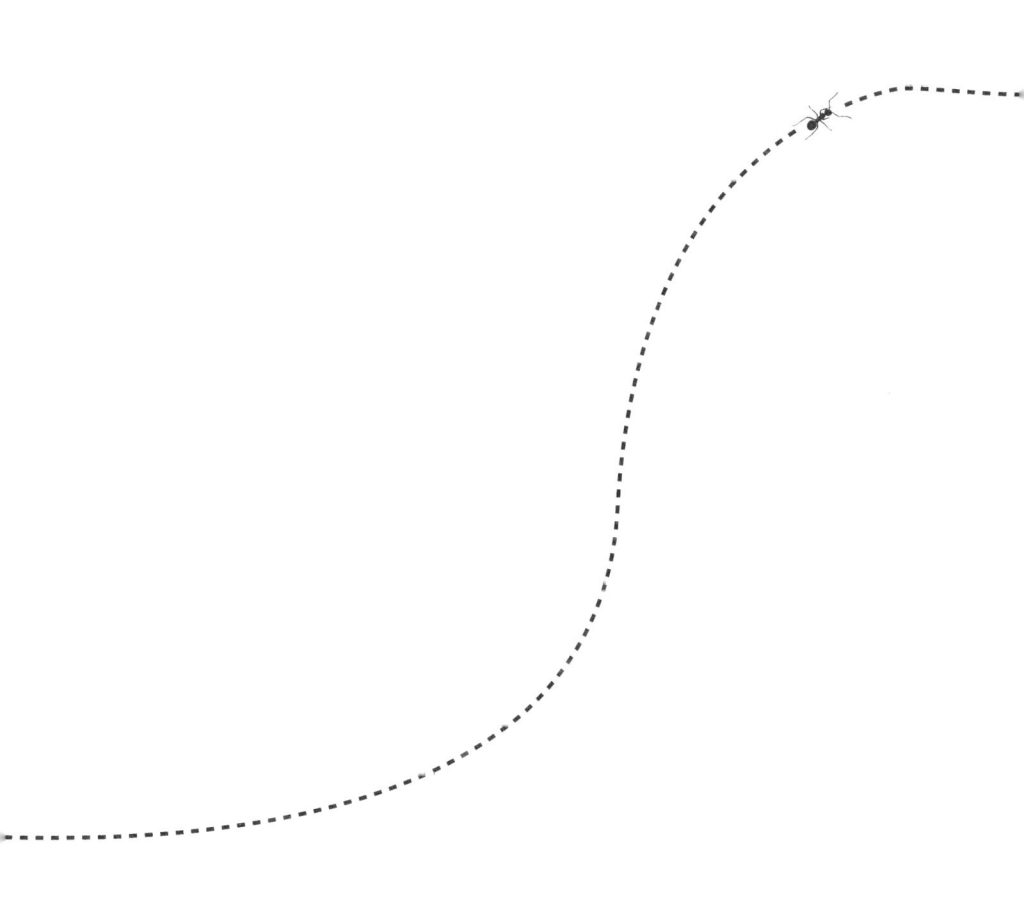

杨学东在胜利街经营一家名叫"真美丽"的理发店，能理发，也能洗头。

趁着孟美丽出去买菜，杨学东把洗头小妹拉到里间，洗头小妹半推半就，录音机里刺啦刺啦地放着《九九女儿红》，九九女儿红，洒向那南北西东。

里间门打开，洗头小妹给自己扣着扣子，骂骂咧咧地往外走。杨学东追上来，往洗头小妹手里塞了张百元大钞，赔着一脸笑。洗头小妹接过来，白了杨学东一眼，坐到沙发上，翻那本快翻烂的《故事会》。

杨学东走到门口，伸了个懒腰，给自己点了根烟，四下乜斜，看到自己门头对面多了个推车卖煎饼馃子的男人，看着四十来岁，脸生。他抽了两口烟，想了想，一抬脚，小跑过去，说，给我来一份。
男人摊煎饼摊不圆，打鸡蛋打不散，刷酱料刷不匀。
杨学东问，大哥新手吧？
男人有点不好意思，说，刚干，这不下岗了嘛。

理发店里，杨学东把煎饼馃子递给洗头小妹，洗头小妹咬了一口。

杨学东问，好吃吗？

洗头小妹说，不好吃，都碎了。

杨学东有点同情，说，下岗职工再就业，不容易。

这时候，孟美丽拎着菜篓回来，杨学东和洗头小妹一起迎上去接。

孟美丽低头一瞥杨学东，眉头一皱，伸手给他拉顶门拉链。洗头小妹笑了，杨学东一窘。

天擦黑，来了个理发的，男的，人挺壮，头发长得挺猛，野草似的，看起来有段时间没剃了，胳肢窝里夹个旧皮包，腰里别了寻呼机，汉显的。男人上下扫了沙发上的孟美丽和洗头小妹一眼，眼神还挺锐利，他随手把皮包往藤椅上一扔，里面发出金属碰撞的声响。

杨学东迎上来，问，哥，洗头还是理发？

那人眼睛绕过洗头小妹，盯着孟美丽看，说，先洗头，再理发。

洗头小妹赶紧站起来，那人没理她，指了指孟美丽，说，让她洗。

孟美丽看了杨学东一眼，杨学东只能对她点个头。

那人躺着，头发挺油，孟美丽按了两把洗头膏才打出沫儿。

那人闭着眼睛，看样子挺舒服，喊，对啊，使劲挠挠，就这块痒，老妹儿就是指甲长啊。

孟美丽不好发作，去看杨学东，杨学东躲。

沫儿进了眼睛，那人不好睁眼，伸手想去拍孟美丽的屁股。孟美

275

丽灵巧躲开，那人拍了个空，手一垂，在孟美丽脚腕上摸了一把，说，老妹儿，用的啥雪花膏，老鼻子香了。

孟美丽强忍着，说，大宝。

那人挺疑惑，问，大宝有这么香吗？不像啊，还是你身上带的香？

孟美丽不说话了，开始冲水。

镜子前，杨学东上手理发，录音机里正巧放到了《潇洒走一回》，那人啧了一声，啧得挺嫌弃，说，换个歌。

洗头小妹献殷勤，问，哥你想听啥？

那人说，放个《少年壮志不言愁》，刘欢的，就那大长头发，我就爱听他号。

洗头小妹翻了翻磁带，刘欢的，第一首歌就是，倒了带，塞进去，录音机刺啦刺啦地接着响。

那人照着镜子，看着头发往下掉，美得很，跟着刘欢唱，几度风雨，几度春秋，风霜雪雨搏激流。他对杨学东说，你听听，多带劲，金色盾牌，热血铸就。

杨学东就附和，可不嘛，唱得老带劲了。

那人停了停，问，你不是本地人吧？

杨学东问，咋听出来的？

那人说，没海蛎子味啊。

杨学东就赔笑，是，搬过来的。

那人问，老家哪儿的？

杨学东说，山东的。

那人恍然大悟，我就说呢，山东梁山好汉啊。

电推子有点涩，杨学东停了停，给电推子上了油。电推子平推着，那人突然说，我这儿有道疤，注点意，留点头发盖一盖。

杨学东说，放心，看着了。

理完了，又洗了一遍头。孟美丽洗得飞快，那人有点意犹未尽，说，我就爱闻你身上这味，香。

孟美丽皱了眉头，没说话。

吹风机声音挺大，吹得那人睁不开眼，吹干了，杨学东问，打点摩丝？

那人说，整点，多整点。

打完了，那人对着镜子照半天，挺满意，夸杨学东，手艺不错。

杨学东说，还行吧，祖传的。

那人说，祖传的就是不一样。

说完，用下巴指了指里间，那旮旯儿还有项目？

杨学东还没说话，洗头小妹又站起来，说，有啊，大哥。

那人笑笑，指着孟美丽，问，她行不？

孟美丽脸一垮。

杨学东说，哥，这我老婆。

那人有点意外，看杨学东，兄弟你挺豁得出去啊，加钱行不？

孟美丽眼看着要发作。

杨学东说，哥，别开玩笑，你看我行不？

那人嘿嘿直笑，咋的啊，屁眼拔火罐，作死啊？

杨学东也跟着笑，那人还想说点啥，腰里别着的寻呼机响了，拿起来一看，骂了句，硌硬。

那人抬头又看了孟美丽一眼，说，今天不巧了，改天我再来吧。说完，他捡起皮包，又夹进胳肢窝里，看杨学东，拍拍皮包，使个眼色，说，不差你钱。

杨学东赔个笑，说，五块钱。

那人走出去，孟美丽瞪着杨学东，想说话。杨学东对她摇摇头，目送那人走远。

晚上，洗头小妹打下手，孟美丽做了饭，杨学东埋头猛吃，孟美丽吃不下，端着碗，发呆。

洗头小妹吃完了，抬头，眼睛看着孟美丽，说，嫂子，哥，下个月我不想干了。

杨学东没吭声，孟美丽问，咋回事儿？

洗头小妹说，我有个堂哥在老虎滩开了一家按摩店，缺人，让我去，工资给得还行。

杨学东还是没吱声。桌子底下，孟美丽踢了杨学东一脚，杨学东好像这才反应过来，把碗往桌子上一放，问洗头小妹，来哥这里一年多了吧？

洗头小妹点头。

杨学东又问，哥和嫂子对你咋样？

洗头小妹说，挺好。

杨学东说，按摩比洗头累，是不？别走了。以前咱不是五五分吗？下个月改改，六四分，你六我们四。

洗头小妹不说话了。

杨学东看了孟美丽一眼，说，就这么定了。

洗头小妹说，那就谢谢哥，谢谢嫂子。

洗头小妹脚步轻快地出了门，孟美丽不高兴了，骂杨学东，张口就来啊，也不跟我商量。

杨学东没接话茬，眉头拧着。

孟美丽见他不说话，急了，推了他一把，我跟你说话呢。

杨学东没头没尾地来了一句，今天那人不对。

孟美丽问，谁不对？

杨学东说，就那个来理发的。

孟美丽有点蒙，咋回事儿？

杨学东说，他皮包拉链开了，我看了一眼，里面有一副手铐了。他头上还有道疤，骨头都凹进去了，一般人不能受这么重的伤。

孟美丽紧张起来，你啥意思？

杨学东说，那人应该是个便衣。

孟美丽问，不能吧？

杨学东说，咋不能？喜欢唱《便衣警察》的歌，为了母亲的微笑，为了大地的丰收。跨地区执法。

孟美丽瞪杨学东，别扒瞎。我觉得不能，要真是便衣，早动手了，还等你反应过来啊?

杨学东点头,你说的也是,不过还是别冒这个险,不怕个一万,就怕个万一。

孟美丽急了,说,又要搬?这房租可还没到期呢。

杨学东说,管不了那么多了,就说老家出了点事儿,过几天还回来。

孟美丽不说话了,眼眶红了。

杨学东搂她,她躲,杨学东说,只要咱俩在一块,去哪儿不是去啊?

手电筒的光猛晃,远处两个残影跑得飞快,夜里风很大,风里绞着雪,冷得很。

陈世国跑得喘不匀气,挥手让两个徒弟上,喊,分开追,自己弯下腰,扶着膝盖猛喘,看着徒弟王先发和李昌金追向了两个方向。

陈世国终于喘匀了气,心脏还是狠跳,像有人在胸腔里拍篮球。听到李昌金在电缆厂厂房楼顶喊师父,他往前走。

陈世国爬上去,看到李昌金一手捂着鼻子,一手把一个寸头按在地上,寸头脸贴着地,拿眼斜他,一脸不服气。

李昌金吐出嘴里的一口血唾沫,鼻子上的血好像是冻住了。他拍寸头的脑袋,骂,还看。

陈世国问李昌金咋回事儿,李昌金骂骂咧咧,爬楼梯踩空了。

陈世国还没说话，王先发瘸着腿爬上来，一屁股坐下，看自己的小腿，骂，瘪犊子玩意儿，跑得跟运动员似的，跟丢了。

陈世国问，你腿咋了？

王先发说，没啥事儿，墙上戳出来根铁条，划了一下。

好歹抓着一个，陈世国招呼李昌金，赶紧铐上，带回去。

李昌金摸自己的后腰，摸了个空，骂了句，坏了，铐子跑丢了。

陈世国刚要骂他，寸头就像兔子一样弹起来，一把推开李昌金就跑。

陈世国扑上去，寸头往楼梯跑，陈世国挡回去。寸头后退两步，捡起地上一截钢筋，照量[1]陈世国，陈世国逼近他，他就往后退。

王先发和李昌金也围上来。

寸头声音发着颤，说，我也是没办法，厂里欠着工资不发，老婆孩子要吃饭。

陈世国说，别激动，有话好说。

陈世国往前踏了一步，寸头手里的钢筋抡上来，砸在了陈世国胳膊上。陈世国胳膊一沉，李昌金赶紧护住他，王先发急了，解起枪套。寸头一看王先发要掏枪，慌了神，往后猛退，步子大了，一脚踩空，人往下掉。陈世国推开李昌金，扑过去抓了一把，抓了个空。王先发跑过去看，寸头砸在水泥地上，摔成一摊血，像有人在地上泼了一摊红油漆。

---

[1] 方言，指打量、审视。

陈世国连续几个晚上梦见自己在给那栋楼刷红油漆，绳子把他吊在半空，风一吹，他就跟着晃来荡去，但他不害怕。好像有人在催促他，他拿着刷子蘸饱了油漆一条一道地刷上，中间不留缝隙。

油漆红得像血，饱满欲滴，总也干不了似的。

梦做到第三个晚上，整栋楼都被刷成了红色，红艳艳的，很是夺目，树立在周围的建筑群里，独树一帜，就像是个血人站在人堆里。

陈世国还吊在安全绳上，他自己也分不清自己现在身处几楼，总觉得好像是有什么事儿还没办。仔细看，这才发现楼体有一块地方没刷上，裸露在一片红色之间，很不协调。低头一看，桶里的红油漆全都用完了。

陈世国听到有个声音跟自己说，你不能漏了那一块啊。

话音刚吹进他耳朵眼里，他好像突然就悟到了，动手解了安全绳，自己就像是个扯断了丝的吊死鬼一样往深渊坠落。他往下一看，地面上那个寸头正站在一堆红油漆里朝他笑，嘴角都咧到了耳朵。再一看，寸头不是寸头了，是一张他更熟悉的脸，他当年死去的一个战友。

然后他就醒了，整个后背都是汗，口干舌燥得厉害。他走出去喝水，抬头看表，两点多了。他喝完水，站了一会儿，回去继续睡了。

一条人命没了，陈世国受了处分。陈世国没说什么，王先发替陈世国不甘，又不是师父把人推下去的，他自己掉下去的，处分师父干啥？

陈世国摆摆手，示意他不要再说，自己低头抽烟。

这时候，电缆厂倒是派人送来了锦旗，陈世国把烟掐了，问来的人，你们咋不发工资呢？

电缆厂来的人也实话实说，厂子不行了，没钱了，这不在申请破产清算嘛，等把剩下的拍卖了，就有钱给工人发工资了。

李昌金要挂锦旗，陈世国怎么看怎么别扭，让他别挂了。李昌金拿着锦旗不知道怎么处理，王先发抢过来，塞进抽屉里。

领导把陈世国叫进办公室，也有点欲言又止，局里的意思是，让你把手上的案子先停了，休息一段时间。

陈世国问，休息多久？

领导给陈世国递烟，先休息一个月吧。

陈世国把烟叼在嘴里，没点，站起来，走出去。

李昌金和王先发迎上来，王先发问，怎么说？

陈世国叼着烟，说，我先休息一个月。

王先发急了，问，停职一个月？

同事们都抬起头。

李昌金拉了他一把，让他小点声。

王先发重重地唉了一声，骂了句，这都什么事儿啊！

陈世国好像突然想到了什么，吩咐李昌金，你把死者的情况和社会关系给我看看。

李昌金愣了一下，赶紧答应。

寸头是电缆厂看仓库的，叫刘光华，祖籍东北，为人老实，也没有过案底，从八年前就在电缆厂看仓库了，一直本本分分，忽而跟人串通一起偷电缆，搞监守自盗，最后慌不择路，摔成了一摊红漆。一个好端端的人，突然就走上了犯罪的道路。

另一个人跑了，当时没看清是谁，去电缆厂一排查才知道，现在厂里大部分工人都办了停薪留职。因为工资发不下来，好多工人都干脆不上工了，在外面做小买卖，厂里也不管了。

刘光华死了，另一个同伙的身份暂时确定不了，案子转给了王先发和李昌金。

王先发摩拳擦掌，向陈世国保证，师父，你放心，犯了罪就跑不了。

陈世国停了职，一下子不用上班了，很不适应。他买了束花，骑自行车去了墓园。

墓园里，两块墓碑相邻，照片上都是年纪更轻的脸。

陈世国盯着墓碑看，看了好一会儿，心里像是有事儿。

第二天，陈世国一大清早就出了门，在楼下买了袋水果，骑上二八大杠，沿路问着，去了刘光华家里。

刘光华家所在的乡镇，看起来很凋敝。按照李昌金给的地址，陈世国找到了个沿街的平房，脱漆的木头门开着，门口摆出来几摞烧纸，卖给返乡祭祖的来客。

陈世国支好车，在门口喊了一嗓子，有人吗？

一个半大孩子跑出来，脏兮兮的，看了他一眼，回头又往里跑，喊，妈。

陈世国不好往里走，只能等着。不一会儿，一个女人抱着孩子走出来，看了一眼陈世国，问，买烧纸？买几刀？

陈世国看着女人怀里的孩子，有点发愣，说，来两刀吧。

女人放下孩子，孩子扯着她的衣角。女人低着头，扯出烧纸，递给陈世国。陈世国递上去两百块钱，女人看了一眼，没接，抬头意外地看着陈世国。

陈世国把钱塞女人手里，又把水果放在一摞烧纸上，说，我是光华的朋友，来看看。

不等女人反应，陈世国已经转身骑上自行车走了，听着身后孩子在对女人喊，妈，我饿了。

自行车车把上挂着两刀烧纸，晃晃悠悠。陈世国骑出去一段距离，停下来，在路边支好自行车，掏出火柴，点了烧纸。烧纸扬起来火星，陈世国盯着看着，直到灰烬里所有的火星都熄灭，踢了十，踩灭，这才起身，骑上车走了。

刘光华把瓶子里的酒倒光，仰脖喝了，脸发烫发红。头顶的灯泡钨丝眼看着要断，闪了闪，气若游丝。

闺女已经睡熟了，韩桂珍坐在床上烫脚，刘光华蹲下来，捏韩桂珍的小腿。韩桂珍踢刘光华，刘光华一把攥住，趁势抬起她，往上压。

韩桂珍推不动他,刘光华着急,脚一蹬,蹬翻了洗脚盆。

刘光华腰伤犯了,一使劲,腰眼就一抽,他咬着牙强忍着。韩桂珍趴在床上,让刘光华小点声,刘光华看不见她的脸,就听她说,厂里还没动静?

刘光华嗯了一声,韩桂珍接着说,再不发工资,家里可真就揭不开锅了,我几年没买过新衣服了。

刘光华不说话,看着韩桂珍后背上冒出的一颗痘,走了神。

韩桂珍说,我寻思着干点小买卖,卖点啥,你说我能卖点啥呢?

韩桂珍睡着,刘光华还想着再喝点。家里没酒了,刘光华想了想,披上外套,出了门。

街上冷清得很,一个人也没有,刘光华把领子竖起来,自己使劲往衣服里缩,捡小路走着,呵出热气。从小路拐出来,他看到一个中年男人在路边烧纸,身前画了个圈,火光只能照亮他的脸,看起来多少有点阴森。

刘光华加快了步子,匆匆经过。

刘光华站在门前,敲了三下,又敲了五下。过了一阵,门闪开一道门缝,门缝里没亮灯,开门的隐身在黑影里。刘光华对里面说,我想好了,咱干。

刘光华开门回家,蹑手蹑脚地上床。韩桂珍醒了,迷迷糊糊地问,去哪儿了？

刘光华说，没去哪儿，去外面抽了根烟。

韩桂珍说，就知道抽烟，烟不用花钱？

刘光华躺下来，往被窝里钻，说，烧纸。

韩桂珍问，啥？

刘光华说，你可以卖点烧纸。

大清早，韩桂珍叫醒闺女，让闺女在灶前看着火，自己去整理撂在屋前隔挡里的木柴，抱了一捆回去烧火。闺女跑出去玩，锅里热着剩饭，火光在她脸上跳。

妈，这上面有字。

韩桂珍看过去，闺女手里举着一张烧纸对她晃。她走过去，接过来，认出烧纸上用纸灰写的字：菜地。

韩桂珍看着这几个字，愣住。

闺女扯她衣角，妈，谁写的字？

菜地离住处不算远，盖大棚的塑料布没来得及清理，还压在地里，风一吹，残破的塑料布张牙舞爪，模仿风的姿态。

韩桂珍站在这些塑料布前，四下张望。周围没什么人，她蹲下来，翻塑料布，一块石头压着一截旧麻绳。韩桂珍拉起来，顺着麻绳往里捋，一直到捋不动，麻绳尽头不知道拴在什么东西上。她翻开残破的大棚塑料布,刨开湿土,一个长方形的土墩露出来,上面层层叠叠裹着几层塑料袋,绳子就绑在上面。

韩桂珍去扯,扯了半天,把上面的塑料袋扯掉,扯出来一个帆布兜,带拉链的,拉链拉开,露出一片森青。韩桂珍以为自己看错了,凑近了又看,一屁股坐倒在地上——帆布兜里,像撂烧纸一样,撂满了五十、一百的钞票。

韩桂珍把塑料布盖回去,一路小跑着回了家,去推小推车。闺女问她,妈,又要去哪儿?

韩桂珍大声喊,去菜园送一趟粪。

闺女被她的喊声吓了一跳,委屈道,妈,我又不聋。

韩桂珍说,妈知道。你在家等着。

韩桂珍把小推车推回来,放在墙角,没动,等闺女睡着了,才拉亮了院子里的灯,又关了一遍门,把帆布兜拉开,开始点,每一撂不是一百的,就是五十的,都是大票。韩桂珍心跳得快,数着数着就数错了,重新数。她反反复复数了三遍,没错了,一共十万块钱。

韩桂珍没见过这么多钱,现在见了,除了心慌,没有别的念头。

出事之前,刘光华买了一个卤猪头回来,手里还拎着两瓶老白干,韩桂珍吓了一跳,骂他,你疯了?

刘光华乐呵呵的,拿了两个杯子,给韩桂珍也倒上一杯,说,你也喝点。

韩桂珍挺意外,刘光华今天变了个人。

刘光华跟韩桂珍碰杯,韩桂珍抿了一口,刘光华全喝了。他拉着韩桂珍的手,感叹,我这人,吃亏就吃亏在太老实上,老实了半辈子,才明白一个道理,老实人没前途。

韩桂珍听不懂,问刘光华,厂里发工资了?

刘光华笑,算是吧。

韩桂珍更不懂了,问,啥叫算是?

刘光华又给自己倒了酒,喝干,说,这下我想明白了。

韩桂珍问,你想明白啥了?

刘光华吃了一块猪耳朵,说,我想明白我该干什么了。

韩桂珍叹气,说,厂子都快不行了,你还能干啥?跟我一样,养点鸡,种点菜?

刘光华笑了,点韩桂珍的额头,说,你啊,跟我一样,就是太老实了。

等再见到刘光华,他就躺在那里,软塌塌的,脑袋陷下去,像个捏瘪的皮球,韩桂珍想吐,但忍住了。

两个便衣告诉韩桂珍,刘光华跟别人合伙偷厂里的电缆。第一次得逞了,判断已经销了赃。第二次,被堵在楼顶,自己失足掉下去,摔死了。

两个便衣跟着韩桂珍回了家,在家里翻箱倒柜找了半天,说要找赃款,但什么也没找到。

韩桂珍说的是实话,刘光华没往家拿一分钱。

现在刘光华人死了，钱又冒出来了，韩桂珍心里慌。她想了想，翻出来两个咸菜缸，擦干净，把钞票用塑料袋包裹严实，腌咸菜一样摞进咸菜缸里，在院子里的无花果树下挖了个坑，把咸菜缸埋进去，填上土，踩实了，又在上面撒了一层干土，还不放心，换角度左看右看。折腾完，天快亮了，她往屋子里走，突然听到鸡叫，一回头，看到一只鸡出了鸡窝，盯着她看，她被看得发虚。

第二天，闺女爬起来，闻到香味，问韩桂珍，妈，啥这么香？
韩桂珍说，给你炖鸡汤喝。
闺女欢天喜地。

下课铃一响，孩子们叽叽喳喳往外冲，孟美丽拿起杯子往外走，孩子们经过她，她嘱咐，慢点跑。
回到办公室，王老师在油印卷子，油墨味挺好闻。看到孟美丽，他停下手里的活，笑嘻嘻地看着她。
孟美丽问，咋了？
王老师说，听说了没有？民办教师转公办，咱都在名单上。
孟美丽眼睛也亮起来，问，真的啊？
王老师说，那可不，以后咱都是正式公办教师了。
孟美丽拍了拍手上的粉笔灰，灰尘弹起来，像放了个小型烟火。

晚上，孟美丽哼着歌，刚铺好床，门被推开，杨学东蹿进来，手里拎着一个帆布兜，喘得肺快都掉出来了。他扔下帆布兜，给自己灌了一大杯凉水，跟孟美丽说，出事了，连夜就得走，东西能少带就少带。

孟美丽斜了一眼杨学东，问，你喝高了？

杨学东急了，扯着孟美丽一起蹲下，拉开帆布兜上的拉链，给孟美丽看了一眼。孟美丽抬头看着杨学东，颤着声问，你干啥了？

杨学东说，你别管，赶紧收拾东西，走人，晚了就来不及了。

孟美丽也慌，说，可我……

杨学东打断她，别磨叽了，快点吧。

孟美丽说，总得跟你爹说一声吧？

杨学东说，等出去了，再打电话说吧。

杨学东骑自行车载着孟美丽，一路骑到城里汽车站，天微微亮了。

杨学东让孟美丽就地等，看着自行车上的行李。

孟美丽看着杨学东消失在明暗交替中的晨光里。

孟美丽有点犯困。雾很大，周围人不多，到处都影影绰绰的。孟美丽感觉自己在做梦，想着昨天备好了今天的课，要给学生讲卷子。

想得出神，杨学东跑过来，说有车了。

杨学东拉着孟美丽上车，孟美丽问，去哪儿？

杨学东说，大连，都安排好了。

孟美丽急了，你咋不早跟我说？

杨学东说，跟你说了，啥事都办不成。

他拉着孟美丽就走，孟美丽问，自行车咋办？

杨学东停下来，想了想，走过去把链子锁打开，塞进自己帆布兜里。孟美丽不解，不锁？

杨学东说，不锁。

孟美丽还要问，杨学东已经拉着孟美丽上了汽车。

孟美丽坐在车里，看出去，路上全是晨雾。孟美丽把手伸进口袋里，口袋里有东西，一摸，是一小截粉笔头。她握紧粉笔头，却不知道该写点什么。

一个月后，陈世国去上班，李昌金迎上来，陈世国看到王先发的位子搬空了，问李昌金，小王呢？

李昌金扯出椅子，让陈世国坐下，倒了茶水，说，老家带来的大红袍，师父尝尝。

陈世国喝了一口，吐出碎茶叶。

李昌金这才说话，小王表现不错，接连破了几个案子，领导让他先接手师父的工作。

陈世国点点头，又喝了一口茶，说，茶叶不错。

陈世国独自吃饭，一盘花生米，一盘煎带鱼，带鱼没煎好，有点黑。敲门声响，陈世国打开门，王先发站在门口，手里拎着两瓶酒，一脸殷勤，说，师父，喝点？

王先发给陈世国倒酒，双手举着杯子，压低杯沿，说，师父，都是领导的意思,我是真不愿意,在您面前,我算个屁。

陈世国把酒喝了,说,领导有他的安排,你好好干,别有压力,师父给你打下手。

王先发赶紧又给陈世国倒酒,说,可别,在关公面前,我就别耍大刀了,别管单位上怎么论,您永远是我师父。当年,要不是您把刀子夺下来,我早完蛋了,哪有今天?我嘴上叫您师父,心里早就把您当亲爹了。

陈世国又喝了一杯,说,我心里都明白,我早就看你不是一般人。

王先发嘿嘿笑,说,那也需要师父的栽培。

陈世国问,电缆厂的案子咋样了?

王先发说,别提了,电缆厂发不下工资,工人去闹,厂长卷款跑了,工人都急了,冲进厂子,把能搬的都搬走了。厂里的门卫报了警,我带人去了,搬啥的都有,熟铜、塑料壳子,连食堂里的锅碗瓢盆都有人抢,拦不住。人家工人说,厂里欠了好几个月工资,拿点废铁怎么了?工作不好做啊。

陈世国问,那刘光华同伙的案子呢?

王先发说,现在还顾不上远的,下岗的多,最近治安挺差。前两天还有几个青年拦路抢劫,拦了一个骑自行车的女的,眼睛被砸花了一只,刚归案,最小的才十七,判了个无期。

陈世国点点头,没再问。

师徒两个喝了一瓶酒,王先发还要开,陈世国拦着,说,刚升职,别喝了,喝多了明天上班耽误事儿。

王先发说，行，还是师父想得周到。

王先发往外走，说，师父别送了。

陈世国不说话，拉着王先发走出去，一直送到门口。王先发告了别，陈世国目送王先发走到路灯照出来的一朵光斑上，像是要腾云驾雾。

"真美丽"理发店关了门，卷帘门上贴着一张纸，写"家中急事，暂停营业"。

洗头小妹站在卷帘门前，吐出嘴里的瓜子皮，骂，姓杨的，你又蒙我。

转身要走，撞上一人，胳肢窝夹着个旧皮包，腰里别着个汉显的寻呼机，头发上打满了摩丝，挺亮。

洗头小妹站定了一看，认出了来人，嘴甜地喊，这不喜欢唱《少年壮志不言愁》那大哥吗？

大哥被认出来，挺高兴，说，老妹儿记性挺好啊，又打量着拉下来的卷帘门，疑惑，咋的了？歇业了？

洗头小妹又吐了一嘴瓜子皮，盯着大哥看，问，大哥要洗头？

大哥还盯着卷帘门，说，是，头皮痒。

洗头小妹说，大哥，我有地方。

大哥这才看向洗头小妹，犹豫了一下，说，那也行。

洗头小妹领着大哥去了对面一家足疗店，跟老板娘打了个招呼，老板娘赔着笑。洗头小妹领着大哥进了里间，粉灯亮起来，洗头小妹挽头发，脱鞋，洗手。

要脱衣服，大哥拦住，说，你等等，我先换个衣服。

洗头小妹愣了，咋的了大哥，都是脱衣服，你咋还穿衣服呢？

大哥说，你不懂，穿上这身皮，浑身就有劲，峥嵘岁月，何惧风流。

洗头小妹莫名其妙。

大哥从旧皮包里扯出衣服，穿上，洗头小妹一抬头，看着大哥身短袖警服，扣子一个没落，扣得格外整齐，昂着头看着她。洗头小妹当场吓软了，瘫在地上，声音发颤，说，哥，我们这是纯绿色，你别误会。

穿警服的大哥笑了，端详小妹，说，挺上道啊，进入角色了？

洗头小妹发着抖，说，大哥，咱这真是纯绿色。

大哥笑笑，又从皮包里掏出一副手铐子，在洗头小妹面前晃了晃。洗头小妹脸白了，不敢出声。

大哥很得意，把自己铐上，锁紧，试了试，做了个投降的姿势。小妹看蒙了，不敢问。

大哥晃了晃，说，别怕，警服是假的，手铐是买的，我就过个干瘾，为了母亲的微笑，为了大地的丰收。起紧的吧，待会儿我还要去上货。

王先发在办公室接到表姨的电话，表姨口气不佳，人家女方说了，你介绍的人不行。

王先发不明白,哪儿不行啊?

表姨说,女方说,人太木,倒是也不是大毛病,前段时间聊得还行,人家女方还给他做了饭。但他老去一个寡妇家。问他是啥关系,他说,是一个死去的朋友托他照顾,再问,就不愿意多说了,看着像有一腿。寡妇门前是非多,他不知道?人女方生气了。

王先发说,表姨,这样,我师父跟那女的真没事儿,我劝劝他,你劝劝女方,事儿成了,我给你包个大红包。

王先发把陈世国拉进自己办公室,让陈世国坐下,给他倒大红袍,说,师父,您喝茶。

陈世国说,你叫我老陈就行,你现在是副局了,注意影响。

王先发说,啥影响不影响的?师父就是师父。

王先发拉开抽屉,拿出一条哈德门,塞给陈世国,说,孝敬您的。

陈世国看了一眼,没接,喝茶,吹茶沫儿。

王先发把哈德门放下,说,师父,我表姨介绍那个女人,你们处得咋样?

陈世国喝茶,说,挺好。

王先发说,师父,徒弟多句嘴,刘光华家里,您就少去,人家女方对您有意见了。

陈世国抬起头,看王先发,问,有啥意见?

王先发说,女人嘛,吃醋了呗。这都多少年了,您也照顾得够多了。再说,当年也是刘光华自己失足掉下去的,犯了法,出了事儿,就怨不得别人。

陈世国没说话，把茶杯放下，站起来，要往外走。

王先发赶紧站起来，说，我说的话，您可要往心里去啊。

陈世国说，行了，我知道了。

韩桂珍给闺女梳辫子，敲门声响，韩桂珍站起来，开门。陈世国手里拎着一袋水果，看了她一眼，也不说话，挤进去。韩桂珍的闺女看了他一眼，叫了声陈叔，然后就晃悠着两条小辫子，跑出去。

韩桂珍刚要跟陈世国说话，闺女又折返回来，把门关上。

陈世国和韩桂珍对望一眼，都有点尴尬。

陈世国把水果放在桌子上，又从兜里掏出五百块钱，往桌子上放。韩桂珍在身后看着他，也不阻拦，说，钱我有。

陈世国说，拿着吧。

韩桂珍说，留下吃饭。

陈世国说，不了，还有事儿。

陈世国往外走，韩桂珍拦在他身前，陈世国往左，她也往左。

陈世国有点窘，韩桂珍一把抱住他，他往后躲，韩桂珍就压下来，他手足无措，身子热起来。

韩桂珍说，晚上别走了，让孩子睡里屋。

陈世国没说话。

韩桂珍拉着陈世国的手，往自己胸口按。陈世国手一抖，要拿开，被韩桂珍按住，不敢动了。

韩桂珍去摸他，他好像刚睡醒，一把推开她，说，我不为这个。

韩桂珍看着他，我知道你不为这个，我为，行了吧？

陈世国说，我以前有个战友，执行任务的时候，被捅了一刀，一开始没感觉，还追，追出去几百米，才倒下来。往医院送的时候，他托我照顾他闺女，没到医院他就走了，失血过多。他结婚早，闺女才十六。他一走，老婆就改嫁了，闺女就混社会，没人管。我管过几次，闺女就让我滚，我多说几句吧，那闺女就说我骚扰她，说我要强奸她。我生气啊，中间一度就不想管了。过了一段时间，我想明白了，还得管，不然对不住战友。闺女才十六，还没学坏，还有救，再晚了就拉不回来了。我去找她，没找着，问她妈，她妈也联系不上她。过了一个月，她的尸体从河里捞出来了，高度腐烂了。凶手是她男朋友，吸毒，拿她的身体去换，她换了几次，不想换了，男朋友把她掐死了，抛尸进河里。

韩桂珍听完，呆立。

陈世国说，说这个没别的意思，我就是想图个心安，咱不能让闺女学坏。

韩桂珍不说话了。

有人来买水果，问价，对面没动静。水果摊后面，孟美丽板着一张脸，不理人，正忙活理货的杨学东赶紧迎上来，给人称苹果。

把钱塞到腰包里，杨学东凑到孟美丽身边坐下来，问，削个苹果给你吃？

孟美丽白了他一眼。

杨学东说，我想明白了，流动的摊位，挺好，不怕被人盯上。卖水果不错，你不挺爱吃吗？想吃啥，咱就卖啥。

孟美丽盯着他，问，还剩多少钱？

杨学东说，这你别管。

孟美丽冷哼一声，值当吗？

杨学东问，啥？

孟美丽说，当初为了十万块钱，值当吗？家不要了，我工作也没了，人跟着你遭这个罪。你还不如人家刘光华呢，人一死，一了百了。

杨学东叹气，说，别说这些了，你要是想回去，也不是不行，等风声过了，咱就回去，你该当老师当老师。

孟美丽叹了口气，说，还当个屁，我这辈子算是完了。

杨学东说，咱生个孩子吧。

孟美丽看向杨学东，像看一个疯子。

女儿出生时，杨学东在卖 DVD 机，超强纠错王，号称划得多烂的 DVD 碟都能播，顺道也卖碟，卖不掉的，就自己看。

杨学东拉着孟美丽在租住的民房里看碟，名字挺带劲，叫《欲火龙珠》，一群人争夺一个叫火龙珠的武林至宝，夺着夺着，男的女的就滚在一起。孟美丽瞪杨学东，杨学东就去抱孟美丽，女儿就是当天晚上怀上的。杨学东隐约记得，争来争去，但凡想要武林至宝火龙珠的，都没得到，火龙珠最后落到一个无欲无求的老实人手里。

女儿生下来，不好上户口，杨学东想尽办法，找了关系，把最后的存款也花了进去，代价就是女儿不能跟自己姓，要姓黄，叫黄子扬。

怕女儿说漏了，杨学东从小就训练她，问她叫啥名，她就说自己

299

叫黄子扬。

这些年，杨学东滴酒不沾，女儿户口办好那天，他喝多了，抱着孟美丽，自嘲，混了半辈子了，结果闺女还不能跟我姓，这叫什么事儿啊。

孟美丽就说，孩子是自己的，跟谁姓都一样。

杨学东觍着脸，看孟美丽，说，孟老师，我对不住你。

孟美丽一愣，杨学东已经在她面前倒了下去，睡着了。

孟美丽踢了他一脚，自己眼眶湿了，好多年没人叫她孟老师了。

陈世国不觉得自己老，就是腿脚没以前利索了，他拎着两瓶酒，敲门。门打开，王先发站在门口，一看是陈世国，有点蒙，赶紧闪身让他进去。

房子不小。王先发让老婆赶紧做饭，陈世国说不麻烦了，王先发说，吃顿饭麻烦啥。

菜挺多。

王先发给陈世国倒酒，陈世国主动举起杯来，敬王先发，王先发赶紧迎着。

陈世国说，先发，我有个事儿求你。

王先发说，师父，有啥事儿你就说，啥求不求的？

陈世国说，刘光华的闺女，叫刘慧慧，当年把户口落在村里了，不是城里户口，就进不去重点中学，你能不能想想办法？

王先发放下杯子，师父，这事儿不好办，再说，又不是您闺女，真犯不上。当年，我表姨介绍的那个多好，您就非得……

陈世国自己把酒喝了，王先发打住。陈世国看着王先发，说，没啥，你不好办我再想想办法。

王先发叹了口气，说，行了，师父，明天我打几个电话。

陈世国点点头，说，那就谢谢你了。

王先发有点发窘，说，师父，您就别跟我说谢了，当年您要是再忍忍，别主动辞职，现在您早就是局长了。

陈世国喝了一杯酒，笑了笑，问王先发，小李走了几年了？

王先发手里的筷子停了停，说，六年多了吧。

陈世国说，有空咱去看看他。

王先发说，好，到时候我开车去接您。

1995年，半夜，卡车大头灯晃眼睛，路很黑，木头厂锈迹斑斑的大铁门早就打开了，卡车开进去，车斗盖着篷布，车开得歪歪扭扭、慌慌张张，猛然停下来，几乎是要翻的架势。

车门打开，杨学东从副驾驶上下来，满头是汗，身上的汗衫都湿透了。

赵庆林戴个厚瓶底一样的眼镜，站在车灯底下，看样子已经等了很久，迎上来。

杨学东看了赵庆林一眼，叫了声姐夫。

赵庆林看着杨学东眼睛通红，问他，咋了？

杨学东声音有点发颤，出了点事儿，光华被撵上了。

赵庆林没说话，想了想，问杨学东，他们看见你了吗？

杨学东不确定，说，我跑得快，应该没看着。

赵庆林说，先卸货，卸完你连夜走，给你安排好了。

杨学东愣了愣，说，我还有点事儿没办。

赵庆林看了他一眼，没说话，绕到卡车后面，掀开篷布，篷布底下码放着整盘的电缆。

杨学东跟在赵庆林身后，两个人一言不发地开始卸货。车灯照亮他们的影子，像鞭子抽在水泥地上。

姐姐杨雪梅给杨学东倒了杯茶，一言不发，坐回了赵庆林旁边，眼睛也不看杨学东，只盯着自己的鼻子。

赵庆林的眼镜换成了金丝的，比以前薄了。

杨学东打量着周围的罗马柱和假山石，还有赵庆林身后悬挂的木匾，上面"勤能补拙"四个大墨字龙飞凤舞。

杨学东喝了口茶，说，挺气派，姐夫现在像大老板了。

赵庆林笑笑，又给杨学东倒茶，说，八百年的古树茶，你尝尝。

杨学东说，我喝糟蹋东西。

赵庆林又问，打算回来了？

杨学东看了一眼姐姐，杨雪梅换了个坐姿，抱着自己的胳膊。

杨学东说，这么多年了，风声过了，想回来，落叶归根。

赵庆林说，回来吧，回来好，这么多年了，厂子早黄了，没人管了。

杨学东说，是，美丽也想回来，在外面她也不适应，也让闺女认认家门，人到了哪里都不能忘本。

杨雪梅突然开了口，说，你回来也不用问我们。

杨学东有点尴尬，说，我是想回老家住咱爹的老房子，没人住，房子就荒了。

杨雪梅脸色不好看了，说，因为你，咱爹死都没闭上眼，你还有脸回来。

天擦黑，老杨给自己穿戴整齐，躺在炕上，让杨雪梅和赵庆林进来。

杨雪梅只顾着抹眼泪，一句整话都说不出来，赵庆林只能替她说，爹，你有什么话，就说吧，我和雪梅都听着。

老杨声音还挺洪亮，听不出得病的样子，说，让学东回来，我有话交代给他。

杨雪梅眼泪直掉，说，他回不来了，他犯法了，爹，你忘了？

老杨看了杨雪梅一眼，说，你不拿他当亲兄弟，我拿他当亲儿子，生恩不如养恩大。

老杨闭上了眼睛，突然就没声了。

杨雪梅慌了，哭着喊，爹，你睁睁眼。

老杨缓了缓，又睁开了眼，看到了赵庆林，眼神柔了，说，学东，你回来了。

赵庆林怔住了。

老杨说，你到跟前来，我看看你，我咋看不清你了？

赵庆林看了杨雪梅一眼，杨雪梅往前推了推他，他就凑到了老杨

303

跟前。

老杨浑浊的双眼打量着赵庆林，赵庆林被看得发蒙。

老杨说，房子就留给你了，你翻盖翻盖，回来好好过日子。

杨雪梅脸色变了，但不敢说什么。

老杨说完这句话，好像是终于把力气用尽了，身子一下子松弛下来，眼睛盯着杨雪梅和赵庆林身后看，说，你妈来接我了，我走了啊。

杨雪梅一下子绷不住了，哭声几乎是爆出来，她一把握住了老杨的手，只是哭，一句话也说不出来。

外面的日头栽下去，像是谁拉下了灯绳，杨雪梅看到老杨皱纹纵横的脸突然暗了下去，父亲手掌的力道轻飘飘地消失在杨雪梅湿热的掌心。此刻的杨雪梅怨恨很多人，包括老天爷，老天爷没把一个父亲的命当回事儿。

要给老杨出殡，杨雪梅辗转联系上杨学东，在电话里号哭着痛骂他不是人，诅咒他死在外面。杨学东站在公用电话亭，听完了杨雪梅的每一声咒骂，一言不发。

公路上，车流往来，每一辆车都有一个目的地，杨学东觉得自己没有了，他在这个世界上彻底成了孤儿。

杨学东买了两刀烧纸，在孟美丽的陪同下，半夜在十字路口点燃，边烧边哭。纸灰飞扬，气味闻起来就像死亡。

杨学东喊，爹，你甜处安身，爹，你苦处花钱。

孟美丽在一旁拨弄着燃烧的纸堆，跟着抹眼泪。

刘慧慧要到省城上大学了，韩桂珍挺高兴，打电话让陈世国来吃饭。

陈世国拎了两条鱼，早早赶到。听到脚步声，刘慧慧从厨房里钻出来，脸上还沾着面，看到陈世国，声音清脆地叫了声陈叔，赶紧把陈世国手里的活鱼接过来，对屋里喊，妈，陈叔来了。

韩桂珍也探出头，说，来了。

陈世国赶紧回答，来了。

韩桂珍做了一桌子菜，刘慧慧给陈世国倒酒，站起来，给陈世国敬酒。陈世国有点慌张，赶紧跟着站起来。

刘慧慧举起酒杯，说，陈叔，这些年，谢谢你了。

陈世国更慌了，不知道该说什么，举着的酒杯有点抖。

刘慧慧红着眼眶，一口干了，辣得直咳嗽。

陈世国也赶紧一口喝干。酒是好酒。

韩桂珍赶紧给刘慧慧夹菜，说，吃点菜。

陈世国刚坐下，刘慧慧拿起酒瓶，给陈世国倒酒，接着又给自己倒了一杯，对着陈世国举杯。陈世国又赶紧站起来。

刘慧慧红着脸，忍住眼里的眼泪，说，陈叔，没有你，就没有今天的我，以后您就是我干爸了，我干了。

陈世国还来不及反应，刘慧慧已经一仰脖，全喝了。

陈世国看着刘慧慧，手里端着的酒杯好像有千百斤重，他一口把酒闷下去。

韩桂珍也掉了眼泪，给陈世国夹菜，说，吃菜，吃菜。

刘慧慧埋头吃饭，眼泪掉进碗里。

三个人没有再说话,只有碗筷碰撞的声响,挺清脆。

杨学东回到了老杨留给他的老房子。

杨雪梅早就不在老家住了,房子离开了人,就交还给了自然,门一打开,野草就钻出来。

院子里,草长得齐腰,蚊虫被惊动,烟雾一样飘散。

杨学东和孟美丽带着女儿黄子扬,风尘仆仆地站在院子里,一家三口打量着草木丛生的老屋,一句话也说不出来。

黄子扬问杨学东,爸,为啥房子没人住就会长草呢?

杨学东沉默了一会儿,说,因为房子就是给人住的,房子需要人气。

四十多年以前,老杨还是小杨的时候,肩头上扛着还不姓杨的小学东,同样站在门口,告诉小学东,以后这里就是你的家了。

小学东眼神懵懂,还不知道该怎么回答这句话。

黄子扬挺好奇,看着房门上锈迹斑斑的铁锁,又问杨学东,爸,这就是我们的家了?

杨学东红了眼,说,这里本来就是我们的家。

孟美丽看着杨学东,眼泪掉下来,她早已经不是孟老师了,可现在她又是孟老师了。

黄子扬看着流泪的父母,似乎还不知道他们在难过什么。

杨学东开始翻盖老房子的时候，陈世国拎着一袋水果去看韩桂珍。韩桂珍去倒水的空当，陈世国觉得脑子发晕，站不住，想去扶桌子，没扶住，脚下软了，一头栽倒在地上，撞翻了凳子。

韩桂珍手里的杯子砸在地上，她冲过来，去扶陈世国，扶不动，慌张地喊，老陈，你醒醒，你看看我。

陈世国眼睛闭着，觉得天旋地转，恍惚之间，自己好像又吊在安全绳上，又在刷油漆了。

只是他自己也分不清自己现在身处几楼，总觉得好像是有什么事儿还没办，仔细看，这才发现楼体有一块地方没刷上，裸露在一片红色之间，很不协调。低头一看，桶里的红油漆全都用完了。

陈世国听到有个声音跟自己说，你不能漏了那一块啊。

话音刚吹进他耳朵眼里，他好像突然就悟到了，动手解了安全绳，自己就像是个扯断了丝的吊死鬼一样往深渊坠落。他往下一看，地面上那个寸头正站在一摊红油漆里朝他笑，嘴角都咧到了耳朵。

这次是刘光华。

陈世国睁开了眼睛，跟韩桂珍说，你告诉光华，剩下的那一块，我刷完了。

韩桂珍不知道陈世国在说什么，刚要问，陈世国又闭上了眼睛。

韩桂珍喊来了邻居，几个人七手八脚地把陈世国送进医院，一查，不乐观。

韩桂珍站不住了，不知道该不该瞒着陈世国。

陈世国醒过来，看着韩桂珍给自己削苹果，跟韩桂珍说，我想吃包子。

韩桂珍赶紧站起来，说，我去买。

陈世国点点头。

等韩桂珍走出去，陈世国按了呼叫铃，让护士叫来大夫。

陈世国问大夫，我什么病？

大夫欲言又止。

陈世国说，我老光棍一个，没有亲属，有啥话你就跟我说吧。

大夫翻开了病历。

韩桂珍买回来包子，陈世国吃了两个，吃得满头大汗，只能靠在枕头上大口喘气。

陈世国嘲笑自己，老了老了，还娇气了，吃个包子还冒汗。

韩桂珍低着头，不敢看陈世国，尽量让自己的声音不发颤，说，这不病了吗？上年纪了都有点毛病，没多大事儿。

陈世国说，你别告诉慧慧，耽误她上学。

韩桂珍把头埋得更低，藏着眼泪，只能点头。

陈世国住了院，瘦得很快，整个人像是摊煎饼一样被摊薄了。

韩桂珍给他翻身的时候，觉得他轻飘飘的，几乎没有重量。她不明白这个魁梧男人的体重都丢到哪里去了。

半夜，陈世国疼醒，看着韩桂珍躺在陪床椅上睡着，不愿意吵醒她，强忍着一声不吭，疼得直抽抽。

王先发来看他，临走的时候往他被子里塞钱。靠在床上也挺直腰背的陈世国也不推辞，催王先发走，该忙忙去吧。

等王先发一走，陈世国整个人就软了下来，疼得钻进枕头底下，额头上冒出青筋。

刘慧慧请假回来，看着几乎是瘦成了另一个人的陈世国，哭倒在他面前。

打上了哌替啶，陈世国会有状态好的时候，这时，韩桂珍和刘慧慧就一左一右地坐在他床前，陪他说话，阳光斜照进来，给陈世国瘦弱的身体上镀上一层金黄。

医生告诉韩桂珍，要用进口药就不能报销。

陈世国听见了。

等韩桂珍买饭回来，陈世国已经收拾好了东西，穿戴整齐地站在窗口，像是每一个病愈之后要出院的人一样欢喜。

韩桂珍呆住了。

陈世国过来拉她的手，说，走，咱回家。

韩桂珍被陈世国拉着走出去两步，停下来，陈世国又要拉她，拉不动了。陈世国一个趔趄，韩桂珍一把扶住他，看着他，眼泪直往下掉。

陈世国被看得有些心虚，说，我闻不了医院里的味儿了。我想回去了。我现在就是个无底洞，钱留着，留着给慧慧上学。

韩桂珍狠狠地把眼泪抹掉，看着陈世国，说，你别慌，咱有钱，咱有很多钱。

院子里的无花果树下，韩桂珍扯来一把椅子，坚持要让陈世国坐下。

陈世国不解地看着韩桂珍拿了把铁锹，在无花果树下挖，湿土翻出来，两个密封严实的咸菜缸先后出现。

韩桂珍有点搬不动，陈世国想起来帮忙，韩桂珍呵斥，你别动。

陈世国只好又坐下来。

韩桂珍把两个咸菜缸放在陈世国面前，重复，咱有钱，给你治病的钱。

陈世国呆住。

韩桂珍不知道哪里来的力气，撬开咸菜缸，看进去，脸色突然变了，搬起来坛子往外倒，一股黑色的污水泼下来。韩桂珍颤抖着把手伸进咸菜缸里翻找，一摞又一摞缠满了塑料袋的东西被翻出来，湿漉漉的，滴着黑水。韩桂珍的手又一抖，她一层一层地扯开塑料袋，里面一摞旧版五十、一百的大钞已经烂得面目难辨，手一捏，就软成了一摊黑乎乎的纸浆。

韩桂珍慌了神，又去解其他的塑料袋，里面浓稠的黑水流出来，内容物烂得更彻底。韩桂珍近乎绝望地看向陈世国，陈世国一下子什么都明白了。

韩桂珍带了哭腔，问陈世国，拿到银行，能换吧？

陈世国伸手替她擦掉脸上的污水，对她笑笑，几乎是不容辩驳地开口，这钱，花不了，也不能花。

韩桂珍也明白陈世国说的是什么意思，一下子爆发出号哭。

陈世国安慰她，别哭了，都是命。

韩桂珍趴在陈世国膝上,身子颤抖着。

陈世国轻轻拍着她瘦削的后背,像是在抚慰自己的孩子。

把老房子翻盖好那天,杨学东在清理门前的废土,清理完了,从屋子里拿出来两串大地红。

一辆警车开进来,停在杨学东新起的门楼前。

杨学东看着警车上下来两个警察,其中一个是王先发,问他,你是杨学东吧?

杨学东点点头。

王先发说,九五年的一个案子,想请你回去配合我们调查调查。

杨学东停了停,说,行啊。

然后杨学东指了指地上的大地红,询问两个警察,新房子盖好了,我能不能把这串鞭先放了?

两个警察对望一眼,王先发对杨学东点了点头。

孟美丽和黄子扬闻讯跑出来,看到警察,又停在原地,不知道该怎么办。

杨学东看了母女两个一眼,给他们一个笑,说,没事儿,咱放鞭。

大地红满身红衣,悬挂在崭新的门楼前,像是从树上开出来的。

杨学东从口袋里掏打火机,没找到。王先发从口袋里掏出打火机,递给了杨学东。杨学东对王先发点点头,表示感谢。

大地红点着了,信子吐出火舌,一连串脆响裹挟着烟雾爆射出来,声音洪亮，像打雷，又像敲鼓。红衣炸碎，像红色的雪花一样飘落，很快就响得一地绯红。孟美丽和黄子杨没捂耳朵，杨学东看得很仔细，几乎看清楚了每一个鞭炮爆裂的瞬间。

他嘴里喃喃，声音却被鞭炮声遮盖。他说的是，爹，我回来了。

另一个警察掏出手铐，杨学东下意识伸出手。王先发看了看杨学东身后不知所措的母女二人，对警察摇了摇头，警察把手铐放回去。

杨学东看了王先发一眼，没说话。

杨学东上了警车，孟美丽抱着黄子扬站在满地绯红前，目送他离开。

警车开动，杨学东回头，看到黄子扬挣脱孟美丽的胳膊，追着警车跑，对着他喊，爸，你记着，我现在开始姓杨了。

杨学东把头埋进手里。

警车一路往夕阳里开，太阳像是化掉了。

1995 年，天还没亮，杨学东骑着自行车，车后座上用麻绳绑着一个沉甸甸的帆布兜。他摸黑往前猛骑，耳边风声呼啸，慌乱中，他拐错了一个路口，又绕回来。

车骑进了菜地，风吹得残破的大棚塑料布张牙舞爪，路软，杨学东连人带车一起歪倒在湿土里。杨学东爬起来，解下帆布兜上的麻绳，拎起帆布兜冲进菜地里，开始在湿土里刨坑，湿土飞扬。刨了一会儿，杨学东又四下里看，旷野天光微亮，人迹皆无。他松了一口气，继续刨，感觉大小差不多了，扯来一些大棚塑料布，层层叠叠裹住帆布兜，绑上麻绳，埋上湿土，把麻绳的另一端扯出来，压在一块石头底下，又检查了一下，确定安全了，才放了心，扶起自行车，骑进了雨中。

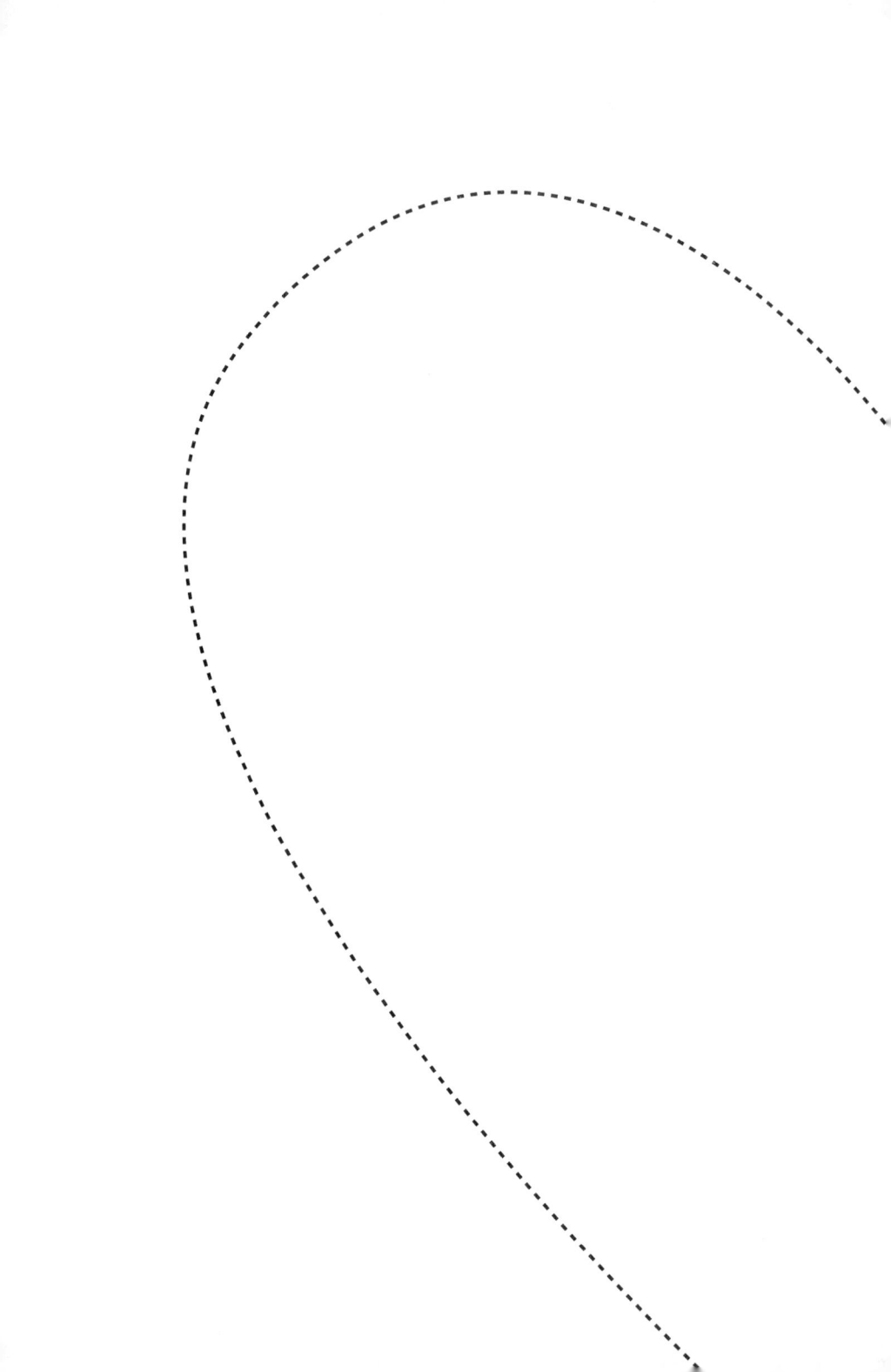

世界尽头在满洲里

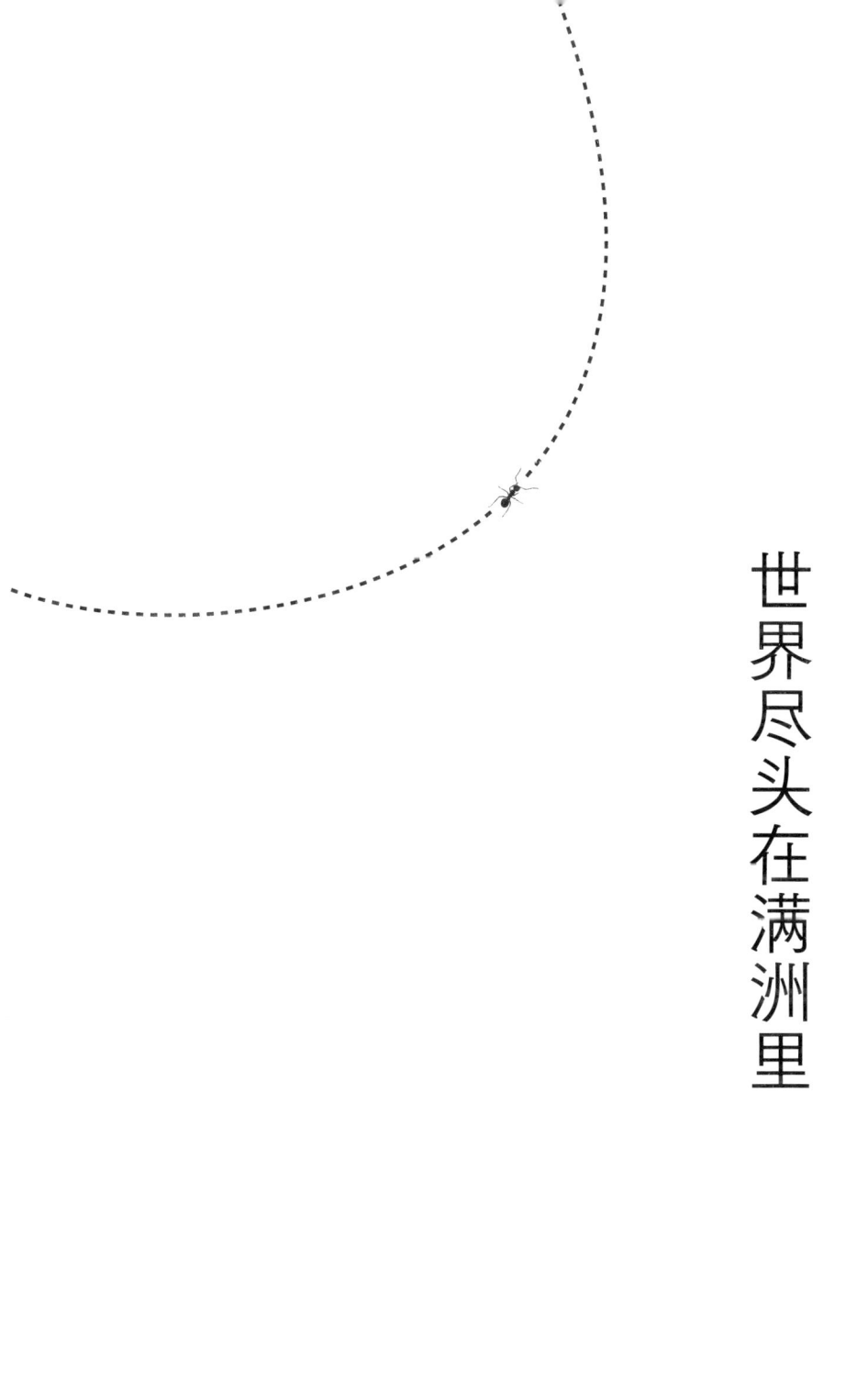

我们去满洲里吧，去那里看雪。

哪儿？为啥啊？

我觉得那里挺像世界尽头。

李倩靠在床上和我说这些话的时候，我们这里正在遭遇百年难得一遇的炎热秋天。

太阳光一口一口地咬人，恨不得把整个小镇煮沸。

李倩裸着背，正在抽一根劣质烟，烟雾从她口红褪色的嘴里冒出来，在她周围经久不散，给她罩上了一层薄薄的滤镜，让她看起来比实际年龄要成熟许多。

她大腿上有几块青紫，不知道是什么时候弄伤的。

李倩告诉我，人总得有点想头，不然很容易被憋疯，人就是因为活得近，才总想着远。

你会跟我去吗？她问我。我听说满洲里的雪很大，特别大。

我不知道该怎么回答，我没办法在脑子里还原一个我从来没去过的地方，我不太知道满洲里究竟什么样，我们这里总是很热，除了李倩，好像每个人都失去了对寒冷的想象力。

我看着李倩的烟终于抽完,就爬起来去掰她的肩膀,她愣了愣,我指了指窗户外面。下午三点多的太阳晒得周遭一切都像是漂浮了起来,连猫都躲在阴凉地里。我说,这个点我们哪儿也去不了。

她的眼神从我脸上往下挪。

我仰望着她,可以看到她年轻的脖子上动脉跳跃,就像是有一只鸟时刻准备着从那里飞出来。她在摇摆之中拉起我的右手,按在自己的脖颈上。我握住她跳动的脖颈,缓缓加力,她脸色涨红,我才松开手。她埋怨我,谁叫你松手的?

我苦笑,会死的。

她笑,死要是真有这么容易就好了。

我随口问她,你想死啊?

她就又说起别的事情。

但我还是经常在她手腕上发现一些伤,她总是趁着伤口还没有完全愈合,就把结的痂揭开,让血流出来,跟强迫症似的。

她说,我就是单纯地觉得疼很舒服。

我当然无从理解,疼,到底哪儿舒服了?

冲凉的时候,我看见李倩的肋骨凸出来,像要把她的皮肤撑破。我说,你太瘦了。她说,瘦点好,瘦了容易藏,藏起来别人就找不到了。

我不知道她在说什么。

我们两个人一前一后从小旅馆里走出来。小镇挺小的,走出去几步就能碰到熟脸,我们实在不愿意碰到熟人,就拉开一点距离,故意走得很快。我闻着李倩头发上的海飞丝味,不远不近地跟着她。太阳还是挺烈,马路上的沥青已经被晒得东流西淌,踩上去软绵绵的,那感觉就好像是,你要是在一个地方停留太久,就容易被吞进去。

李倩带我去吃清补凉,头顶上的风扇呼号,什么都有点无精打采。
我埋头喝糖水,李倩突然没头没尾地问我,你能不能帮我杀个人?

我拎着一塑料袋药回了家,推门,推不动,门又反锁了。
我绕到屋后,从窗户爬进去,客厅里的风扇在摇头猛转。
茶几上落了一层苍蝇。
我把药扔在桌子上,苍蝇们一哄而散。

卧室的门死死关着,里面传出来冯翠萍和那张旧床的哼唧声。我捡起地上的篮球,拍了两下,然后砸过去,球砸到了卧室门上又弹回来,里面的哼唧声停住了。
篮球不知道滚到哪里去了,我也没管,拉开冰箱门拿冰可乐喝。

过了一会儿,冯翠萍散着头发出来,身上都是汗,有点慌张,问我,回来了,吃饭没有?
我仰头喝可乐,没看她,说,吃过了。
这时候,大老刘也从屋里出来了,挠着屁股,嘴里叼着烟,顺手递给我一支。我还没说话，冯翠萍打开他的手，说，他还是个孩子，抽什么烟？

大老刘笑笑。

我没看他，跟冯翠萍说，药是我托朋友开的，饭后吃，一天三次。

冯翠萍连声答应。

我跟她说，摩托车钥匙给我，我出去转转。

冯翠萍想问什么，张了张嘴，又没问，从抽屉里拿出钥匙递给我。

我晃了晃手里的钥匙，出门前说了一句，你们继续。

冯翠萍有些尴尬。

我已经出了门。

我骑着摩托车，沿着马路漫无目的地开出去，不戴头盔的时候，耳朵边儿上就有好听的风声。

我经过大老刘的貂场，远远就能闻见里面群居动物的气味，忍不住打了个喷嚏。

我实在讨厌大老刘，不知道冯翠萍到底看上他什么，也许只是他的貂场。冯翠萍也想做大老刘貂场里的一只貂，让大老刘养活她的后半辈子。为此，冯翠萍不在乎自己或许会有跟那些貂同样的下场——被人剥皮。

我骑出去挺远，碰到了俊辉。

他骑一辆机车，听说价格不菲，二三十万。

俊辉哪儿来的钱，各有各的说法。有的说他去了一趟柬埔寨，带回来几十万；也有的说，他帮老板搞民间借贷，挣了不少。

我知道俊辉这个人挺怪，搞得挺神秘，但好交朋友，对朋友很大方。饭局要是吃到一半喊他来，他也来，来了一定买单。

他放慢速度，和我并行，掀起头盔上的盖子，露出耳垂上闪亮的耳钉。他问我，啥时候一起去吃野味？

镇上流行吃野味，有钱的没钱的，但凡遇到了少见的野味，就一定要想办法搞来尝尝。尽管上面三令五申禁止捕食野生动物，但镇上人仍旧偷偷摸摸，把吃野味当作是招待客人的最高待遇。

有人吃就有人抓，有人抓就有人卖。

野味种类繁多，天上飞的、地上跑的、土里钻的、水里游的，有肉的就吃肉，没什么肉的就炖汤。总之，他们觉得看起来越古怪的野味，营养价值就越高，甭管实际上好吃不好吃，只要吃到肚子里，就能以形补形，或补肾，或壮阳，或让人生儿子。

我说，我不吃那些东西。

俊辉大概是觉得有点无聊，找话说，你跟李倩怎么样了？

我说，挺好。

俊辉说，她人不错，我跟她好过。

我瞪向他，他只是笑笑，拧了油门，机车发出轰鸣，银色的尾气管喷出热浪，像喘息，连人带车疾驰而去。

我对着他的背影骂了一句，他已经消失了。

小镇太小了。

人跟人之间总是有一些尴尬的联系。

李倩跟我提起过，我说好了，不追问她的过去。

我只能多骂几句脏话。

我经过李国镇的修车铺，看到李国镇大腹便便，肚子里好像装了一整个动物园，腰里别着一大串钥匙，正在指挥满身油污的修车工。

我看着李国镇满面油光的国字脸，想起李倩让我帮的那个忙。

李倩说，你能不能帮我杀个人？

我呛了一口糖水，问她，杀谁？

李倩说，李国镇。

我看着他，不知道该说什么。

李倩告诉我，每个人都有一个最恨的人吧，有了这么个人，你就好像是中了咒，只有这个人死了，你才能解咒。

李倩这句话说得我心里咯噔了一下。

李国镇的事儿在镇上并不是什么秘密。

只要你走在路上，随便喊一句李国镇，大概就会有人告诉你，他是个什么人。

李国镇婚结得早，前半辈子都穷困潦倒，酗酒，越穷越喝，越喝就越穷，后来因为在单位里撒酒疯，尿了主任一桌子，听说把一堆文件都泡浮囊[1]了，因此丢了饭碗。为了能有酒喝，他盘了个修车铺，自学修车，尤其擅长把车上的好零件换成坏的，车只要经过他的手，就会反反复复地坏。后来他的技术更精进了，车什么时候坏他心里都有数，一来二去就发了财，在镇上又盘了门头房，赶上房价飞涨，一下子成了镇上的有钱人。

镇上的男人有一个传统，一旦发了财，就一定要搞女人，如果不搞女人，那就无从证明自己兜里有钱。

李国镇决定延续这一传统，很快就勾搭了一个相好。

相好有个奇怪的名字，叫春斗，斗是三声。春斗尤其擅长给人当小三，是镇上的小三专业户，不知道有多少已婚男人着了她的道。

传闻中，春斗早些年跟着一个半仙学了点法术。

所谓半仙，就是距离成仙还有一半距离的人，多少有些非常手段。

据镇上的男人说，春斗遇到半仙以后，别的不学，就学了怎么勾搭男人。

传说，夜里，春斗会趁着男人熟睡，拿一张符咒，绕着男人的身子烧化，泡在水里，第二天给男人喝下去。

喝了春斗符咒的男人，从此脑子里就只有春斗。春斗让他回去打老婆，他就回去打老婆；春斗让他把存折里的钱取出来交给她，他就照做。

而且最可怕的是，只要喝了符水，就无药可解。即便春斗身边的

---

1 浮囊，方言，指泡水后膨胀起皱。

男人已经走马灯一般，不知道换了几茬，但只要春斗回心转意，男人们就会无一例外地再次昏头。

我不知道李国镇有没有喝过春斗的符水，但从他的种种表现来看，春斗已经完全拿捏了他。

李国镇的老婆早就知道李国镇有了钱会出去乱搞，原则上她不反对自己的男人有了钱就出去乱搞。她觉得男人乱搞的前提是有钱，有了钱才能乱搞，有钱是乱搞的充分必要条件，如果男人没有钱还出去乱搞，那日子绝对过不下去。

但是她没想到李国镇乱搞的对象会是春斗。

春斗是镇上所有已婚女人的公敌。

但事实狠狠地打了李国镇老婆的脸。

还偏偏就是春斗。

因为春斗的名声实在太臭，所以李国镇老婆丧失了"睁一只眼闭一只眼"的权利。她只能在晚饭后向李国镇挑明，你可以出去乱搞，但是能不能不是春斗？只要不是春斗，是谁都行。

李国镇剔着牙，并不惊慌，看得出来，他索性就没打算隐瞒。他说，我有病，娘胎里带出来的病。

老婆问他，什么病？

李国镇说，就是肚子里有火，火烧得我难受，有火就得泻火，不然吃不下饭睡不着觉，春斗就是给我治病的。

老婆问，那我呢？

李国镇说，你是一家之主。

李国镇老婆听信了李国镇的话,如果春斗只是一个治病的,那威胁不到自己的地位,李国镇也的确定期把生活费交给自己。

但李国镇老婆可能忽略了春斗符水的力道。

李国镇领着春斗回家,春斗已经大了肚子。其时,李倩已经十二岁,她目睹了母亲看到春斗的大肚子之后,还去厨房做了一桌子菜。

李国镇理所应当地在饭桌上宣布,以后我就两边跑,这里是家,春斗那里也是家。

李国镇让春斗叫自己的老婆嫂子。

春斗就听话叫嫂子。

李倩看向母亲,希望母亲像电视里那些悍妇一样,冲进厨房,抄起菜刀,照着李国镇的脸砍,反正他的脸没有用。

但母亲的反应令李倩失望,她只是默默吃饭,一言不发,吃完了饭,还像往常一样,去厨房洗了碗,洗得格外干净。

夜里,李倩母女被赶进同一个屋子里,隔壁传出来李国镇和春斗夸张的调笑声。尽管母亲已经拼命按住了李倩的耳朵,但那些声音还是钻了进去,像虫子一样,啃着李倩的脑子。

第二天,李倩醒来,母亲不在。她揉着眼睛,推开门,看着李国镇带着春斗在客厅里喝稀饭。门响动,母亲回来,当着李国镇他们的面,从红色塑料袋里掏出一瓶农药,一句话也不说,拧开盖,仰脖就咕嘟咕嘟地喝。春斗吓得手里的碗砸在地上,稀饭撒了一地。等李国镇反应过来,扑上去把农药夺过来,瓶子里只剩下了一小半。

母亲看了李倩一眼，脸上甚至有笑意。

送到医院洗胃，医生说，没什么事儿。
李国镇不敢相信，问，喝了农药还没什么事儿？
医生说，瓶子是农药的瓶子，但里面装的是可乐。
李国镇松了一口气。

出院以后，李国镇把房产证的名字改成了李倩母亲的。直到春斗给李国镇生下了个儿子，母亲都再也没有闹过，春斗生儿子的时候，母亲还凌晨三点起来煮了红鸡蛋。

李倩日渐长大，对母亲的选择无法理解，但母亲拒绝跟她聊这个话题，一天到晚泡在麻将桌上，把赢来的钱输掉。

在这样的家庭环境里，李倩毫无悬念地长成一个刺头，什么事情过分她就干什么，用伤害自己的方式报复她的母亲，也报复自己。

母亲第一次从李倩被窝里揪出一个毛都没长全的男人，母女两个爆发激烈争吵，母亲骂李倩是个贱婊子。

李倩回敬母亲，贱婊子也比你强，别人上门来睡你男人，你屁都不放一个。

母女俩当着男人的面动起手，扯得到处都是头发，男人灰溜溜地穿好衣服跑了。母女两个从卧室打到了客厅，最终以母亲崴了脚，李倩撞破了头作罢。

李倩给我看她头上的疤，详细地跟我说起她的计划，你帮我杀了他，以后我就跟你。只要事儿办得漂亮，没有人会怀疑我们，我们一起去满洲里。如果真的出事儿，就从满洲里偷渡去俄罗斯……

我心不在焉，说，俄罗斯很冷，而且我才二十多，我不想当逃犯。

李倩冷笑，失望地看着我，说，我看错你了，你不干，我找别人干。

我说，你爱找谁干找谁干，我又不欠你的。

我不知道李倩说的"别人"里面，包不包括俊辉。

但我知道，俊辉不会帮她。俊辉不比以前了，现在的俊辉有钱了，人有钱了就会怕死。

我也想怕死，或者说，我想和俊辉一样，先有钱，再怕死。

上完职高之后，我一度找不到工作。学校里教的数控机床货不对板，出了校门发现厂子里的设备早就更新换代。这感觉就像是在学校里学了几年 DOS[1]，结果出来以后满世界都是 Windows 一样。

游荡了几个月之后，经人介绍，我负责经销麻将桌。不光卖，也修，给人修的时候，尽量修得有遗留问题，然后等着对方联系，再把新的麻将桌卖给他们。

这一点上跟李国镇的发家史倒是很像。

---

1 DOS，磁盘操作系统（Disk Operating System），1981 年由微软公司推出的用于个人计算机的操作系统，1995 年后逐渐被 Windows 系统取代。

镇上的人不能一天没有麻将，麻将是一切社会交流的核心，在这里，家家户户都有麻将桌。生意不算难做，每个月都卖得挺稳定，挣得虽然不多，但我自己花足够。

小镇虽然小，但到处都在建房子，尽管很多楼建起来也都空着，但楼房还是不停地从各个地方拔地而起。我不太明白是为什么。既然我连镇上的事情都搞不清楚，就更没有能力去帮李倩杀人。我没杀过人，连鸡都没杀过。家里吃鱼，冯翠萍让我杀鱼我都不敢动手，我感觉鱼眼睛在看着我，在求我，在训我，在挑衅我。

李倩确实看错我了，我不是杀人的料。

我从出生就在这个镇上，去过最远的地方就是市里，对我来说，整个世界跟小镇一样大。不论我多不喜欢这个地方，我都没有勇气真正离开这里，我不知道外面的人喜不喜欢麻将，也不知道他们是不是家家户户都要买麻将桌。

我觉得我自己也是麻将桌上的麻将，自摸还是点炮都不是我能控制的。

虽然我不可能帮李倩杀人，但李倩的话我也不是完全没听进去，因为我也有个给我下咒的人，我也想解这个咒。

半夜，我借口说在同学家里睡，没回家，翻进了大老刘的貂场。

李国镇是有钱人，大老刘也是有钱人，李国镇搞很多女人，大老刘就不可能只有冯翠萍一个。

我不能眼睁睁看着冯翠萍变得跟李倩她妈一样。

大老刘的养貂场规模不小，此时貂的皮毛还不够漂亮，个个都还在养膘。

我经过它们，看着它们挤在一起，小眼睛闪着贼光，对即将到来的命运一无所知。也许有一天，我会在漂亮女孩的衣领和貂皮大衣上再一次看见它们。

大老刘还在兴建新的貂舍，刚刚建了一半，建筑材料盖着篷布，胡乱堆放在那里。我摸过去，掏出兜里的打火机和碎报纸，准备点一把火，把他还没建起来的貂舍烧成灰。

我点燃报纸，到处找引火点，但奇了怪了，报纸烧完了也没引燃什么。我索性蹲下来，用打火机直接去点，奇怪的是，刚刚点燃的一点点小火苗，没烧多久就熄了。

我有点气急败坏，听到远远的狗叫又有点害怕，好像四周都有动静，我感觉自己暴露了。

我打算原路返回，慌不择路，经过貂场的办公室，看到里面灯火通明，一下子就听见了冯翠萍的咳嗽声。

她有过敏性哮喘，到了这个季节就咳嗽不止，吃了药也总不见效。

听到咳嗽声，我忘了害怕，矮着身子摸过去，贴在门上，听着里面的动静。

大老刘的声音带着酒意，问冯翠萍，你跟小兔崽子说了吗？

我竖起了耳朵来听，但冯翠萍好像没说话。

大老刘说，你早晚得说。他现在大了，自己能挣钱了，不用一直跟着你。等这批貂卖掉，我就带你去广州，从广州能去珠海，从珠海能去香港，从香港就能去全世界。

我愣住了，压住自己喘气的声音，更想听到冯翠萍怎么回答。

冯翠萍沉默了好一会儿才开口，我会跟他说的，他也不能跟我一辈子。

冯翠萍这句话让我一下子失了力，我感觉我的心脏从胸口一下子坠落到肚子里，像一头黑熊从山上头朝下砸进了雪地里。我肚子疼得厉害，瘫在地上。

里面和外面的声音都混在了一起，不管什么动静都争先恐后地往我耳朵里钻。

大老刘说，去了广州，你再给我生一个。

冯翠萍说，你干什么，这吃着饭呢。

然后是啤酒瓶子被踢倒的声响，冯翠萍哼唧、咳嗽，大老刘喘粗气、吐唾沫、狗叫，貂舍里的貂也挤在一起跟着叫。我肚子还没疼完，头又开始疼，几乎像是一个熟透的瓜，即刻就要裂开。

我不知道自己怎么离开的貂场，路上遇到了流浪狗，我也没像往常一样害怕。我一个人走在路上，路灯亮得三三两两——好多灯都坏掉了——我从光明走进黑暗，又从黑暗没进光明，脑子终于渐渐恢复了思考的能力。

我现在只想尽快见到李倩。

台球厅里，李倩撅着屁股，红毛抱着她教她打台球，一杆下去，一个球都没进。

李倩看见我来了，继续撅着屁股瞄准，没再看我。

我走过来夺下李倩手里的杆，说，我想跟你聊聊。

李倩没说话。

红毛对我的到来颇不耐烦，走过来向我请教，你是不是找揍？

我用脑门撞破了他的鼻子，鼻血涌出来，把他胸前的白T恤染得血红，让他看起来分外滑稽。

李倩没说话，抱着球杆定定地看着我表演。

红毛擦了一把鼻血，扑上来，恨不得把我撕碎。他张牙舞爪，但鼻血还没有止住，这让他看起来像是一根坏掉的红墨水笔，到处喷喷撒撒，就是不知道要写点什么。

我瞅准了机会给了红毛一拳，让他刚刚要冷静下来的鼻血再次汹涌地流出。我骂他，见鬼的大老刘。

红毛呆了呆，百忙之中还不忘问一句，谁是大老刘？

我接着骂，见鬼的全世界。

红毛彻底傻了眼，我骂这两句像是对着他按动了两下快门，他就这样被定格在了照片上。

倒是李倩终于察觉到不对，过来拉我，又被我一把甩开。

我一走神，红毛扑了上来，我的脸被压在了台球桌上，台球滚过来，碰到了我的嘴唇，竟然有一股子火药味。我跟李倩喊，我答应你了，李倩，我答应你了。

李倩听懂了，走过来推了一把红毛，大概给了他一个恳请的眼神。

红毛吸溜着鼻子，骂骂咧咧地放开了我，跑去找水龙头了。

李国镇有个毛病。

即便现在已经当了修车铺的老板，他也还是对员工的能力表示怀疑。他最乐意干的事儿就是亲自钻进车底修车，总能比别人多检查出一项毛病，然后轻易就说服车主花钱整修。

这项技术可以说是他的立身之本，修车铺的员工里，没有人得到他的真传。

修一辆捷达的时候，李国镇果然又自己穿上工作服钻进了车底。今时不同往日，他耸立的大肚子已经很碍事，说是怀了双胞胎都有人相信，为了顺利钻进去，他不得不让工人猛踩千斤顶，把捷达顶起来。远远看上去，李国镇躺在车底，两只脚在车外面蹬踹，像是捷达在强奸他，但他乐在其中。

用他的话说，和女人干事儿他喜欢在上面，但修车他总是在下面。

李国镇在车底倒腾着换刹车片，突然听到有什么不对劲的动静。以李国镇多年修车的经验，他预感到这个声音不妙，想往外退，但已经来不及。千斤顶先是抖了抖，然后一斜，最后一歪，捷达失去了支撑点，咚的一声，蹾在了李国镇耸立的肚子上。李国镇没感觉到疼，只是觉得一股气噗的一声从肚子里窜出去，窜得到处都是。在失去意识之前，他看见红色的千斤顶和他倒地的角度完全一样，像要拥抱他，他只能骂出半句脏话。

我跟李倩说完我的计划，李倩仔细想了想，提出疑问，你真的懂千斤顶？你能让千斤顶及时出问题？

我说，我肯定可以啊，修东西我不行，但把东西弄坏，我向来是好手。

李倩又问我，你确定这样能砸死李国镇？

我说，当然，你不想想一辆车有多重。

李倩有些紧张，问我话的时候，身子甚至微微发抖。

虽然我显得胸有成竹，但杀人毕竟不是杀鸡，我心里其实也没底，但话已经说出去，我没办法再对李倩露怯。

李倩问我，那什么时候办？

我说，越快越好，到时候托人点名让李国镇修车。

当天晚上，李倩说要提前奖励我，给我壮行。

我压在她身上，她闭着眼睛跟我说，我要是死在满洲里，最好死在下雪天，满洲里的雪下得大，我这么瘦，一定可以被埋得严严实实。

这次，我有点听懂她在说什么了。

我说，李国镇死了，你就解咒了，我给你解这个咒。

我说完，看到李倩哭了。

不知怎么，看着她哭，我感觉自己也眼睛发酸。小旅馆的四面墙壁向我们两个人同时压过来，我下意识地抱紧她，世界就剩下了一点点，也就跟一个拥抱差不多大小吧。

我有一种古怪的感觉，就好像我身体的一部分，现在也是她的一部分了，她眼睛里流出来的眼泪，现在也是我的眼泪了。我们原本是两个人，好像从现在开始就变成了一个人。

李倩用更紧的拥抱回应我，我好像已经成了一个装满火药的炮弹，而她正准备点着我的信子。我感觉有一股火从我们紧贴的小肚子开始往外烧，火辣辣的，房间里热气腾腾的，像个澡堂子。

我送李倩回家，按照我们的计划，李倩要趁着李国镇头一天晚上回家住，把他修车铺的钥匙偷出来，这样我才有时间提前去搞坏修车铺里所有的千斤顶。

我目送李倩进门，在她家楼下等。

李倩经常说，这栋房子就是她母亲喝药换回来的，现在她母亲是这栋房子的主人了。我来送过最新款的麻将桌，只要李国镇不在，这里永远有搓麻将的声响，吊扇呜呜地转，搅拌着贴近天花板的二手烟雾。李倩的母亲染着红指甲，叼着烟出牌，一副什么都不在乎的样子。

今天比昨天更热，树梢头一动不动，一点风都没有。看出去，好像什么东西都被太阳晒得不会动了，树被晒得更绿了，其他的建筑物看起来都褪了颜色，像都在旧相片上。外面的沥青路黏糊糊地流来流去，来来回回的汽车就跟船一样。

我胡思乱想，弄不好再这样热下去，整个小镇就会融化掉，就像一根冰棍。

等我观察到第四十只蚂蚁返回蚁窝的时候，李倩脸色古怪地走出

333

来。我刚要上去打招呼,就听到一串钥匙响,一抬头,李倩身后,李国镇的肚子先从楼道里出来。我怔住,看着李倩,李倩赶紧上来拉我,跟我说,他要带我去吃野味,你也一起去吧。

李国镇看到我,打了个哈哈,很豪气地对我挥手,说,那一起去吧,让你也长长见识。

李国镇开着车,往山郊赶。

我和李倩坐在后座上,谁都没说话,李国镇大概是觉得太安静,就打开了音响,放着老歌。

我看李倩一直攥着拳头,就拉了她一把,让她放松。

车开进山里,进了一个村子,村子名叫万里冲,现在已经不剩几户人家。大部分有条件的村民都往山下搬了,万里冲几乎成了个空村,只剩下了为数不多的老弱病残。

但这里其实是吃野味的天堂。尽管从外面看起来只有一些民宅,连招牌都没有,但如果你停下来仔细闻,香味就在风里面,从四面八方往你鼻子里钻——他们把食物的香味都煮进了这儿的风里。

车停下来,我和李倩对望一眼,李国镇回过头来,看着我们,笑笑,说,下车。

我们跟着李国镇进了路边一个破旧民宅,一个独臂走出来,虽然身子歪歪斜斜,但浑身上下都洋溢着热情。他招呼李国镇,李老板来啦。

李国镇很有派头地对他点点头。我经过独臂的时候，才看到他一只眼珠也是玻璃的，这显得他脸上的笑特别怪，我真怀疑他是把身上的零件卸下来直接炖进了锅里。

屋子里已经有一桌子人在等，我们跟着李国镇一进去，大家就都站起来，李国镇跟每个人都称兄道弟。

等众人都坐好了，独臂才进来，点头哈腰。他问李国镇，要不要先看看东西？

李国镇笑笑，站起来拍拍自己的肚子，说，那得看看，不看我哪知道吃的是啥。

他站起来，招呼我跟李倩，来，你们也见识见识。

后厨里，几个女人在切菜，锅里不知道滚着什么，冒着浓浓的热气，里面有一股潮湿的血腥味。

沾满了羽毛和血迹的案台上，高高低低地摞着一排笼子，大部分都是空的。其中一个笼子里，一只圆滚滚的大鸟，把头缩进自己脖子上厚且蓬松的羽毛里，像是戴了个围脖，翅膀耷拉着，看上去无精打采。

我以前从来没见过这种鸟，都有点不知道要从哪里开始看。

它的脑袋很怪，像猴子的脑袋长在老鹰脖子上；脸盘子很大，但鼻子很平，像是被砍了一刀；一双眼睛又深又圆，瞳仁黑亮，看上去很凶，我都不敢跟它对视；喙很尖，周围是干掉的血迹。一个女人在菜板上砍下一刀，应该是惊动了它，它努力想把翅膀张开，但是笼子对它来说太小了，只能张开一半，它嘴里发出奇怪的动静，听得人很不舒服。

我看了看李国镇，李国镇应该很满意，他挺着肚子，背着手，反反复复打量这只鸟，问独臂，这玩意儿叫啥来着？

猴面鹰，独臂赶紧回答，像猴又像鹰，一级保护动物呢。

我几乎听见了李国镇流口水的声音，心里一阵厌恶。我回头看李倩，她愣愣地站在我身后，眼睛呆呆地看着笼子里的猴面鹰，像是掉了魂。猴面鹰好像也注意到了李倩，开始对着她发出更尖厉的叫声，听起来就像是铁皮反复划过玻璃碴。

我看着李倩眼眶红了，拉着她往外走，身后李国镇还在问，这玩意儿要怎么做？红烧还是炖汤……

我和李倩站在院子里，我看了她一眼，她对着我摇摇头，我明白了，点了点头。

我和她站在那里，看出去，远处都是山，高高低低、起起伏伏的，看起来挺错落，乱七八糟的植物到处疯长，有厚有薄，云雾一点一点往上升，周围有点风了。

我们去屋子里坐了一会儿，端上来的是一锅汤。锅很大，汤很浓，底下烧着炭火，锅里面冒着热气，漂着一些我不知道名字的中药，一些被剁碎的骨肉也在浮动，我想大概是猴面鹰能吃的部分。热气里有一股浓烈的药味，还有一股腥香，我已经没办法把猴面鹰活着的样子和这锅汤联系起来。

李国镇和屋子里其他人的眼睛都亮了起来,我看到李国镇吞了吞口水,一个女服务员开始给在座的盛汤。

我和李倩面前也摆了一碗,其中小小的骨肉和药材上下漂浮。我和李倩对望一眼,都没动。

汤很烫,众人都喝出了响亮的咂嘴声。李国镇很满意,一口汤,一口酒,脸潮红起来,一碗喝干,服务员又赶紧盛满。

李国镇看上去有点豪情万丈,他眯着眼睛,拍拍自己的肚子,跟在座的炫耀,都听听,这里面有一个野生动物园。

还真有人趴过去听。

李国镇说,今天这个动物园又多了个猴……猴什么来着?

众人赶紧附和,猴面鹰。

李国镇挺高兴,也不怕烫,又喝了大半碗,这才注意到我和李倩都没动面前的汤。他有点不高兴,训我们,带你们来就是让你们长见识,喝,别糟蹋东西。

李倩看着我,我说,喝吧。

主要是中药味,像药汤子,习惯了药味之后就有点腥,不难喝,也谈不上好喝。

李国镇眼睛一直盯着李倩,直到她把自己碗里的汤喝完,才说,你们还小,不知道很多东西为什么好。今天就是让你们知道知道,什么是好的,什么是坏的。有些东西看起来是好的,但其实是坏的。但有些东西,看起来是坏的,实际上是好的。

我听不懂李国镇喷着酒气的弯弯绕,但众人一致附和,哲学,李总这话真哲学。

接下来的时间，我和李倩一言不发地看着在座的每个人给李国镇敬酒，个个都把腰弯得很低，说一些称兄道弟的话，我听不清。我看李倩，李倩有点昏昏欲睡，我给她倒了一杯水，她在桌布底下握着我的手，她的手心很热。

他们好像都很高兴，每个人的脸都很红，像是个个都上过蒸屉。李国镇让服务员进来，把空调调到十六度，还是觉得热，又开了吊扇，吊扇狂转，吹得轰隆作响，李国镇还是吵着热。屋子里的人都热，包括我和李倩，李倩汗湿的头发已经粘在她漂亮的脖颈上。每个人都满头大汗，衣服贴在肉上，酒味、汗味和菜香味都被搅浑了，空气扑在身上，感觉沉甸甸的。

独臂又搬来两个落地扇，我觉得眼睛发烫，好像能从每个人嘴巴里看到他们一口一口呼出的热气。

李倩呆坐在那里，昏昏沉沉的，她手心里一直在流汗。

李国镇肯定地告诉大家，补啊，这玩意儿补啊，晚上我得找春斗泻泻火。

众人就哈哈大笑。

回去的路上，李国镇坚持自己开车。

山里的夜格外黑，只有车灯照出去，照不远，只能照亮车前一小段路，好像黑暗有一种阻力。一些乱飞的虫子像雨点一样，噼里啪啦地在撞碎在车灯前、风挡玻璃上，路两边的山林里时不时传来一些不知道什么鸟的叫声，听起来挺吓人。

李倩好像是睡着了，眯着眼，靠着我，手心还是很烫。

我也有点困，掐自己的大腿，让自己不要睡着。

李国镇看起来挺兴奋，跟着车载音响哼歌，车里都是他身上的酒味。

李国镇把车里的空调开到最大，出风口喷出凉气，对着他直吹。他不停地给自己擦汗，整个人看上去油乎乎的，油脂从他皮肤里往外渗，他宽大的衬衣已经湿透，紧贴在身上。

我也好不到哪儿去，根本感觉不到凉风，就觉得从里到外一直发热，恨不得一头扎进冰水里去。

李国镇在唱蔡琴，我们要飞到那遥远的地方看一看，这世界并非那么凄凉。

唱得很狰狞，就没有一个字在调上，但他自己不觉得，在嘴里把每个字都含一会儿，再含含糊糊地唱出来。

我听得心烦意乱，透过车窗玻璃往外看，夜更黑，路更长，汽车就像是一只虫子掉进了墨水里。

李倩已经完全睡下去，我能听到她均匀的呼吸声，她的脖颈上渗出汗珠，脖子好像承受不住她脑袋的重量，我对着她。

李国镇还在唱，越唱越起劲，唱着唱着，停了一停，好像胃里泛上东西来了，口水呛了他一下。他咳嗽了一声，顿了顿，紧接着又咳嗽，挺剧烈，像是呛到了气管。他咳嗽着开车，车子开得歪歪扭扭。

他越咳越紧，就快喘不了气了，五脏六腑都快咳出来。他猛踩刹车，车子急停，我拦了李倩一下，自己的头撞到了车座位上。

李国镇不管不顾地拉开车门，蹿下车，在车灯照耀下，扶着引擎盖，弯下腰，撅起屁股，身子往前送，屁股往后拉，像要撕裂自己一样，咳，猛咳，停不下来。

李倩醒了，被眼前的车灯下的李国镇和他的影子吓到，动不了了，我也不知道该干些什么。李国镇还在咳，咳嗽声回荡在山林里，车灯把他的影子拉扯得巨大，就像一个鬼，鬼应该就是这个样子吧？

李国镇快脱力了，脸上青筋像蚯蚓一样鼓起来。他不得不把腰直起来，猛抓自己的胸口，瞪大了眼睛，眼珠几乎要从眼眶里蹦出来。他对着风挡玻璃伸出手，向我们求救。

我和李倩对望一眼，都有了同一个念头：也许我们不用去弄坏千斤顶了。

彻底清醒的李倩握紧了我的手，手劲大得出奇，几乎要把我的指骨捏碎。引擎声轰隆隆的，车灯就像是聚光灯一样照着咳嗽、挣扎着的李国镇，我和李倩就像是坐在剧场里的观众，欣赏李国镇正在给我们跳一支又难看又诡异的舞蹈。

这太像一个噩梦了。

一愣神，李国镇就突然消失在我们的视线里。李倩拉着我下车，我能感觉到她的身子在发着抖。

李国镇趴在车前，整个人蜷缩成一团。我不知怎么，想到了笼子里的那只猴面鹰，李国镇就像一只受伤的大鸟一样扭来扭去，终于，他身子一耸，吐出来一摊呕吐物。他像是终于活过来了，身子不扭了。

李倩紧紧抓着我的胳膊，靠紧我，我揽住她。

李国镇又趴了一会儿，这才爬起来，脸上都是鼻涕和泥水，嘴角的口水拉着丝。他抬起头，看着我和李倩，想要开口说话，却意外地发出一声鸟叫，就像是铁皮划过玻璃碴，跟猴面鹰的叫声一个动静。

李国镇和我们一样，被刚才他发出来的鸟叫声吓了一跳。他捏着自己的嗓子，又使劲咳嗽，像是要把嗓子里的怪东西咳出来。他犹豫了一下，又试着要说话，这次，他发出的声音比刚才更尖厉，更像猴面鹰的鸟叫声。

我觉得前胸后背都起了一层鸡皮疙瘩，我和李倩紧紧靠在一起，看着李国镇。

李国镇大声喊，想把堵在嗓子眼里的什么怪东西喊出来，可是没用，他喊出来的已经不再是人类所能发出的声音。

李国镇发出的怪叫，好像引起了林子里什么东西的注意，无数鸟类一起跟着他叫起来，有的远，有的近，有的尖，有的平。李国镇放弃喊叫，开始猛抠自己的嗓子眼，像是要从里面抓出什么活物。

他几乎要把自己整个手掌都吞进去，终于从嗓子眼里扯出一团黏液和脏血。黏液和脏血包裹着一块形状古怪的硬骨头，骨头的大小已经超过了他能吞进去的极限。他自己好像也觉得奇怪，看着手里这块硬骨头，很害怕，看我们，用眼神向我们求助。我和李倩都不敢上前。

他又试着开口，还是鸟叫。他一直叫，叫着叫着好像平静下来了。他不害怕了，周围林子里鸟类的叫声一齐感染了他，他脸上露出一种满足的笑意。我看着他白衬衣下的肩胛骨以几乎不可能的姿势鼓动，像是有什么东西要从肉里钻出来。他好像还在努力克制着什么，脸上的表情一会儿开心，一会儿痛苦，嘴里发出的鸟叫一下子尖厉，一下子又低沉。他抱住自己的双臂，身子抖个不停。

他的叫声戛然而止，不等我们反应过来，他又开始发出更疯狂的尖叫。我抱住李倩，往后退，看着李国镇尖叫着反复挥舞自己的双臂，做出要展翅飞翔的样子。林子里的鸟类似乎在召唤他，无边无际的叫声好像就在我们耳畔爆响。我和李倩紧紧靠在一起，等我们回过神来，再去看李国镇，恍惚之间，他的脸上似乎已经没有了人类的样子，扁平的脸，尖尖的长喙，就像是猴面鹰的头长在了他脖颈上。

李国镇用力挥舞着自己的双臂，尖叫声停不下来，深圆的双眼最后看了我们一眼，像是充满了愤恨，然后他跑出去几步，跳下小路，一头扎进林子里。我和李倩看过去，只看到黑暗里林木起伏，像一个个波浪一样由近及远，他的叫声也混杂在无数鸟类的叫声中，慢慢地再也分辨不出来了。

李倩仍旧没有松弛下来，她跟我说，她想上厕所，我说我也想上。

在草木掩映中，因为害怕猴面鹰从哪里蹿出来，我们没隔着太远，她坚持要拉着我的手。我们面对面，把不得已喝进的汤一股脑排泄出来。我们觉得凉快了下来，身体里没有刚才那股燥热了。

经过多次换乘，我和李倩终于坐上了前往满洲里的火车。

临走前，李倩说想回去再看一眼她妈。

我们光明正大地去了她家，李倩她妈仍旧支着麻将桌，和一屋子人笼罩在烟雾里，没有搭理我们。李倩定定地看了她妈一会儿，直到看到她和了牌，才说走吧。

李倩背着背包往外走的时候，屋子里没有人注意到我们，包括她妈。

我托关系又给冯翠萍开了几个月的过敏药，回家收拾东西的时候，冯翠萍没在，冰箱里塞满了剩饭。我想她不知道我夜里没回来，也不知道我现在要走。

为了不让她丢下我，我先丢下了她。

我觉得这是我生命中为数不多的一次胜利。

列车轰鸣，有人在打牌，有人仰着脖子打着呼噜，我跟李倩有一搭没一搭地规划着接下来的生活。其实具体的也没怎么想好，只是说到了以后先找个地方住，最好再去买点厚衣服。

我盘算着我们两个人兜里的钱能坚持多久，李倩突然没头没尾地跟我说，我以前就见过那只猴面鹰。

我愣住，不明白李倩在说什么。

李倩说，那天它就在我窗户外面，看着我，但那时候我不知道它

343

叫猴面鹰。

我问她，哪天？你在说什么？

就那天，李倩说，李国镇喝多了，喝得特别多，他还没进屋我就闻到酒气了。我妈去打麻将了，我想我应该快一点洗完，身上的沫还没冲干净，我裹了浴巾就想赶紧回房间。

但我迎面撞上了他，他看着我，我想绕开他，他不让我绕，他从来没用那种眼神看过我。

我头发上还在滴水，他拽我的胳膊，我想甩开，结果他把我拽到了地上。

我的脸磕在地砖上，眼前特别模糊，没洗干净的洗发露流进我眼睛里，我看什么都有重影。地砖里有一股霉味，我一直在晃，我的头不停地撞在桌子腿上，我分不清到底是哪里在疼，有人在我身上打电钻。我听到外面有动静，以为是我妈回来了，心里祈祷，一定是我妈回来了，我妈回来了我就得救了。我明明听见我妈走到了门口，我认得她的脚步声，我都闻到她身上的味了，我看着那扇门，但门始终没打开。我听到窗户有动静，我使劲去看，那只猴面鹰就在我家窗户外面，透过窗户玻璃看着我，眼神和那天在山里一模一样，真的一模一样。

李倩双目无神，只是不停地呢喃，把这些话颠三倒四地说了一遍。

等我听明白了她说的到底是什么，我一拳打在了面前的小桌上，小桌颤了颤，我一句话都说不出来，似乎整个车厢都跟着我和李倩沉默下来。我突然想,也许我的痛苦跟她的比起来,根本微不足道。

这时候列车广播宣布,尊敬的旅客,我们已经到达满洲里。

我们出了站,立刻就被一股子冷包住了,不出所料,我们两个人单薄的衣服的确无法抵御这里的冷。我们只能紧紧抱在一起,好在李倩很瘦,轻易就可以被我抱进身体里。如果可以,我真是想张开我的肋骨,把她整个人都裹进来,让她永远热热乎乎的。

我看到有一点亮晶晶的东西轻轻地降落在她睫毛上,没等我看清,就融化了,她却惊喜地叫起来,雪,满洲里的雪。

李倩伸出双手,更多的雪花落向她的手心。

我仰起头,雪下进眼睛里,冻得眼眶里也像是要结冰。细细密密的雪花打着旋从半空中飘落下来,像礼花,像是在为我们举行一场小小的庆祝会。

李倩顾不上冷了,她挣脱我,冲进下得越来越密的雪里,跑,跳,转圈,大叫,摔倒,爬起。

我也扔掉行李,冲过去,抱她。她鼻头冻得通红,还流出了鼻涕。

我没有提醒她,我只想抱着她,让她也抱着我,让雪抱着我们两个。

现在,这里除了我们,再没有别人。

她在我耳边说,我早就说过吧,世界尽头就在满洲里。

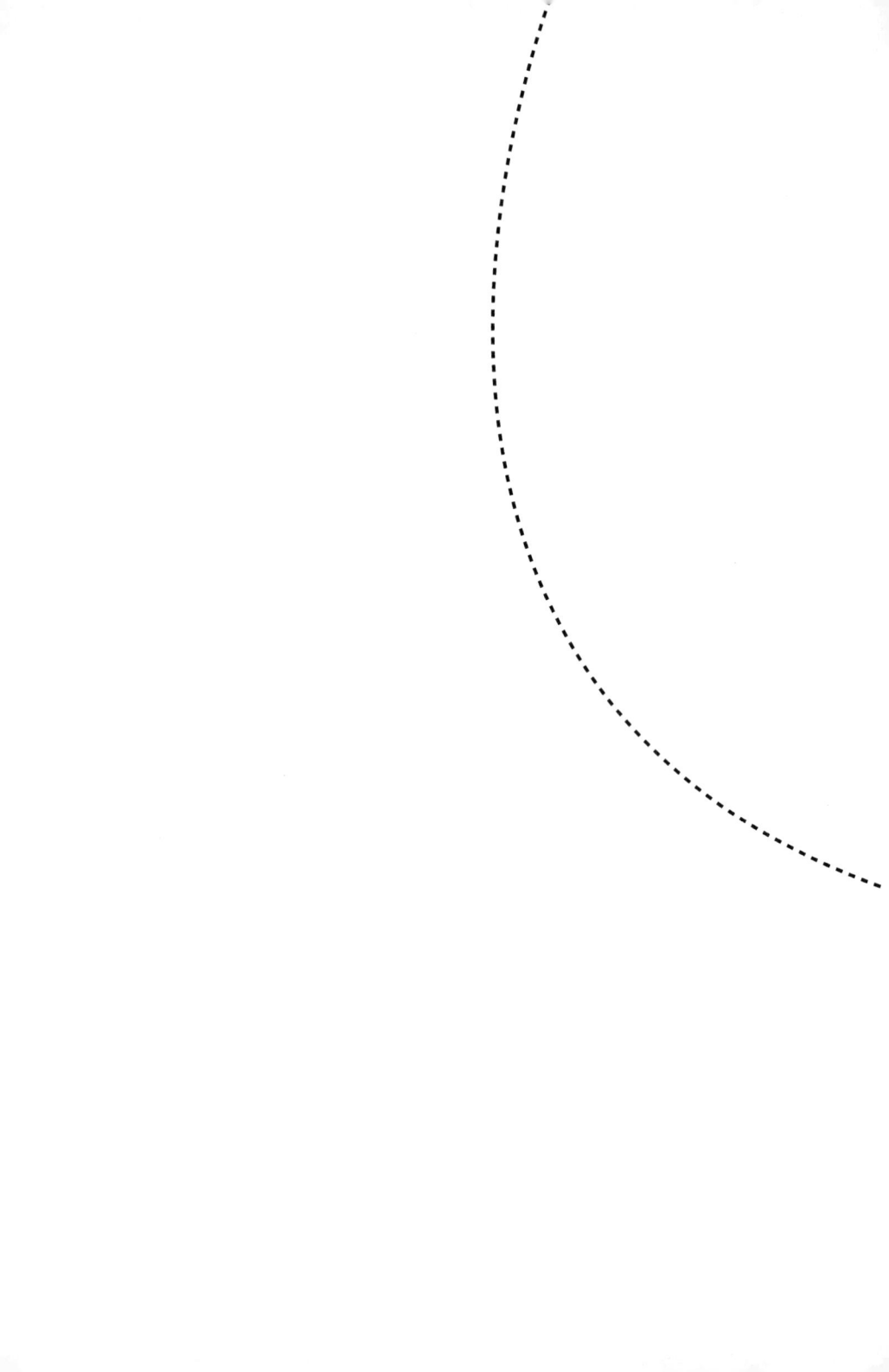

你想再兜兜风吗

我在抖音上偶然刷到了俊辉,他置身酒吧绚丽到刺目的灯光里,搂着面目模糊的女孩热舞,女孩的腰和脖子都一样白皙,在晦暗中舞成重影。我看到俊辉耳垂上的耳钉闪着一点寒光,他对着镜头做邀请的姿势。

我已经很久没见过他了。

我给他点了个赞,很快他就把电话打过来,问我,回来了?

我说,回来了。

医院通知我,把外婆带回去吧,在家里总是舒服一点。

外婆已经瘦成了一点点,勉强能走路的时候,我扶着她,感觉她轻飘飘的,几乎没有了重量,我的手不敢松开她,生怕她趁我不注意就飞走了。

我辞去工作,回小镇安心照顾她,陪伴她最后的日子,更准确地说,是请她在最后的日子陪陪我。

外婆坚持住回老屋,她还惦记着她养的鸡,我扶着她去看,鸡一只都没少。她说,应该下蛋了。我弯下腰,果然在鸡窝里看到好多鸡蛋。

我捧着热乎乎的鸡蛋回头看着外婆,她颤巍巍地站在阴影里对我笑。

老屋就在等着拆迁的家属院里,比外婆还要老,目送过许多熟悉面孔的离开。每年过年回家,我经常会在某个角落迎头撞见我的童年。

天气好的时候,我就和外婆一起在院子里晒太阳,阳光透过树梢斑驳地洒下来。这时候,整个世界就跟这个家属院一样大,不管我走到哪里,我都知道外婆就坐在我身后看着我。

我搬了把椅子,靠着她,闻着她身上衰老的甜味,她闻起来就像是一个放久了的苹果,我时常和她一起睡着。

父母离婚之后,各自有了家庭,看上去都比以前幸福。

我就像是一个滥用标点符号的学生的文章里的某个多余标点,随时会被老师删掉。

我爸终于如愿生了一个儿子,再也不用在我面前愁眉苦脸,说那些"没儿子,抬不起头"的醉话。

每年过年我都和外婆住在一起,外婆家就是我的家。

夜里,我给外婆洗澡。外婆以前身体很好,每顿饭都喝一杯白酒,去哪儿都走着去。她以前缠过小脚,但走路飞快,骂人也中气十足,我记忆中几乎没见她生过病。

在浴室里,我帮她脱掉衣服,就像是脱掉了她的大半辈子,她的筋肉和气力都被脱掉了,她在我面前瘦成那么一点,她老成我的孩子了。

我给她洗澡，抚摸着她身上皱起来的皮肤。她好像有点害羞，说，女崽，我难看了。

我说你不难看，人老了都这样，以前你身上闻起来是苦的，现在闻起来是甜的了。

她笑了。

我扶着外婆走出来，舅舅赶紧迎上来，他今天执意睡在外婆床边。我知道他的意思，他总是觉得外婆随时会走——我们都在等待一场死亡的降临，但没有人敢承认。

我们尽量保持着一种日常，好像什么都没有发生过，也不会再发生什么。

我跟外婆说要出去一趟，外婆说，你去吧，年轻人不能天天闷在家里。

我听见外面引擎声轰鸣，俊辉骑着机车来接我。

机车很高，浑身透着金属亮黑。俊辉递给我一个头盔，我隐约听到头盔里传出音乐声，应该是摇滚乐，是用小语种唱的，听起来很愤怒，但不知道里面的人在唱什么。

我坐在机车上，俊辉的声音透过头盔传过来，回来怎么也不说一声？

我说，忙，要照顾外婆。

我问他，这车不便宜吧？

俊辉说，不贵，三十多万。

我透过头盔前的护目镜看出去，高速行驶的时候，夜色中的街道略有些颤动，路灯的光在眼睛里被拉成了亮带，整条街像是被王家卫抽了帧。

我从来没这样看过我的小镇。这个点，没有人在赶路了，街上已经没什么人了，晚睡的人都在酒吧或者烧烤摊上。两侧竖立着嶙峋丑陋的建筑，大多数是建了一半的大楼，出于各种原因，还没有墙皮，看起来挺狰狞。

俊辉问我，要不要去我酒吧？请你喝酒。

我说，我现在怕闹腾，就找个清净的地方聊聊吧。

俊辉说，那去溜冰场吧。

我说，这都几点了。

俊辉把机车停好，我腿有点发麻。看着他拉开卷帘门，溜冰场里所有的灯依次被点亮，白晃晃的冰面刺目，里面充斥着一股旧鞋的味道，跟我记忆中的一模一样。

俊辉张开双臂，向我炫耀，我开的。

我说，你现在真有钱了。

俊辉说，嘻，有个屁钱。然后他就问我，你溜过冰吗？

我说，我肯定溜过啊，我不是还教过你吗？

俊辉就笑，你念书念傻了，镇上的朋友就数你最傻。我以前怎么会喜欢你啊？

我不理他。

他说，不过我一直记得你，你是唯一一个拒绝我的女孩。

我只能笑笑。

俊辉说，你还记得倩倩吗？就以前老跟我们一起玩的那个。

我说，我记得啊。

俊辉说，她跑了。

我不解，问，跑了？

俊辉说，听说是杀了人。

我吓一跳，问，怎么回事儿？

俊辉说，那我就不知道了，说啥的都有。我就是想告诉你，你再不回来，你也成这里的陌生人了。

换上冰刀鞋，我和俊辉一前一后，偶尔还能在拐弯时滑出个漂亮的弧度。偌大的溜冰场只有我们两个人，这么溜冰实在有点孤独，我心里空荡荡的，不亚于此刻的溜冰场。

我溜了一会儿就累了，靠在栏杆上，看着俊辉背着手，在冰面上一圈又一圈地转，像一个被鞭子狠狠抽过的陀螺。

他看起来很瘦，比我记忆中要瘦得多。

俊辉滑到我身边，扶着栏杆，打了个哈欠，有点百无聊赖。他说，没意思。

我说，你怎么这么瘦了？这么瘦可不好。

他看起来毫不在乎，说，上个月我还住院了，身上毛病不少，主要是肝，酒往死里喝，烟往死里抽，槟榔往死里嚼，身体能好吗？大夫跟我说，明明是个年轻小伙子，怎么五脏六腑的负担这么大？劝我少熬夜，忌烟酒——都是些屁话，那活着不就更没意思了吗？本来有意思的事儿就少。

我问他，还在找你的父母？

俊辉点头，说，公安局采过血了，也打电话报了寻亲节目，但都跟放了屁一样，没有动静了，还不如屁，连臭味都没有。

俊辉在镇上唯一一家儿童福利院长大。

在他的记忆里，"第一儿童福利院"这几个黑字写在苍白的牌子上，挂在门口。他小时候经常觉得疑惑："儿童福利院"前面为什么还有个"第一"，这有什么好争第一的？

他记得，福利院里青砖垒起来的院墙很高，据说用的是当年平坟运动时挖出来的青砖。这种青砖相当结实，用它砌的墙一百年也不会倒，夏天里面偶尔还冒出白气，人站在院墙面前总是觉得冷飕飕的。俊辉听女院长说过，以前打井也用坟砖垒，这种井里的水更凉，适合冰西瓜。

儿童福利院有两栋楼，对称的，建得像碉堡，好像生怕有人来偷这些没人要的孩子。

俊辉说，后来我也进里面蹲过，福利院跟监狱一个样。

俊辉人生中收到的第一份礼物是一个"姓"。福利院的孩子们大多是被遗弃的，有的父母会留下一个纸条，上面写上孩子的小名；有

353

的干脆什么都不留，包一包就扔了，像是扔一袋垃圾。

包俊辉的小被子里就什么都没有，被子还被他尿了。儿童福利院的护工从充斥着尿味的小被子里把俊辉剥出来，就像是重新给他接生。俊辉觉得，那一刻，他才算是真正赤条条地来到这个世上。

俊辉没有名，也没有姓。儿童福利院的院长统一给像俊辉这样没有姓的孩子，分配了一个姓氏——龙，龙的传人嘛。福利院没有姓的孩子都姓龙，姓了龙，他们就是一家人了。

俊辉这个名字是后来他自己取的，印象中是从港剧里一个角色身上直接拿来的。

俊辉在儿童福利院里最能闹腾，让四十多岁的女院长头疼不已。

俊辉视福利院的规矩如无物，像是一头精力旺盛的小兽，兢兢业业地破坏着一切，反抗着一切。他把蟑螂放进女护工的饭盒里，埋在米饭底下，在女护工吃到一半才发现的时候，看着她弯腰对着垃圾桶呕吐。

他割破自己的手指，把血印在女护工换下来的白裙子上。女护工下班换上裙子去约会，被人指指点点，然后羞红了脸，哭着往回跑。

俊辉跟我说，女院长号称从不体罚孩子，但她用尖头皮鞋踢过他的小腿，小腿肿了好几天。女院长问他，到底为什么跟人过不去？

俊辉说，那个女护工之前拿烟头烫过他的大腿，而且反复烫同一个地方。她在外面受了委屈，就烫福利院的小孩，尤其是姓龙的，好像这些被统一分配姓氏的孩子，在她眼里低人一等。她说，你们不配姓龙，你们应该姓虫，虫子的虫。

除了俊辉，没有人反抗。

俊辉还亲眼看到，女护工让一个小男孩张开嘴，任由她把痰吐进去，还问他好不好吃。

小男孩咽下去，说好吃，她就很满意。

俊辉说，课本上说了，旧社会需要一场革命，我这就是革命。

女院长又给了俊辉的小腿一脚，俊辉疼得弯了腰。

女院长说，她会处理，让俊辉以后老实点。

但女护工一直都在，丝毫没有被这件事影响，她恨极了俊辉，找各种机会给俊辉亏吃。

俊辉就和她斗智斗勇，有时候她赢，有时候俊辉赢，很快这就成了俊辉的日常。

这场噩梦结束在一个夏天。

一对姓黄的中年夫妻来挑要收养的孩子，俊辉和其他小朋友一样排了队，像货架上的货物一样，等着中年夫妻挑选。

那天俊辉走了神，他发现女院长的一根鼻毛蹿了出来，接触她总是湿漉漉的厚嘴唇。他想象着，这根鼻毛也许就是女院长身体里炸弹的引信，只要点上，女院长会就当着所有孩子的面，炸成一团烟火。想到这里，他笑出声来。然后他看见那个中年女人一脸慈爱地看着他，伸手摸他的头。

俊辉开始姓黄了。

他离开儿童福利院那天，没回头看一眼，却感觉福利院的围墙在看着他，在炎热的夏天冒着白气。

几个月以后，俊辉又被送回来了。

这次中年女人没来，来的是中年男人。他有些不好意思，但拿出收养协议，指着协议上的某个条款给女院长看，里面有规定，如果一年内对收养的孩子不满意，可以随时送回来，大致就相当于现在网购中的七天无理由退货。

中年男人说，我老婆被他吓病了，这孩子吧，多少有点毛病。

女院长在俊辉胳膊上发现纵横交错的疤痕，有的虽然长好了，但仍旧能看到森然的白肉，伤口皱起来，看起来相当可怖。

女院长问俊辉，到底为什么拿刀割自己？

俊辉满不在乎，他说，就好玩，就舒服。

女院长看着俊辉脸上的笑，觉得有点毛骨悚然。

俊辉说，以后我是不是不姓黄了？

黄俊辉变回了龙俊辉，又开始在福利院捣乱。他很快就成了福利院里的"滞销货"，再也无人问津。

女院长本人信耶稣，福利院也拿过教会的捐款，女院长经常给孩子们讲《圣经》里的故事。

俊辉记得有一个故事，上帝让一个叫什么亚伯拉罕的，把自己的儿子杀了，亚伯拉罕就真把儿子杀了。

俊辉不知道这个故事是什么意思，但他隐隐约约记得女院长念的一些句子，什么"人的仇敌就是自己家里的人"。后来过了很多年，很多事俊辉都忘了，但这句话他一直记得。

十六岁那年，俊辉从儿童福利院跑出去，女院长象征性地找了几天，就带着其他孩子接着学《马太福音》了。

俊辉莫名其妙地跟着几个闲散青年跑到了东莞，进了一家KTV当服务员，谎称自己已经十八岁了。

KTV的老板娘喜欢穿黑衣服，眼线画得很黑，嘴唇又涂得很红，跟人说话时，嘴里永远有烟酒味，像含着一个烟酒铺子。

老板娘对俊辉印象不错，把他当心腹，让他好好干，去哪儿都带着他。

KTV里养了一票女孩，有身份证的就被老板娘扣下了身份证。这些女孩大多都化着跟她们年龄不符的浓妆，留着不太适合自己的发型，露肩的上衣和黑皮裙在她们身上很不相称，她们在客人面前并排站着，像一连串"笑"字。

俊辉和她们一起昼伏夜出，看着大腹便便的老板们搂着这些可能跟他们女儿一样大的女孩唱歌跳舞，把啤酒灌进她们的胸口，舔她们脸上劣质的粉底。

俊辉就是那时候第一次见到了死人。

一个女孩想找老板娘要回身份证，说她想回老家。老板娘骂她，贱货，你有家吗？你家里人还要你吗？

女孩不敢说话，低着头哭。老板娘走过去，当着俊辉和其他女孩的面，抽女孩耳光。每抽一下，女孩身子就颤一下，但她一下也没躲，甚至拿脸去反抗老板娘的手，两个人的动作配合得默契，看起来十分滑稽。直到女孩鼻血流出来，老板娘终于打累了，甩着自己的手腕，骂她，贱东西，不知好歹。

夜里女孩跑了，老板娘带人去找，俊辉也去了，一群人在桥上发现一只断了跟的高跟鞋，孤零零地歪在那里，看起来特别可怜。

等到了第三天，有人在水库里发现了女孩，把她捞了上来。老板娘去认尸，俊辉也跟着去了。女孩已经被泡得发胀，整个人大了一圈，眼睛还睁着，脸上劣质的浓妆已经被泡干净，身子特别僵硬，胳膊和腿一直弯着，怎么放也放不平，整个人好像闪光灯过后被快门定了格。
老板娘脸上没什么表情。
俊辉跑到一边吐了。

俊辉说，女孩死了的样子一直在他脑子里转，那女孩僵了，硬了，但看起来还是很漂亮。她想回家，可她可能也没家了，跟俊辉一样。

在 KTV 待了几年，俊辉认识了一个老板，老板在 KTV 喝多了，问俊辉，小伙子，想不想发财？
俊辉稀里糊涂，跟着老板去了柬埔寨，去了才发现，老板是搞电信诈骗的。
每搞成一单，老板就按利润给大家分成。俊辉在这里见到很多年轻人，比他大不了几岁，他们可以在电话里扮演警察、律师，有时候也扮演情人、儿子，对情感空虚的中年妇女和孤独的老年人下手。
俊辉看着他们在电话里如此声情并茂地说谎，语气或威严或真诚，有时候还让眼眶也跟着红起来，他好几次忍不住在别人讲电话的时候笑出声来。

俊辉不擅长骗人，一单也没搞成，那些年轻人就瞧不起他。他虚心向他们请教，得到的答案让他哭笑不得。他们说，你多上几次国内的通缉令就学会了。

俊辉说，从柬埔寨回来，我又去了很多地方，但还是喜欢家里，我不喜欢太冷的地方。

俊辉辗转回到了小镇，他已经长大，脖子上可以悬挂金链，手腕上戴着颜色不明的珠子，阴天也戴墨镜，开始他叫很多人哥，后来很多人叫他哥。

我就是那时候认识俊辉的。

我大学毕业之后，留在了深圳，逢年过节才回老家，每次回来，俊辉都好像比之前有钱一点，但也越来越瘦。

大家一起吃饭的时候，俊辉热衷于买单，喜欢别人叫他辉少。

小镇不大，同龄人之间隔不了几个人就互相认识。俊辉身边的女孩，从我小学的好朋友，换成了初中的好朋友，然后又换成了好朋友的好朋友。

俊辉说，在一场酒席上，两个男人有很大的概率先后跟同一个女孩谈过恋爱，大家都习以为常，谁也不当回事儿。

俊辉并不长情，一场恋爱谈不了多久，他就会觉得无聊。

跟过他的女孩在分手后，都热衷于到处散布关于他怪癖的流言。

烧烤摊上的女孩说，这人绝对有病，有一次我们正在搞，搞得很高兴，他突然管我叫妈，都把我叫蒙了。我不答应，他还不高兴，又叫了一声妈，一定让我答应。我只好答应。他叫了七八声吧，然后就抱着我号啕大哭，都给我哭恶心了。

酒吧里的女孩说，他啊，变态，他咬我，把我咬疼了，然后又让我咬他，一定要咬出血来，我又不是狗。

KTV里的女孩说，他那方面挺厉害的，一晚上能搞好几次，他让我给他生个孩子，这样就有人管他叫爹了，有一次他连血都射出来了⋯⋯

这些流言真假难辨，时常通过各种方式传进我耳朵里。

俊辉每隔一段时间就会迷上新鲜的事物。有一段时间，他热爱吃野味。小镇周围多山，有钱人都吃野味，他也跟着吃，吃得比谁都凶，听说有一次还中过毒，身上起来大片的疹子，几乎吃掉了半条命。

现在又开始玩机车，他跟我说，机车开得快，能开多快呢？这么跟你说吧，快到让人想死，而且死了之后，你才知道你死了，就这么痛快。

有一天夜里，我睡不着，就骑车出门，一路往前骑，骑到没油了才停下来，在路边等到天亮，才拦到车，把我和机车一起拉回来。

俊辉说，就是因为在电视上看了寻子节目，看到那些儿子抱着父亲哭，母亲抱着儿子哭的场景，他才想找自己的父母——至少要弄清楚自己是从哪儿来的，到底姓什么。

等我找到了，我就有姓了，不然连个姓都没有，总是比别人矮一头，你说是吧？人不能总是少点什么。

但除了自己身上的DNA，他一点线索也没有。

俊辉说，以前没戏，我自己心里也知道，就是找着玩。但我觉得今年肯定有戏，今年跟往年不一样。

我问，哪儿不一样？

俊辉说，你没听说吗？说在咱这里发现了建文帝朱之文住过的房子，新闻上都登了，说省里的专家要来考证。千古之谜都要解开了，还差我这一个吗？

我实在听不出这两者之间有什么必然的联系。我纠正他，是朱允炆。

俊辉说，反正就那个皇帝，他在这里住过，说不定也死在这里了。

说这话的时候，俊辉眼里闪着希望，好像势在必得。

陪外婆住院的时候，舅舅跟我闲聊时说起过，我们小镇周边发现了好几处明朝遗迹，尤其是几处碑文，上面含含糊糊地提到了建文帝，加上周边县里又发现了规模宏伟但又不存在于县志中的古堡群地基，专家断定，这些古堡绝非当年县里的人力物力所能完成，怀疑这里曾经作为建文帝逃亡路上的避难所，甚至有当地专家提出，建文帝朱允炆很有可能终老于此。

为了进一步确认，省里派下来专家组考察，舅舅作为当地干部负责接待。这在小镇上引起了不小的轰动，加上小镇上的确常年流传着关于建文帝在这里骑马落水的传闻，时间好像人人都成了历史专家。

在我的想象里，朱允炆衣衫单薄，常年奔波逃亡使他瘦弱，几乎要瘦进风里，他尽量不引人注意，有时候不得不和别人擦肩而过，他就赶紧躲进风里，藏进去，几乎隐身。他身边的仆人和他一样干瘦、疲倦，但又勇敢坚韧。

此刻，他们或许正在经历一场追杀，身后几个仆人已经被砍翻在地，倒在血泊里。朱允炆骑在一匹瘦马上，一路奔命，跑到桥上，马屁股上中了一箭。马惊了，跳起来，瘦弱的朱允炆抓不住缰绳，被马颠下来，从桥上跌落，一头扎进水里。激流淹没了他，也搭救了他。

很久之后，他爬到岸边，湿透的衣服紧贴在他身上，风又冷又硬。他举目四顾，发现这里是荒蛮之地，杂草丛生，许多人面目不似中土，跟他以前的生活经验完全不同。他如今孤身一人，前途晦暗，连活着都成了一个问题，身后没有强势的爷爷庇佑他，只有不远千里也想要他命的叔叔。他的人生从逃出皇宫开始，就再也没有了归途。他回不了家，也不知道该去哪儿，只能像一朵蒲公英一样被风吹着跑，不知道终将被栽种在哪里。

朱允炆湿着身子走在风里的样子，不知道为什么，让我又想到了俊辉，朱允炆和俊辉突然就拥有了同一张脸。

我好像就在身后看着他，看着朱允炆，也看着俊辉，我感觉我很快就要成为和他们一样的人了。

我从胡思乱想中清醒过来，俊辉已经把我送到家。他说，过两天再找你。

晚上，我好不容易睡着了，又做了个梦，梦见我、朱允炆和俊辉在一个桌子上吃饭。饭不好，粗粮，但朱允炆吃得精细又贪婪，就像梁家辉在电影《棋王》里吃那一饭盒米饭一样，一粒也不肯落下。

外婆的病情越来越严重，白天大部分时间都在昏睡，偶尔醒来看我一眼，紧接着又沉沉睡去。

我怕她睡太多，但又不忍心叫醒她。有时候，我坐在床边看着她睡着，心里就想，小时候，我妈沉迷于打麻将，把我丢给外婆，外婆应该就是这样看着我睡觉的。

趁着她睡着，我出去买生活用品。

我骑着小摩托车行驶在我从小长大的小镇上，突然反应过来，我记忆中的一些山已经被削平了，原来山的位置建起来楼房，高低错落。我有点恍惚，那些我记忆中的小山突然就和眼前这些楼房重影了，我胡思乱想：人要是住进了那些房子，是不是就等同于住进了山里面。

回来的路上，我遇见了我爸，他看起来精神焕发，我想这是因为他终于有了梦寐以求的儿子。浑身透着喜悦的他，跟我正在衰老破败的家格格不入，但我好像已经不在乎了。

他问我，回来这么久，你工作怎么办？

我说，辞了。

他说，外婆有儿子，有女儿，你只是个做外孙女的——

我不想听他接下来的话,说我还有事,扭着油门走了,把他留在我身后,就像当年他把我留在身后一样。我和我的父亲,几乎在每一条路上,都重复过这种分道扬镳。

我想起儿童福利院女院长教俊辉念的那句话:人的仇敌就是自己家里的人。我好像有点懂这句话的意思了。

外婆走的时候是一个下午。

她靠在床边睡了很久,几乎要从床上掉下来。我去叫她起来,她睁开眼看了我一眼,我看着她嘴角好像有笑。她没说话,我听见一声很轻微的叹息,从她衰老的身体里发出来。然后她慢慢把眼睛闭上了,身上的病痛终于也和那声叹息一起离她而去。

那天太阳正好,是多雨的家乡又一个难得的好天气,阳光透过许久没擦的旧玻璃射进来,把她的身子晒得很暖很暖。我握住她苍老的手,粗糙、斑驳,但又让人觉得安全,跟我小时候握的感觉一样。

我没哭,把她抱起来,轻轻往里面放了放。她已经很轻很轻了,就剩下那么一点点重量,几乎可以躺进我掌心里。

我脱了鞋,躺在她身边,缩在她怀里,最后一次和她一起晒太阳。我睡着了。

我看到我身体里许多建筑都在肉眼可见地坍塌。我的童年有带漂亮蚊帐的小屋,外婆一砖一瓦搭起来的鸡窝,我们一家三口一起吃饭的客厅,老旧的房子……一切都在坍塌,速度越来越快。我眼睛模糊,脚心传来震颤,站在那里无依无靠,不知所措。我成了一个小女孩,站在废墟中号哭,哭得冒鼻涕泡,呆呆地看着我的身体里烟尘四起。

外婆出殡当天，所有人都在哭，我只是感觉疲倦。我看着那些纸钱一点一点烧化，烧成飞灰，向着天空飞扬，像是寄出的信。

俊辉来找我，他看着我，问我，你想再兜兜风吗？
我说我想。

这一次俊辉骑得极快，我听着排气管击破空气的爆破声，真好听，像放礼花。我看看车头上仪表盘的表针毫不犹豫地指向200，身后像是有人推了我一把，我感觉自己似乎在荡秋千。风像一个怀抱一样包裹着我们，像在教我该怎么飞。头盔里的音乐很大声，但我什么都听不见，我所处的世界从来没有像现在这样安静。我好像能看清楚风的来路，路灯扯出无数条光带，牵引着道路两侧的小山和建筑，让它们都像风筝一样飘起来，飘向夜空，在我眼前争先恐后地碎裂，而后又重新组合，组成不可解的形状，像无数个只有我自己才知道的秘密。
我突然就理解了俊辉说的，如果足够快，快就像死一样。

外婆走了以后，我一下子闲下来，我自己找不到任何能把我的一天填满的事情，幸亏这时候俊辉来了。
他说，我听说平头寨的山上有座盘古庙，很灵，求什么都能应验，你要不要跟我一起去拜拜？每个人都要求点什么。

我和俊辉去买了烧纸和香烛，俊辉神秘兮兮地拿出一沓卡片，递给我看。

我接过来,发现上面写满了姓氏:赵钱孙李,周吴郑王。这是一沓百家姓的卡片。

我不明所以地看着俊辉。

俊辉说,走,让盘古给我指条明路。

骑了两个小时,我们站在传说中的野山面前。四野无人,只有风声,山不高,但很陡峭,沿途几乎没有路。我们爬得很吃力,脚下都是带刺的野草,我的腿被划了一道口子,火辣辣地疼。俊辉看了没说话,俯下身在我小腿的伤口吸了几口,我身子抖了抖,差点摔倒。俊辉已经站起来,把血吐出来,跟我说,这样能杀菌。

沿途的山石上镶嵌着很多碑,依稀可见上面的字迹:云根广荫,大清咸丰二年,平头寨记什么的。

俊辉问我,古人怎么这么爱刻碑?

我说,大概就相当于我们现在爱发朋友圈吧。

俊辉笑了,他今天似乎心情不坏。

爬了一个多小时,我们两个已经浑身湿透,喝光了带上来的水,终于找到了传说中的盘古庙。

我看着眼前所谓的盘古庙,有些失望。这里只剩下一些断石残碑,东倒西歪,完全没有一个庙应有的样子。只有一块断碑上刻着两个面貌模糊的神像,碑前还有烧了一半的香烛和已经腐烂的水果。

是这里没错,俊辉说,以前这里是个庙,一直很灵,后来被砸了。县里一直说要重建,但一直都没建成,但这没关系,不妨碍它灵。人蠢，但神不跟人计较。

我们点了香烛，把纸烧化。

我站在那里，看着俊辉跪下来。他磕了个头，再抬起头来的时候，脸上已经没有了一点往日的戏谑，看起来认真而又虔诚。他从口袋里掏出厚厚的一沓百家姓卡片，对残碑上的盘古祈祷，盘古大神，我没找到我的父母，但我想要一个姓，我不姓黄，也不姓龙，我不知道我姓什么，你给我一个姓吧，我有了姓，也就有了家。

说完，俊辉学着周润发在《赌神》里的样子，一抬手，把手里的卡片扬起来，然后伸手狠狠地抓住了一张，松了一口气，是个"胡"字。他看了一眼，似乎有点不满意，说再来一次吧，然后去捡散落在地上的卡片。我弯下腰和他一起捡，把剩余的卡片塞进他手里。他看了我一眼，跟我说，我再来一次。

我冲他点点头。

俊辉深吸一口气，又把卡片高高扬起来，然后伸手猛抓了一张，先亮给我看，还是个"胡"。俊辉看了一眼，终于笑了，说，以后我就姓胡了，我叫胡俊辉。

我说，你好，胡俊辉。

胡俊辉给残碑磕了头，跟我说，你也许个愿吧，我觉得灵，真灵。

我跪下来，想了半天，却不知道该求什么。我说，那就求求盘古大神，保佑朱允炆安然无恙地度过余生吧。

俊辉听我这么说，呆住了，说，可他已经死了啊。

我说，那时候他还没死。

斜阳正在往下沉,我说,我们在这儿坐会儿吧,累了。

俊辉说,好。

我们坐在山头,目送太阳掉下去,天一下子暗了,景物都有些阴沉,一起风,周围也没有蚊子了。

俊辉问我,你交男朋友了吗?

我说,刚分。

俊辉点点头,没说话。

我把头靠在他肩膀上,他瘦弱得很,身上有烟和槟榔的味道。我说,你以后别抽烟,别嚼槟榔,也别溜冰了。

他说,溜冰很好,溜冰速度很快,如果足够快,天旋地转的,也像飞,人不能飞,但人总想飞。

我看着他,说,你知道我说的是什么。

他吓了一跳,有点难以置信地看着我,说,原来你什么都知道。

我说,我知道的比你以为的还要多。

他笑了,说,其实我那都是吹牛的。然后他又问我,接下来你想干什么?

我说,我想把身体里塌掉的房子都建起来。

他愣了一下,问我,啥?

下山的时候,我跟俊辉说,我们换条路吧,山那边我们好像没有走过。

俊辉说,好,探险,我喜欢探险。

下山更吃力,俊辉紧紧地拉住我的手,提醒我别再被划伤。

这条路更野,看起来走的人更少。我们置身其中,在茂密的植物中间穿梭,像掉进了一部武侠片里,还是胡金铨的那种。

走了很久,我感觉口干舌燥,我们终于下了山,我听到有流水声,俊辉突然往我脑后的方向指了指,他说,你看,那儿有座桥。

我看过去,那里有条很窄的小河,窄到几乎不需要桥,但那里还是有座石拱桥,横跨在河上。

我们走过去。

石桥很古朴,上面长满了青苔,踩上去很滑,仔细看,才发现石桥由颜色各异的石板组成,看起来是用不同用途的石料拼起来的。

俊辉突然蹲下来,用手擦掉石桥上的一处青苔,有字迹露出来。我蹲下来看,这才看清楚,石桥上竟然镶嵌着一座墓碑。墓碑的颜色森青,看起来用料很考究,想来是平坟运动之后,被造桥的人搬来这里,充当石料。

墓碑上有字,我和俊辉一起辨认,慢慢认出了上面刻的字,有些字迹已经看不清了:故祖考胡公临浦大人之墓,孝子×××贤孙×××叩立。

俊辉抬头看了我一眼,我看着他眼眶唰的一下红了,眼泪从他眼睛里涌出来。他说,看来我是真的姓胡,盘古没骗我,这块墓碑就是我祖先的墓碑,我有家了,我也有姓了。

俊辉说完,突然号啕大哭,我有姓了,我就有家了。

我呆呆地看着俊辉,看着他哭得弯下腰,趴在桥上,脸紧紧贴在斑驳的石碑上,哭得很大声,哭声回荡在群山里,远处隐隐有回音传来。

我看着他，突然觉得很伤心，也跟他一起掉眼泪。

我注意到有一只像鹰又像猴子的鸟蹲伏在不远处的树梢上，一双又大又圆的眼睛滴溜溜地看着我们。

我问俊辉，要不要把墓碑取下来，找个地方安葬？

俊辉说，就在桥上吧，在桥上挺好，总有人要过桥的。

我们往回走，此刻夜幕已经降临，几乎看不清来路，但还是有一些微弱的天光映照群山。俊辉去撒尿的时候，我回头往群山深处看了一眼。暮色中，我隐约看到了一个人，头发很长，穿着明朝的衣服，骑在一匹脏兮兮的白马上，身形单薄，几乎要瘦进风里。我看不清他的脸，但他向我这里看了一眼，像是认识我，然后昂然纵马，跃入暮色之中的群山深处，向着同一个方向，渐渐消失不见了。

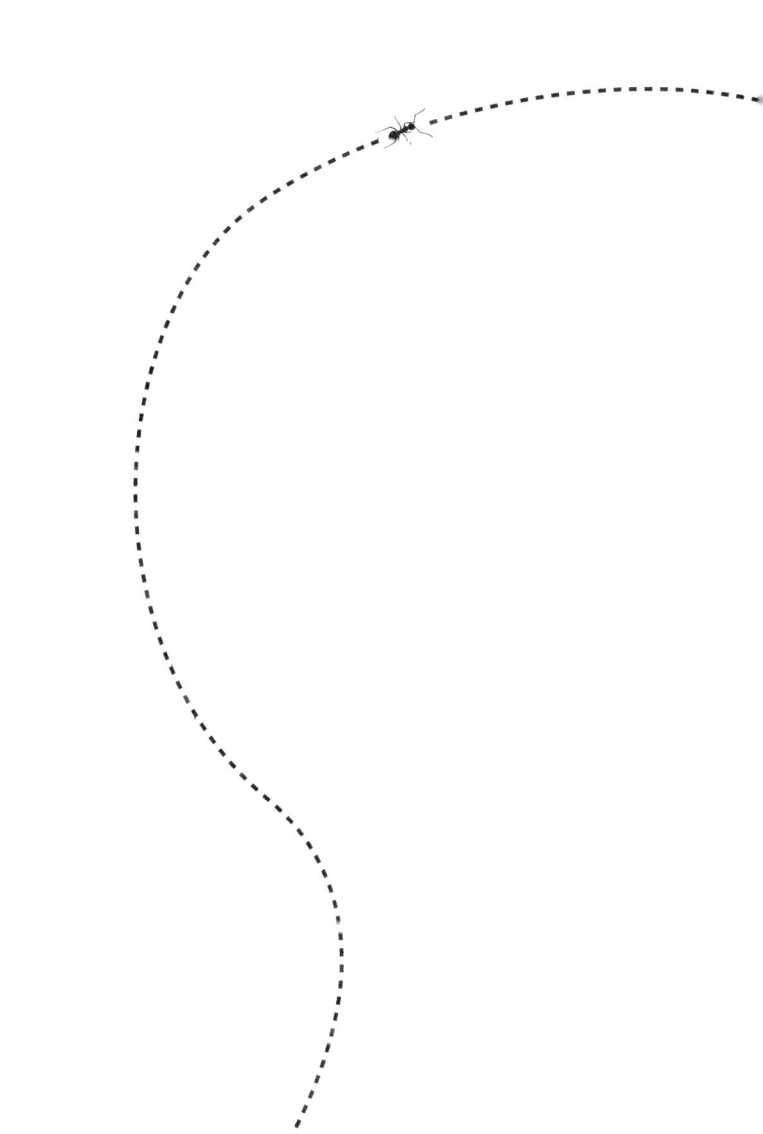

字魔

我做出版编辑的时候，有一项重要任务，就是定期接待一些前来公司投稿的文学青年。

"文学青年"甚至是一个形容词。

他们大都穿着朴素，行李简单，从极偏远的地方赶来，一身风尘仆仆，眼睛里都有一股慑人的亮光，以一种审视凡人的眼光逼视着你，同时又饱含期待，似乎正赐予你一个见证历史的机会。

他们往往直奔主题，开场白出奇地相似：我已经写出四大名著之后的第五大名著，只要你们慧眼识珠，文学史将被我重写。只要你们给我出版，世界文坛就将为之轰动，这是属于东方的文学爆炸，东方需要一场新的文学爆炸……

抑或是：中国文学在世界文学丛林里不能占有一席之地，作家们难辞其咎，我带着使命写作，我有信心改变这一切。

我刚入行的时候，接待过一个从宁夏赶来我公司的年轻男孩，不到二十岁，头发剃得很短，裸露着头皮，后脑勺看起来像趴伏着一只刺猬，他随身带着一个脏兮兮的蛇皮袋子，一进门，点名要见公司老板。

老板作为成名多年的书商，挖掘和出版了许多现今已经成名的作家的作品，因此成为众多文学青年的偶像。每个人都认为自己只要被老板轻轻一推，就能一下子从寂寂无闻变得尽人皆知。

因为网络投稿极其容易被淹没，所以他们必须亲自赶来，求一个应许，或者一个答案。

年轻男孩自我介绍，我姓刘，叫尕娃，你可以叫我小刘，也可以叫我尕娃。

他从蛇皮袋子里拿出一本装订好的册子，大小、颜色、材质都不一样的稿纸叠在一起，厚厚一本，用粗线缝好，有线装书的质感。

我接过来，沉甸甸的，刚要翻开，他拦住我，直视我，强调，你马上就要看到一部伟大的作品了。有多伟大呢？伟大的程度就相当于陀思妥耶夫斯基用杜甫和李白的笔法写作，既有中国古典韵味，又有俄国文学的悲天悯人。

他很激动，也很笃定，说，这绝对是文学革命，百分之一千一万的，不夸张地讲，我发明了一种崭新的文体。你也知道，没有多少作家可以发明文体，他们大部分都站在前人既定的框框里寻章摘句，就像是被困在圆圈圈里的蚂蚁。他们不敢向前破坏，又总是向后媚俗。他们自诩先进，又故步自封。他们把自己当成文学史上的几块新碑，挡住年轻作家的去路，指摘他们，又恐惧他们。我年轻，我是个破坏者，你知道的，革命者总是破坏者。

这熟悉的开场白让人感觉不妙。我翻了几页，深浅不一的圆珠笔写下的文字密密麻麻，字体倾斜，依靠在一起，像是即将要被大风吹倒，文字半文半白，应该是把古诗词和顺口溜拼凑在一起，介于可解与不可解之间，仔细琢磨，大概是想写长篇叙事诗。

他满脸期待地看着我，眼神里有什么东西在烧，我几乎能感受到他眼神里的烈焰，带着某种宗教般的虔诚和狂热。

我尽量不接触他的眼神，怕我的犹疑伤害到他。据我接待文学青年的几次经验来看，他们极为脆弱，一个表情、一两句话，就可能让他们就地崩溃，他们会号哭，会狂怒，甚至做出更过激的事情。

我听师兄师姐说起过，曾经有一个文学青年因为出版社编辑当面贬低他投稿的作品，当场用随身携带、原本打算送给编辑的整根火腿将编辑迎头击倒。等大家反应过来，一窝蜂地冲过去，编辑已经倒在地上动弹不了了，整个办公室弥漫着火腿崩裂而散发出的油脂气味。

我自然不想重蹈覆辙，在心里盘算着措辞，尽可能温和而严谨，既不激怒他，也不要浇灭他用以维持精神世界稳定运行的热情。

我说，你可以先回去，留个电话，看完稿子我们会给你答复。

他想都没想，直接摇头，说，你现在看嘛，你看完了给你老板看。作品我写了三年，不坏的，是个东西。我就在这里等你们。

他指指自己的蛇皮袋子，说，我自己带了吃的，你不用管我。

我有点为难。

他说，稿子嘛，我就只有这一份，我捡瓶子攒的钱，手稿，孤品，你也知道，手稿将来是要进博物馆的。

我觉得手里的稿子更沉了，告诉他，我现在正在上班，要不你过两天再来取回去？

他仍旧摇头,说,不行的嘛,我今天晚上就要回去了,回去要放羊的嘛。

他说,你看嘛,你现在看,我看着你看。不要把阅读年轻作家的作品当作负担,编辑不应该这样。编辑不只是排字工人,编辑不能只是考古,还要向下挖掘,编辑是桥梁,编辑要收起自己的傲慢,把自己放低,人在读书的时候就应该把自己放低,不要俯视任何一个作家。卡夫卡你知道的嘛,生前也没有发表过什么像样的东西,也没有引起什么反响,这是谁的错呢?是编辑的错,卡夫卡活着的时候就应该有一个珀金斯[1]。作家需要一个编辑,需要一个能把他推到台前的编辑,把他介绍给不知情的读者,读者总是后知后觉的。如果你成为我的编辑,你的名字也会和我一起被世人记住。编辑和作家走在同一条路上。

他这么说,我更为难了,只好硬着头皮往下翻。

手稿上,每一个字都被很用力地写下来,留下深刻的划痕,像是某种木刻。每一个字都歪歪扭扭,大厦将倾,像是狂风吹拂中挤在一起的帝企鹅。

但我读不懂文字,应该说每一个字我都认识,但连起来却无法破译。如果硬要形容,这些文字就像是精神错乱者的梦中呓语,又像是程序崩溃之后随机输出的密集乱码。我猜测,他是把他知道的文字和知识不加选择地、一股脑地熔炼在一起:古诗、某种地方戏曲、方言、

---

[1] 指麦克斯威尔·珀金斯(Maxwell Perkins, 1884—1947),美国著名文学编辑,曾编辑过欧内斯特·海明威、弗朗西斯·菲茨杰拉德和托马斯·沃尔夫等名家的作品。

新闻、圣经、咒语、十四行诗、道家的净口咒。随机、错乱、泥沙俱下，但好像又暗含某种秩序。阅读这样的文字，你可以判断出对方在写作时的精神状态。

他似乎察觉到了我的困惑，宽容地看着我，如同智者在悲悯一个愚人。他说，你别着急，以你目前的境界，看不懂是正常的。天才和不被理解总是如影随形。这不是你的问题，这是我的问题，我高出大多数人太多。你不必为自己的平庸而悲伤，大部分人都和你一样。你看不懂的地方，我可以给你讲。每个人都需要被先贤引导，我被引导过，现在我来引导你。

不等我拒绝，他就翻了翻我手里的册子，指着其中一段，尽量用普通话说，你看这一段，你仔细看，其实我只是把《易经》和我们当地的方言做了排列组合。《易经》是经天纬地的学问，知过去将来，大到国家大事、时代变迁、人类命运，小到一个人的生活和每天的运气，无所不包。《易经》很公平，《易经》里没有知识的傲慢，只有对人类的悲悯。所以我用《易经》来为我的故事打底。我想讲故事，但我又不只是讲故事，我要用新的语言讲故事。新语言很重要，因为每个时代都有自己的八股文，只要人们说一样的话，思想就容易趋同，遇到问题就容易用同一种方式思考，时间长了，就容不下别的思想。只有一种思想是危险的、无趣的，只有一种思想，人就变成了羊，一群羊就只有一种思想。但人不是羊，羊总是集体，但人是个体。我不能再使用旧的语言了。文章合为时而著，歌诗合为事而作。唐宋八大家、明清小品文、五四运动白话文，这些都是新语言。可是五四过去这么多年了，为什么没有更新的语言诞生？为什么没有更新的文体出现？因为我们就是习惯待在窠臼里，我们本质上是守旧的，因为守旧安全。我们的文学就是缺乏冒险精神，我们总是爱模仿、爱克隆，什么魔幻现实主义了，什么科塔萨尔了，什么纳科博夫了，什么博尔赫斯了，什么卡尔维诺了，什么海明威了，什么福克纳了，什么伍尔夫了，复调了，美式的、日式的、沙皇俄国式的、德式的、法式的，唯独就是缺乏我们自己东方式的，我们的文学流派活在别人的阴影里……不能再这样下去了，这样下去就没有文学了，我有使命，我带着新文体、新语言来了。

他滔滔不绝，我甚至没办法打断他。

他总算是停了一会儿，我趁机问他，你家里人支持你吗？

他笑笑，说，我爹他不懂的嘛，他只懂羊，只要羊好，他就不管我。羊要是生病了，就会睡到我们床上，我们就睡床底下。在我们那个地方，羊比人重要嘛。人命不值钱，人脑子里想什么，没有人关心。想什么没有用，想太多了很危险，羊才有用，羊有羊毛、羊肉、羊奶，人只是放羊的工具，人死了只能埋掉，但羊死了还能吃羊肉，人没有羊有用。但这些对我来说，都没有关系，我不在乎，我不在乎我的肉体，我的肉体只是我精神的载体，我吃啥都行，睡哪里都可以，知道为啥吗？

他指了指自己的脑子，说，我这里宽的嘛，天上地下，我哪里都能去。古往今来，我想去哪儿就去哪儿。我们那里，前几年来了个算命的，摸我的手，摸我的骨节，摸我的后脑勺，他说不得了啊，你并不是凡人，至少你以前不是凡人，你是文曲星下凡。文曲星知道吧，天下的文脉都是文曲星管着呢嘛。

我问算命的,我是文曲星,我为什么下凡?

算命的笑笑,说,这个你要自己搞清楚。文曲星不可能轻易下凡到这里来放羊,文曲星来这里放羊一定有目的,有想法,有使命。至于使命是什么,你要自己找出来。

我知道,算命的就是这样,话说一半,另一半让我自己去想。

算命的走了以后,我就觉得对了,一切都对了,我为什么喜欢写字,我为什么对字有感情,原来就是因为我是文曲星。文曲星就应该这样,我也应该活得像文曲星一样,我要认识那些字,保护那些字嘛。

在我们那个地方,很多人都不认识字,他们用有字的纸片片来引火、擦屁股、贴墙、垫桌角,那些字被弄疼了,弄脏了。这不对的嘛,有字的东西都有灵性,字都是活的嘛,不是死的,人不应该这样对待那些字,这是亵渎。我就把这些有字的纸片片捡回来,擦干净,摊平。我认识上面的字,上面的字好像也认识我。我们是老熟人了。

我家里攒了很多纸片片,五颜六色,每一张都有字,堆得到处都是,像流水一样,像雪花一样。我一伸手,随便扯出来一张,就能盯着看上半天。我听到这些字跟我说,不要只看表面,也不要只看固定的组合,要跳着看,要乱着看,要随心所欲地看。这些纸片片里有报纸,有杂志,有说明书,有画报,有烟盒,有课本,有传单,有春联,有小广告,要啥就有啥。我把它们当成枕头,当成被子,我跟它们说话,也听它们说话。

我知道的,我不可能不知道,有字就有知识,字只是睡在纸片片上,等着人把它们叫醒。叫醒它们之后,它们就给你意义。人活着就需要意义。没有文字之前，人没有意义，人只知道吃喝和睡觉。有了文字之后，人就有了困惑，有了困惑，人就开始寻找答案，文字就是答案。文字是道，是宇宙运行的规则。

他说得很热忱，黢黑的脸颊上泛着惨红，眼睛里仍旧发着亮，嘴唇因为说了太多话而干裂起皮，张牙舞爪，几乎要擦伤每一句他说出口的话。

我递给他一瓶矿泉水，他一口气喝了一大半，把矿泉水瓶子上的标签小心翼翼地撕下来，收进口袋里。他说，十个这样的瓶子，就可以换一本能写字的本子了。

我不知道该说点什么。

他定定地看着我，眼神里闪烁着看似狡黠的光。他说，我看你是个好人，我不瞒你的嘛。

他把声音压得很低，凑近我的耳朵，我闻到他身上羊和干草的气味。他说，我能看到别人看不到的东西，我能看见纸片片上那些字个个都在动，跟活物一样。

见我满脸疑惑，他笑笑，说，我知道你看不见，不光你看不见，大部分人都看不见，大部分人跟文字的关系并不是很大，他们没有和文字血脉相连，他们没有成为文字的一部分，他们写年终总结，写报告，写套话，写八股文，这些事不会让他们跟文字产生真正的联系。就连一些功成名就的作家也看不见。有些作家并不是真的热爱文字，他们只是把文字当成敛财、敛名声的工具。他们搞关系，进各种协会，认大哥，互相吹捧，歌功颂德，他们把文字当成死物了。他们这么看文字，文字也就这么看他们，所以他们看不见那些活字。

你看不见,是因为你还没到境界,你不是文曲星,至少这辈子不是。

但我能看见,我甚至看得太清楚了。

就是那天夜里,天上有月亮,也有星星,我放羊回家,把羊赶回了羊圈,数了两遍,一只也没少。

我回屋里躺下了,看一张找不到年份的旧报纸。上面的文字个个都很亢奋,像是打了鸡血,个个都在叫嚣,好像随时要上战场杀敌,但我知道,许多时候,叫喊反而是一种虚弱。我看着看着就停电了,我们那个地方嘛,经常停电。我没有点灯,反正有月亮,月亮就是灯,只要眼睛适应了,黑的地方就亮得很。窗户被风吹开了,把月光也吹进来,像沙子一样洒得到处都是,我压在屋里的纸片片被风吹起来,飞起来。我去捉它们嘛,捉不住,它们灵活得很,钻桌子底,绕房梁,贴屋顶,擦着我的眼珠子飞过去。也就是这个时候,我才看清了,飞起来的嘛,根本就不是纸片片,是字,好多字,方块字,繁体的,简体的,象形的,会意的,假借的,形声的,甲骨文,铭文,《诗经》里的,《金瓶梅》里的,《圣经》里的,题跋里的,传奇里的,小说里的,带偏旁的,多音的,只剩下部首的。它们不光飞,还叫,每个字的叫声都不一样,有的字叫起来跟现在挺像,有的字发出来的声音是唐宋古音,听起来有点古意,又有点滑稽。有的字一叫就能听出平上去入,抑扬顿挫的,有的字默不作声,只有偏旁、部首或者笔画扇动的声响。

它们啸叫着飞上飞下,一会儿组合在一起,一会儿又各飞各的。

它们有时候组成词语，有时候又成了四句五言，有时候组成不可捉摸的长短句。我敢肯定这些句子是人间还没有的杰作的一部分，文章本天成嘛，我想要记住，但我就是记不下来，它们聚散得实在太快了。

我到处抓它们，它们落在天花板上，趴在灯泡上，掉进鞋窟窿里，从我鼻梁上飞过去，用偏旁踩在我脸上，掠过我的鼻腔，又灵巧地钻出来。我看不清这个字的长相，但我能闻出味道，油墨味，挺好闻。我张开嘴想咬住几个字，结果真让我给咬住了几个，我没看清我咬住的是什么字，用舌头尝了尝，味道很怪，苦的，原来字是苦的。我刚想看，我嘴里的字就又啸叫着飞走了，我伸手去抓，抓不住。

它们密密麻麻的，四处撞击，集体发出雨水滴在铁皮屋顶上的声响。我感觉屋子里下雨了，但是我周围一点潮气都没有，反而很干燥。我知道字喜欢干燥，不喜欢潮湿，潮湿了字就会发霉，就会生蠹虫。

我抓不住它们，我就哄它们，跟它们说心里话。我说我是文曲星下凡的嘛，我认识你们的父母，你们的父亲就是母亲，母亲也是父亲，你们的父母叫仓颉对吧？仓颉生下你们的时候，天上下粟米，鬼在夜里哭，我都知道，文曲星都知道。文曲星肯定认识仓颉，他们应该是同事。你们别躲着我，你们想告诉我什么就告诉我，我知道你们都是活的，我也会把你们当成活的对待。

我说完了，它们还是嗡嗡嗡地到处乱飞，好像不相信我。它们组合在一起，应该就有了意思，复杂的意思，我知道它们这是要跟我说话，说很多话，解决我的困惑，但我看不懂。我是文曲星转世，但我还没有变回文曲星。我哭了，我为什么没有变回文曲星？我为什么看不懂它们要告诉我的意思？我不知道该问谁。它们就又不停地变换排列组合，有些字我认得，有些字我不认得，但我能感受到字里行间蕴藏的力量，巨大的力量，这股力量可以解惑答疑，可以把野蛮带向文明，可以让一个国家的人开窍，可以让愚昧变成睿智，可以忠实地记录真相，可以流芳，可以遗臭。

追着追着我就明白了，要是有一天，我能看懂这些字组合在一起的意思，我就能变回文曲星了。我只是需要时间。

它们飞了大半夜，叫了大半夜，排列组合了大半夜，洋洋洒洒，就好像风和月光都是大文豪，各洒潘江。我虽然看不明白，但我努力感受着其中的力量。我出了一身汗，筋疲力尽，它们也都飞累了，一个一个地落下来，又变成了纸片片的样子，掉在地上，轻轻蠕动，好像是羊回到了羊圈。

我也很累了，倒头就睡，一直到被我爹喊醒。

从那以后，它们就经常从纸片片上飞出来跟我玩，有时候在家里，有时候跟我一起跑出去。就跟我放羊一样，这些字嘛，也想被放出去，它们飞得可高，只有我能看见它们。

等我跟它们熟悉了，它们就听我的话了，我让它们去哪儿，它们就去哪儿。我让它们跟谁组合，它们就跟谁组合。它们可以组成诗歌、小说、墓志铭、赞美诗、诺言和诅咒。

作家不就是干这个的吗？作家就是驯兽师，谁是兽？这些字就是兽。有些兽调皮，有些兽文静，还有些兽是野兽，以前的甲骨文看上去就更像野兽了。

他说着，指了指我手里的手稿，语气骄傲而虔诚，他说，这本书里的每一个字,都是我一个一个逮住的,把它们按在现在的位置。它们都野得很,只有排在最合适的位置,才会稍微老实一点,但不会一直老实,它们迟早要飞走的,带着意义飞走。所以你要快点看,意义不会等你,你二十岁领悟到的意义和三十岁领悟到的,肯定不一样。

他说得郑重,我一时间不知道该怎么接他的话,他眼神里的某种东西还在烧,这使他的表情看上去全无戏谑,甚至有些狂热。

我想起我之前接待过的其他文学青年,他们偶尔也会流露出这样的眼神,像是魔住了,且绝不愿意醒来。

我正在想合适的措辞,准备再劝劝劝他,或者我不该劝他,应该顺着他往下说——对待魔住的人,也许不应该叫醒他。对他们来说,清醒,到底是不是一种残忍?

这时候,老板回来了,问清了状况,翻看着小刘的手稿。小刘兴奋之情溢于言表,却不敢发出一丝声响,但整个人似乎都因为兴奋而微微震颤,像是被调成了振动模式。

老板看了十分钟,抬起头,打量他,告诉他,你写的这些狗屁不通,不说人话,跟文学不沾边,你还是回去养羊,要不就找个地方上班。写作不是你应该选择的职业,你没这个天赋。

老板说得如此斩钉截铁且不留余地,我怔在了原地,小刘更是脸色通红,像是一块刚刚被烧灼到赤红的铁块惨遭当头一盆冷水。他喉咙里发出含混不清的嘶嘶声,两片嘴唇都在颤抖,他的热情在急速冷却。他说,我偷偷卖了一只羊,坐了六十多个小时的火车来这里,找你投稿,我认为你有眼光,跟别人不一样,你能看到别人看不到的东西,你说过,你对好文字天生敏感。你不能说这种话,你再好好看看,认真看看。

老板不为所动,强调,我出版了几万本书,和大多数作家打过交道,我可以很负责任地告诉你,你不是这块料。

小刘捧着自己的手稿,呆立在原地,像是被冻住,一句话也说不出来。

老板让我去他办公室,给了我一千块钱,让我给小刘,嘱咐我,别给他们虚假的希望,鼓励的话一句都不要说,鼓励会害了他们。

我有点明白了。

我送他到门口,给了他一千五百块钱,他挺意外,我说是老板给的。

他接过来,当着我的面一张一张地点了点,看着我,想说点什么。

我说,你拿着吧,老板让你回去好好找一份工作。

他笑笑,说,我已经找到最好的工作了。

他还是把稿子交给我,说,你老板被固有思维诅咒了,他出版了几万本书,他的思维僵化了,他为作家服务,也被作家同化。他以前是在推崇文学,但现在他变了,他开始推崇他所认为的文学。但他自己并不知道,人的思想被固化的时候,自己往往不知情。洗脑,其实是温水煮青蛙。青蛙还以为热水是自己的体温。他习惯了凭经验评判别人,甚至不愿意多花一点时间,他的耐心被自以为是的经验消耗了,我不怪他。但我希望你好好读一读，不要有偏见。你还年轻，还没有被送进社会的铁锅里。如果你看不懂，也没有关系，看不懂，不是你们的问题，是你们的天赋所限。看不懂，你就感受，感受其中的力量，就像我一样。谢谢你，我还会再来的。

他说完了，对我笑了笑，背着蛇皮袋离开。我目送他的背影，松了一口气，但心里不知怎么又有点失落。

回到座位上，我翻看了他的手稿，仍旧是一头雾水。我想，也许他脑子里的确有东西，有故事，但他付诸文字之后，却又是另外一回事儿。

我想起小刘的话，不要试图理解，而是去感受。

不知怎么，我想到了那些神话里被神祇启发的凡人，他们获得了天书，想要告诉世人，但说出来、写出来的是一片乱码。

我头有点疼，打开了我的投稿邮箱，里面密密麻麻的，全是邮件。

即便是现在，这个文字式微的时代，仍旧有许多人想要踏足这一行，但来稿绝大多数都千篇一律，缺乏惊喜。同事们几乎达成共识，我们几乎没有办法从投稿中挖掘出有出版价值的作品。那些传说中从投稿邮箱中发现一本百万畅销书的奇遇，一次也没有发生过。

小刘走后就再无消息。

工作之余，我也在默默写作，努力研究那些成名作家的技法，以及当下市场上受欢迎的题材。我们在选题会上讨论怎么和时代的脉搏同频，找出大众思潮的暗涌。我们用商业逻辑思考，对标成功的作品，以销量作为第一驱动，首先评判作者的粉丝和流量多少，其次才是作品的质量。我们花了大量的时间重新包装那些出版过无数个版本的公版书，只因为成本较低，不用冒险。我们寻找更多的外版书，从国外畅销榜单上找出适合中国读者阅读的作品，我们越来越少地给新人机会。

我知道我写点什么能挑动大众的神经，我也知道当下最受欢迎的题材是哪些，我下笔的时候，几乎已经无法绕开这些。我没有办法单纯地只是写一个有感而发的故事，我必须考虑这个故事有没有当下性，能不能卖钱，有没有商业潜质。就像小刘说的，我也被固有思维诅咒了。

但生活的惯性是巨大的，我知道我想要从编辑变成作家，就必须要用编辑的思维指导我的写作。工作中，我也一定要完成我自己部门的绩效指标，我不能接受一本赔钱的出版作品，这会直接影响我们部门每个人的收入。

时间一长，我就把小刘放在记忆的尘埃里了，我告诫自己不要想太多，每个月的工资条比自我的精神内耗更重要。我们开会讨论着夸张的文案，试图用一两句话总结出一本书的核心要点，学习那些像卖牙膏一样卖书的逻辑，同时又尽可能地兼顾一本书的美学包装。我们热火朝天，又沉浸其中，我告诉自己，商业逻辑是一切逻辑的前提，如果都活不下去了，遑论其他。

但不知为什么，我还是时常会想起小刘，不知道他和他的羊怎么样了。我把他的手稿装进档案袋,小心翼翼地保存起来,他应该很快会再次出现,把他视作生命的手稿拿回去。

时隔一年半,他再次出现在我面前,让我有点恍惚。我一下子就认出了他,他几乎没怎么变,连身上的衣服都和上次见面时一样。他好像在用他的方式,跟周遭流经的时间对抗。

他拿回他的手稿,我说,很遗憾,我读不懂。

他说,没关系,不是你的错。

我问他,过得怎么样?

他笑笑,说,挺好,读了更多的书。为了买书,我偷偷卖掉一只羊,买下了好几部全集,尤其是卡夫卡的。我爹发现羊少了一只,气疯了,把我绑在树上,当着羊的面,揍我。他揍我,我不觉得疼,我心里美着呢。他打我,我就想着卡夫卡,我觉得我就是中国的卡夫卡,每个国家都应该有一个自己的卡夫卡。他打我,我说我是甲虫,我是K,我是一个土地测量员,我要进入一个城堡。我爸听不懂,就觉得我是魔着了,都是那些书、那些纸片片害的。

我爹说,那些字有毒,毒你的脑子,你的脑子被毒坏了。

他翻出来我的书,还有我收集起来的纸片片,当着我的面,把我所有的书和纸片片都撕碎了,堆在一块,点了一把火。火一下子就烧起来,干燥的文字总是很易燃。那些字惨叫着蹿出来,我听到他们的叫声,它们在哭,它们很疼,只有疼了它们才哭。我被绑着,阻止不了我爹,只能跟它们一起叫,我要让它们知道我和它们是一伙儿的。我爹不管我,他看着那些书和纸片片烧起来,觉得是在给我治病,他看起来就是个大夫,给我下狠药的大夫。那些字烧起来的火,照亮他的脸,他脸上的肉在跳,我看不清他表情里的意思是愤怒还是害怕。我和那些字一起惨叫,浓烟一吹,我眼前就全是那些字了。它们有的活在青铜器上,有的活在龟甲上,有的活在竹简上。它们比我年纪大,比我爹年纪大,比所有活着的人年纪都大。我听着它们哭,我跟它们一起哭,它们发着抖,打着旋儿,在我面前盘旋了一阵,像是和我告别,然后就都一溜烟飞走了。我眼前只剩下了火烧完之后的灰烬。它们一定觉得是我背叛了它们,我根本就不是文曲星,文曲星不可能这样对待它们。我哭得很伤心,我从来没有这么伤心过。我爹看我被哭声噎住了,就觉得我知错了,把我松开。

我失魂落魄,我觉得我永远失去它们了。
它们不会原谅我了。

我没有吃饭,把天哭黑了,把星星哭出来了,把月亮也哭出来了。
过了很久,月光又像沙子一样,均匀地洒到院子里。我听到有窗户响,一个繁体字在窗户外面,像虫子一样反复撞击着玻璃,像是要飞进来。我认不出到底是个什么字,它的部首和偏旁都很模糊,好像是临时组装的。我知道古往今来确实有很多人,因为各种目的,要自己造字,造出很多古怪的字,有些字被造出来,成了皇帝子孙的名字。谁都以为这些字是一次性的,但谁能想到这些字几百年之后又有了新的意义呢?谁能想到朱元璋给化学周期表做了贡献呢?字是有神力的。为了认出这个字,我想查查《康熙字典》,可我的字典被我爹烧掉了。可能这个字就是从《康熙字典》里跑出来的,和同伴失散了。

同伴们都飞走了,就剩下这么一个字了,它应该认得我。

我开开窗户,把这个繁体字放进来。我看到它身上发着光,像是萤火虫一样,它的笔画一笔一笔地亮着,在我屋子里乱飞,身后留下残影,就像是墨水在纸上留下的痕迹一样。它一定想告诉我什么,我盯着它看,想听听它发出来的叫声,可我什么也听不清。它可能是想找到它的同伴,可屋子里一个字都没有了。最后,它找到了我,在我眼前盘旋,好像是终于认出了我,我心里亮起来了,我觉得我又是文曲星了。

它看清了我,好像是终于满意了,要往外飞。可它找不到出口,不是撞到墙壁上,就是撞到天花板上,把自己撞得晕头转向,我知道它是迷路了。

我想去开窗户,可我发现我的腿不听使唤,我的头也抬不起来了,但我的胳膊好像还能动。它飞到窗口,我用尽全身的力气,把窗户推开,风吹进来。风一吹,我就吐了,吐了以后我身上就有力气了。它从窗户里飞出去,越飞越远,直到消失不见。我感觉不太对劲,我从窗户里爬出去,摔在地上,又吐了一摊。我爬到我爹的屋子,沿途留下了一摊又一摊的呕吐物,像是要在地上写字。我把我爹拖出来,我爹已经没有反应了。

是煤烟中毒。

煤烟来自我们自己烧的土煤,我们这个地方,为了省钱,家家户户都烧土煤。土煤就是在碎煤里掺湿土,再压成蜂窝煤,土煤烧不透,烧不透就容易中毒。一氧化碳的分子式是CO,无色无味,难溶于水。它在血液里和血红蛋白结合,鸠占鹊巢,让血氧降低,无法给大脑供氧。

我给我爹准备了烧纸,在烧纸上印上铜钱印。他在上面钱不够花,我希望他在下面不愁钱花。

他说完,脸上仍旧笑着,好像只是在叙述一段再普通不过的事情。但我知道,笑是他的习惯,他的笑不只是笑,他的笑有很多种意义。遇到他不能理解的问题、无法处理的状况,他就笑,他只能笑。

我不知道该怎么安慰他,但他似乎并非是来寻求安慰的,他说,我听说有一种自费书,就是自己花钱出版,我可以卖掉几只羊,我想出书,我必须出书。

我很为难,只能如实告诉他,我们不做自费书,但我可以给你介绍。

他想了想,说,也好。我把羊养得很好,我的羊还会生小羊,有了羊,我就能出更多书。羊可以让我著作等身。

他走的时候才想起来自己还带了东西,递给我一个包,说,我给你带了点土特产,你拿着。

我推辞。

他说,不客气,你帮了我。这些不值钱。你帮了下凡的文曲星,文曲星会记得你。

他递给我一张纸,纸上是一串电话号码,他说,这是我们村长家里的电话,我们那个地方只有村长家里有电话。你打这个电话,说你找刘尕娃,就能找到我。

他说,你也给我留个电话吧。

小刘走了以后,我担忧起他的生活,总是会想起他。

我用他送我的枸杞泡水喝,我自己的新作品写写改改,始终没有写完。

几个月之后,我接到了一个陌生电话。

电话里说,我是出版社的,有个叫刘尕娃的你认识吧?他在我这里出版了自费书,现在书印好了,这人联系不上了,他在紧急联系人这里留了你的电话。

我打电话给刘尕娃村子里的村长。

我接连打了好几天,终于有人接起来了,是村长。听见我的声音,对方很警惕,问我是哪儿的。

我说我北京的。

他更紧张了,小心翼翼地问我,我们这里没有上访的吧?

我说,没有,我找刘尕娃,我找他有事情。

村长总算是放松了警惕,叹了口气,说,前一阵子嘛,尕娃家里的羊一直叫呢嘛,村里还给喂着呢。尕娃人找不着了。

我心里一紧,赶紧问,他去哪儿了?

村长说,不知道嘛,这娃娃脑子不清爽。前阵子嘛,到处和人家说，他要出书啦，说村里每家每户都会得到他的书，说他要掀起啥……文学革命。还说他就是文曲星。

我有点担心他，但我想着他不会不要他的羊，更不会不要他的书。

几天之后，出版社又联系我，说，实在不行，我让库房把他的书寄给你吧。

我说，我这里也没有地方收。

出版社说，那我们先放库房里吧，等联系上刘尕娃本人再说。

过了一段时间，村长给我打电话，说，刘尕娃找着了。

我赶紧问，人在哪儿？

村长说，有人看见他了，是个下雪天，雪大得很，他在雪地里跑，又哭又笑，像是在追啥东西，嘴里喊着啥话，听不清楚。他应该是从山上掉下去了嘛，摔出来一身血，血在雪地上冻住了，又被雪盖起来了嘛。他的手脚都像是断掉了，歪歪扭扭，来的警察说，他手脚像笔画，冻在雪地上，这个人像是变成了一个字，一个谁都不认识的字。

后面村长的话，我就听不清了。

我想象着，在一个很久没有见过的大雪天，雪把山川大地变成了一整张宣纸，把泥潭和水沟也变成了适合落笔的部分，雪总是一视同仁，这是个适合写字的天气。那些离他而去的字，终究还是回到了他的身边，再次敲响他的窗户。他跑出去追逐那些飞舞的文字，终于看懂了它们组合在一起的意思。他和那些字一起在雪天里你追我赶，直到他也变成了那些字的一部分。

我让出版社把他的书寄到村子里，可是那里不通快递，只能寄到他们镇上。

我找了个周末，又请了两天假，去到他家乡的镇上，找了一辆车，把他的二百本自费书带到了他的村子，按照他告诉村长的意思，给每家每户都留了一本，给我自己留了一本。剩下的我带到了他的坟前，他和他父亲的坟地相邻，坟地和他的穿着一样朴素、不起眼，土还很新鲜，草也没来得及长出来，没有墓碑，什么都没有，只有小小的坟包，上面覆盖着还没有融化的残雪，像是戴上了一小座纯白王冠。

我郑重地把他的作品放在坟前，他不喜欢看到书被烧着，他担心那些字会感觉到疼，所以我没有烧那些书。我想他有他的办法看到这些文字，或者说，这些文字会以它们的方式，再次见到他。

重逢，总是喜悦的。

夜里，我抬头看星星，夜空中的某一颗星星似乎适时地闪了一闪，有那么一个瞬间，我真诚地希望文曲星真的归位了。

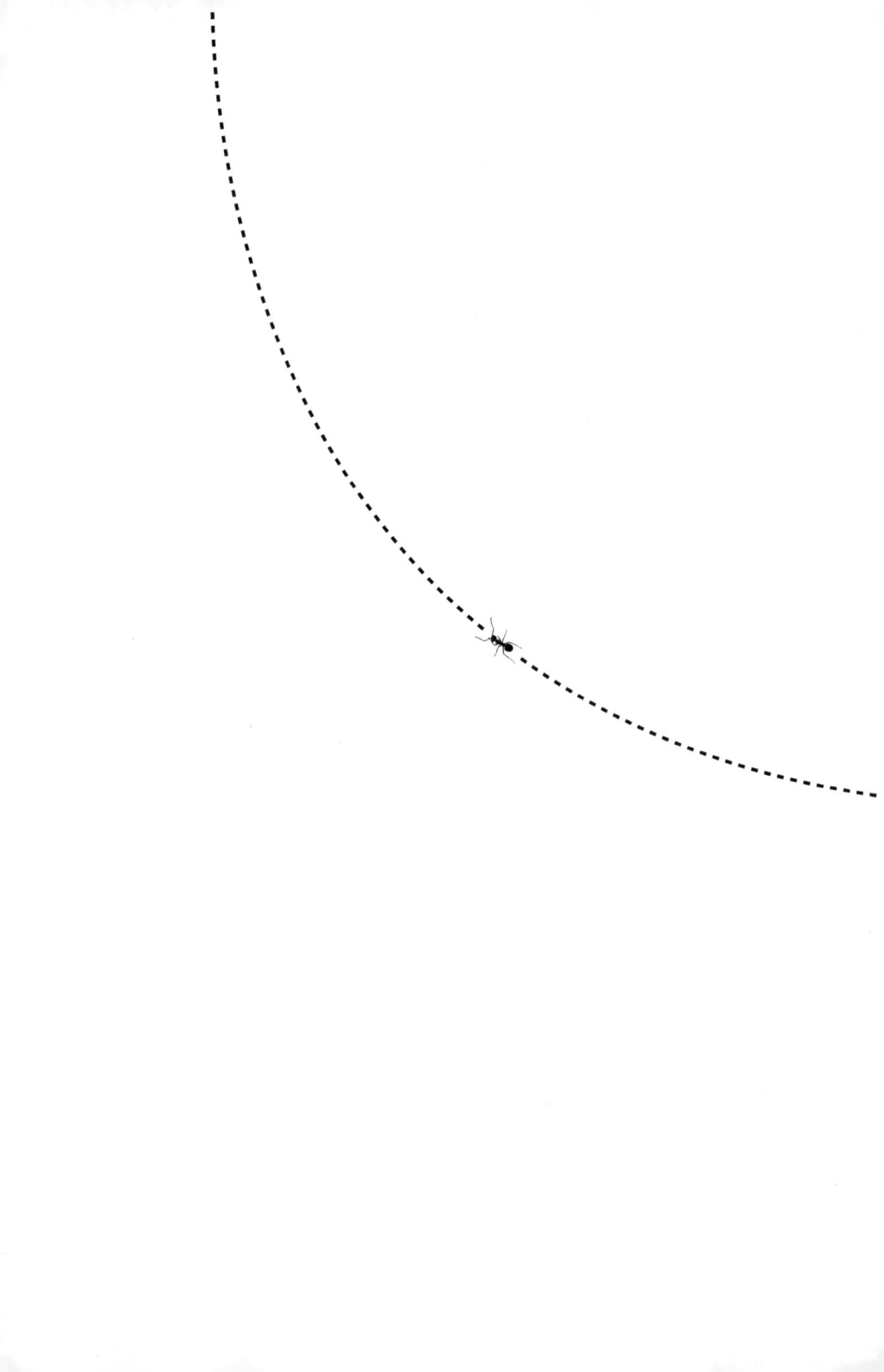

后记

故事里的雨

每写完一本新书,都感觉松了一口气,紧接着又有点失落,乃至惶恐,怕自己在写作这本书的过程中没能倾泻出全部。

从写下这本书的第一个故事开始,到今天完稿,前后跨度接近两年。中短篇小说集倒是能够给作者喘息的时间,也能一定程度上容错,中短篇比长篇要相对宽容一些。

长篇创作靠一口元气,中短篇反倒是允许中间暂时停下来,再等等,再想想。

故事的生长需要时间,在写完一个故事和要写一个新故事的间隙,最适合停顿和思考。

我总是告诫自己,下一个故事要比上一个更好、更新,尽可能不要在主题、人物和技法上重复。

中短篇小说集的创作,便于作者做这样的自我探索。

探索是一种冒险,但创作上的冒险不能中途停止,而且宁可激进。

中短篇小说在素材、结构、文体的选择和具体的细部描写上,都可以大胆自由。

我也只是刚刚摸到了一点门。

此前，我在写作《如何杀死我最好的朋友》和《燃烧的山川》两部中短篇小说集的时候，就已经意识到一个问题，把互相独立的故事集合到一本书里，总是难免会带来一种断裂感。每一本书，都是一栋建筑，从美学意义上来说，这种断裂是不够美的，除非让这些故事之间达成一种潜在的牵连，就好像每一个故事都是一个独立的房间，但这些房间都身处同一幢建筑里，读者可以从一个房间，轻易进入另一个房间。

这些房间，甚至可以并不在同一个时空。

读者可以在他人的命运与命运之间、在他人与自我之间，进行一种小型穿越。

这本书把人间缩小到了一个县城，一个小镇，把神灵才有的俯瞰众生的权力交给读者，每一个故事相互独立而又相关，以命运的草蛇灰线，作为故事和人物之间的连接，下一个故事是上一个故事的延展、补充，甚至是一种推翻。

如果一定要总结出来一个主题，我想这本书旨在探讨"自我和命运的关系"。故事里的每一个人物都处在一种命运和自我的围困之中，他们或者暴力挣脱，或者消极抵抗，或者干脆臣服。

我想，这也是我们每一个人一直都在面对的问题。

我在重读全稿的时候，也发现了一些问题，譬如一些意象上的重复。我原本想要做点替换，但替换之后，总觉得不对劲，这些意象很坚定，也的确是在某个故事里真实地出现过的，思来想去，还是决定保持原样。

作家在一个阶段热衷于书写同一种意象，是一种局限，但可能也是一种更当下的体悟。意象的重复或许可以成为咏叹，这一点我仍在探索。

此前，我花了一些时间集中阅读了《如何杀死我最好的朋友》和《燃烧的山川》两本书收到的读者评价，包括好评和差评。创作是主观的，评价也是，创作和评价都带着偏见，也允许和鼓励偏见。中规中矩的书写容易导向无趣，作者和读者之间的交锋从来都是一种创作动力，一起推动着下一部作品所塑造出来的世界变得更加广阔。

创作，是由写和读共同完成的。

我先来写，你再来读。

还有许多故事要写，故事不会结束，故事总在继续。

希望故事里的雨，总是下在我们人生中每一个炎热难熬的天气。